与虞山为邻

俞建峰———

著

中国文史出版社

图书在版编目（CIP）数据

与虞山为邻 / 俞建峰著 . -- 北京：中国文史出版

社 , 2020.12

（跨度新美文书系）

ISBN 978-7-5205-2845-0

Ⅰ . ①与… Ⅱ . ①俞… Ⅲ . ①散文集—中国—当代

Ⅳ . ① I267

中国版本图书馆 CIP 数据核字（2020）第 253756 号

责任编辑：金　硕　胡福星

出版发行	中国文史出版社	
社　　址	北京市海淀区西八里庄路 69 号院　邮编 :100142	
电　　话	010-81136606 81136602 81136603 81136605（发行部）	
传　　真	010-81136655	
印　　装	阳谷毕升印务有限公司	
经　　销	全国新华书店	
开　　本	650×960　1/16	
印　　张	16	
字　　数	200 千字	
版　　次	2021 年 4 月北京第 1 版	
印　　次	2022 年 3 月第 2 次印刷	
定　　价	52.00 元	

为有芳菲扑面来（序）

俞小红 *

这二十年来（1998 至 2018 年），常熟文坛才俊辈出，云蒸霞蔚。

卓有成就的青年作家群中，俞建峰是极有潜力的一位。这位作者，是我当初在编辑《虞山》副刊时，发现和培养的一位创作新苗。他是七零后，最初学美术出身，后在管理一家很大规模的星级宾馆，目前是一家上市公司的中层干部。人生到了俞建峰这个阶段，生活积累有了，江湖诡谲波澜迭起，也能应对自如了。更重要的是，阅读文学典籍，比寻常人丰富，观察人事开始向细致入微靠拢，体会事物的触角开始多层面延伸，积累的写作经验也日益成熟。

俞建峰是写小说和散文的多面手。作家最初大多都是向报纸投稿的。胡适当时就是向常熟宗白华的《学灯》副刊投稿的。周作人最初的豆腐干文章，也是向常熟报人丁祖荫的《女子世界》寄送。散文短小精悍，这种体裁比较适合报纸。因为报纸是快速消费的载体，三教九流五花八门的人，都会一睹芳容。要出名，先上报，在电视发明之

* 作者为中国作家协会会员、常熟市作家协会名誉主席，曾任《常熟日报》副刊部主任。

前，报纸是销路最广的媒体。我见到俞建峰的来稿，便如获至宝。因为他的工作场所能够接触各色人等，具备丰富的取之不尽的写作素材。这样的故事，能够带给读者源源不断的新鲜果汁。果然，俞建峰不负众望，写出了一大批受到读者喜爱的、鲜活蹦跳的、具有生活质感的散文。

时间的指针像明月清风飘过，我已经忘记了俞建峰第一篇散文是何时发表，什么题目。但我仍然记得一个有趣的现象。当时《虞山》副刊不断有新作者冒出，俞建峰每年在副刊上发表的作品达十多篇。他与皇甫卫明、西岐等三位作者，总是在副刊的一亩三分地上平分秋色，每年每人的发表数量不相伯仲。到了年底，作家协会统计创作成果，俞建峰的篇数总是略有胜出。他在写作上的追求和突破，有目共睹。为了写出好作品，他在文字上暗下苦功和暗中较劲，我是心知肚明，也为他暗中喝彩！

一

报纸副刊毕竟昙花一现，要想存留佳作，选集出版是最好的归宿。这一次俞建峰《与虞山为邻》散文集的出版，是他精选十余年来所发表的散文的结晶，是他对自己人生之路的小结，也是他献给早逝的钟爱的妹妹的一束浓香怡人的鲜花。

此集共分为四辑。第一辑《往事》、第二辑《故土》、第三辑《尘世》、第四辑《心语》。

以我的阅读经验，俞建峰散文的长处在于，他钻研于中外经典文学作品，有所心得，有所体会，有所摘录，有所效法。好的文章，体现了作者的眼光高远，也是作者文字修养和知识学养的凝结。没有这个三斧头，你怎能在鲁班面前卖弄风情呢？对于文学语言，我是十分看重的。一个作者，他的文字水平高不高，他所苦心孤诣的作品表达，已经达到什么境界，只要看了文章的开头几行字，便可大致掂量出文章的厚重度了。

有人会说，你没有看完全文，怎知文章的完美？其实，一个好的文章开头，已经体现了作者百分之九十的功力。如果你在文章的开首都没有抓住读者的眼球，你叫读者怎会有耐心读完全文？收藏家兼小说家马未都在《醉文明》一书中说过这样一个故事：有一次他被请到某地鉴定古董，仓库里铺天盖地堆放着各类高古瓷器，主人豪情满怀地说，家中收藏的五大名窑，比故宫里还多。马未都笑了，心想，全世界公认的官窑瓷器，都是有案可查，你这里竟然还有遗漏？接着，主人从保险箱里拿出一件汝窑水仙盆，马未都远远瞄了一眼，就看出是一件近代仿品。主人说，马先生要不要过过手？马未都摆摆手。事后有人请教马未都，为何不过手摸一下那件汝窑？马说：古代名窑瓷器，打开盒盖，沉郁温润的珠光宝气施施而来，哪有这种火一样的暴发户一般的跋扈？

所以说，观千器而识一器。文学鉴赏水平与古董鉴定的眼锋，有异曲同工之妙。长期读书，长期摘抄和长期练笔，便能真正提高自己的文学鉴赏力。我们来看一下，俞建峰散文的开头部分是如何布局的。

譬如：《狄家浜》的开头，他是这样写的："我到表弟家去，一路快跑，心情是欢愉的。多么希望表弟和我在同一个村庄，那样在一起的机会就多了。表弟家在浒浦一个叫狄家浜的杜子，站在俞家宕的土地上，能望见六队的房屋与树木，狄家浜就在它后边，被挡住了。那时，我觉得表弟家老远的，在小孩子眼里天地是要放大的，那地方，在我的眼里，简直是到了边境。再踏出一步，我担心会回不来。"

这样的描述，很能引起读者的求知欲望。白描的写实，隐藏着一种神秘感，悬念像一种柔软的绳索，牵引着你我走进人物编织的往事之网。

《那些女孩》的开头带一点生活的哲理。题目本身就已经足够吸引人了。作者便轻松地诉说一种浅显的独语："在我的生命中常常会惊鸿一瞥出现昔日女孩的身影，那是从潜意识里出来的感觉。这世界还有什么东西及得上感觉到来的真实——那尖利的在胸口的伤痛与淡淡的甜蜜，这种感觉历久弥新，如骨刺扎入肉中，轻微疼痛。"

这篇散文很有内在的感染力，它是作者从生活中浓缩的鲜活的感受，带有春天露水的芬芳，带有青春期男孩的萌动的向往。弥足珍贵的是，作者在精练的几句开场白之后，接连出现几个女孩的故事形象，满足了读者的阅读愿望。文中下面几节写的真是很精彩："那个长辫子的女孩是小学的同桌同学，那是激起我奋发学习的一年，得到老师多次表扬，新学年与她分开了座位，我的学习成绩竟然下降了。晓于世故的老师又把我调回原先的座位，却回不到从前了，长大了一岁，我的激情没有了。因为我懂得了羞涩，羞涩是制约活泼的利器，羞涩使得男孩女孩不说话……另一个女生也常常跳出来，我把中学毕业照片取出来，会找到这个女生……在一座石拱桥上，一个女孩子停住自行车，优雅地跳下，她离开画室窗口一路远去……"

好的散文就是这样，用白描的、精致的、勾魂摄魄的笔法，在短短数千言中，用皮影戏的勾勒，将人生最美的片断，隐现于生活的幕布。特别要指出的是，文中三节描写女孩子的片断，每一节的开头都有着不同的切入点，这正是作者用心用力经营文字的功夫啊。

二

我常常与俞建峰分享阅读的经验。他近几年来坚持阅读了大量的外国文学名著，尤其是这几年出版的外国小说。在这点上，他比我们幸运得多，他受到的文学熏陶更有系统性，这对他大幅度地提高文学的鉴赏力，极有益处。他也十分关注当代中国一流小说家的作品，例如余华、苏童、毕飞宇、荆歌、刘震云、迟子建、莫言等作家的作品。汲取前辈作家的精华，使俞建峰的散文从语言到谋篇布局，都不断趋向成熟，散发出瑰丽的生活之光。我也明白，他这几年着力于小说创作的建树，想瞄准国内一流文学大刊，作一番小说写作上的冲刺。这也不用着急，俞建峰还年轻，还有大把的时间作准备，遥远的文学之途还有丰美的里程碑向他招手。

古人论及文章之道，有"虎头、猪腹、豹尾"之说。我在这里要诉说的，却是文章的"胸有成竹"和"势如破竹"之说。所谓"胸有成竹"，说白了，就是散文的谋篇布局。所谓"胸中有全局，方能筹划于方寸间"。文章的全局了然于胸，好比见过千万支青翠的篁竹、墨竹、斑竹，笔下便有了挥洒纵横泼墨万里的浩荡之气了。

《与虞山为邻》我觉得写得淋漓酣畅、元气丰沛。

从老家浒浦镇出发的客车行驶到中途，望见淡淡的山的轮廓，我就知道快到县城常熟了。每次到常熟都首先望见起伏的虞山，老家的人称它为"常熟山"。那是一座怎样的山呢？是危峰兀立、怪石嶙峋；还是连绵起伏、突兀森郁？儿时的我是不懂这些词的，只知山就是打仗片中的山，有羊肠小道，有绝壁悬崖，山的险峻适合发动一次伏击战。

第一次爬的山当然是虞山了，从此固定了对山的印象。那次是和堂哥一起，跟我父亲到新公园。当时的新公园还是一个封闭的园林，深处便是一块湖，湖后边即是山坡，坡上就是山身。这就是虞山了！我和堂哥兴奋地往上攀登，尽找没人踩过的坡道，直到铁丝网围墙阻挡了方向。没爬到山顶，却也知道了山势，江南本就少山，虞山缺失挺拔和高耸，却绵长而舒展，灵慧而精美，"十里青山半入城"正是虞山诗意的写照。

在历史的丰满和高大面前，我们都是匆匆的过客。怀着对历史的敬畏和敬重，写出心中的惆怅，也是一种文学的守望。

《故乡的船与河》写得很沉静，在静默之中牵出悠长的乡思。它好比唱歌，开首一定要让丹田之气沉潜下来，让气息慢慢地有序地流淌。

老家浒浦乡下的船是水泥船。水泥船，顾名思义就是水泥做成的船，儿时我好奇水泥船为什么不沉？一块水泥疙瘩扔水里立即就沉了，可水泥船却不沉。二大队五队有两条水泥船，其中一条长年歇在搁墩湾。它有两个露天舱，舱肚总是积一点儿水，水里有树叶和鸟屎，因长久不流动呈现黄叶色。舱的两头是船首与船尾，模样差不多，只是船尾多了一个放木橹的铁扣子。

船首与船尾都有个圆形的暗舱，舱口用水泥板遮盖，这两个暗舱是不能放货物的，满载货物的水泥船之所以能浮于水面，是因为暗舱起到了浮力的作用。我们小孩子时常掀起圆盖子，探身钻进暗舱，那真是个奇妙的空间。船身轻轻晃动，一圈圈的水声透过薄薄的水泥舱壁嗡嗡嗡嗡传入耳朵。蜗居在里边，一会儿就有压迫空间造就的窒息感，怕怕的，便迅速爬到外边。从前舱到后舱去，就得踩住单边船舷，双手摊开，控制身体平衡，轻踩船舷走过去。船在重力作用下会发生一点倾斜，如果心慌，会掉入水，这个游戏女孩子不敢玩，纯粹是男孩子的游戏。在一场倾盆大雨后，船舱积了半米深的雨水，这时再去走船舷就更危险了。

《搁墩湾》这篇散文先是发表在《虞山》副刊，后来听从我的建议，俞建峰将此文修改充实后，向《雨花》投稿，终于发表。它好在什么地方呢？好在语言的鲜活，乡土气息自然流畅，像清凌凌的江南小湖，自在又高妙。

搁墩湾有一片勺子形的湖水，村庄就在湖边落脚，像一块泥土突兀在湖水间。清晨，搁墩湾湖面染上了粼粼波光；夕阳西下，湖面又是一片金光灿灿。搁墩湾最耀眼的房子，就是外婆家。在我出生前，在上海做工的外公把他的积蓄带回家乡，在乡亲们艳羡的目光中盖起了七间瓦房。

清晨，我从梦中醒过来，摸摸身边的被窝，外婆不在。院落里活动着外婆的身影。梨树结出了果子。我听到梨子落地的声音，闻到了清香。柠檬色，浅淡的。有村民走过院墙，他们的声音像歌唱，把我从温暖的被窝带到祥和的村庄。

《范美女》是一篇人物叙事散文。因为是真人真事，事实和场景是真实可信的。前文说过，建峰工作于美女如云的宾馆，见过太多人物的来去匆匆和悲欢离合。所以，与虚构的小说人物不同，俞建峰笔下的美女，都是有着厚实的生活特征。在他的笔下，一个个显得顾盼生姿、栩栩如生。

三

我们时常羡慕文学大师笔下摇曳生姿的人物肖像，我们时常惊叹古典名著中波澜壮阔的雄伟场景。但是，我们只有羡慕的勇气，却没有到达的神力。为什么呢？我们没有具备充分的读书积存，我们没有足够的知识积累，我们更没有泼天的才情和伟大的煎熬。这在俞建峰的《大师》一文中有了充分的说明，他为我们提供了有力的佐证，要想达到大师的境界，有多么的艰难。

我在中学读书时，中午闲暇时分，常常会到海虞路的新华书店翻书。一次，我翻到了一本美籍华裔作家董鼎山写的专著《美国作家与作品》。翻开第一篇，即是有关海明威的《密歇纳谈海明威》。董鼎山引用美国作家密歇纳的回忆："……我坐在那个角落里，把校样推得远一些，好像怕着它的魔，一方面我却越来越清楚，我面前乃是一篇伟大的杰作。只有'杰作'二字可以形容它。《老人与海》是这么一个灿烂的奇迹，只有天才作家才能偶然创造（后来我获悉，海明威在八个星期内一口气写成，无须修改）。我思考它的形式与风格的完美，把它与其他我所视为珍宝的中篇小说相比……我将校样藏在铺盖之下，走出去步入朝鲜之夜，对自己要能如此接近伟大作品深感激奋。我艰难地走过崎岖不平的地域，我决定了：不管那些比我明智得多的书评家对海明威过去的错处说些什么，我必得公开表示《老人与海》是一件杰作……"

感悟是如此的深刻，文学是如此的艰辛，文字的高峰是如此的险峻而又充满魅力。我愿与建峰共勉！

目 录

Contents

第二辑　故　土

第三辑 尘 世

第四辑 心 语

第一辑

往事

回忆往事，那些人，童年，那是真实开心的曾经。虽稚嫩，但真实，最难忘。

电影船

六月的一天下午，我看完 3D 电影《末日崩塌》，走出常熟城的大地天幕影院，被电影数字特效所震撼，久久地沉浸在回味中，这时，想起了电影船。我开始一点一滴回忆，恍如潜入水下，仰面看浮光在溪水中倒流，尘世的幻影在水面快速掠动，近景是彩色片，中景是黑白片，运景是幻灯片……

电影船在水乡穿梭，河边的人们兴奋地打听："要到哪儿去放电影啊？"

"十大队，今天晚上啊！"

十大队、浒西小学、跃进大队、搁墩湾。电影船在哪儿停歇，就是哪儿晚上要放电影了。

放电影啦！快，放电影啦！那时我还没到城里，在乡下浒西小学读书。听到喜讯，我背着书包奔跑回家，对母亲说："快，放电影啦！"母亲明白，今天的晚饭要早吃，吃了到晒场占位子。那时乡下还没通电，村庄只有在放电影时才像个节日，天空撑起一大块幕布，活动了人影儿，喇叭声响彻四野。从周边村庄跑过来的人们，远远望见天空挂着个发光的幕片，心儿早已怦怦直跳，唯恐落后，加快了步伐，在田埂上跌跌撞撞。人们把晒场占得水泄不通，村庄如同赶集过节，空前盛况。

说到电影船，先得提到大舅。大舅是个电影放映员。

大舅最后一次搬家，是1992年，从常熟老县场搬到南门坛上君子弄。房子是一个老书场改建的，放过电影，因面积小，改成文化局系统职工房，住了七八户。说书先生住在底楼，大舅家在二楼沿街房间。房间里边横贯一条走廊，从前这儿曾经是摆放映机的，墙壁留有陈旧的放映口，犹如碉堡的射击孔，能看出当年的风采。走廊往外下边是大厅，后来改做了录像厅，直到最后成为仓库。想象光束从放映口射出，穿过黑暗空间，掠过观众头顶，射到大银幕上，演出活色生香的映画，那一定非常的美妙。到这么个奇形怪状、光线晦暗的地方，踏上几乎竖直的木楼梯，驻足观望，想象力会变得异乎寻常的敏锐，头脑中浮现老电影的零散画面。到大舅家玩，顺便揩油看部免费电影。君子弄附近有人民影剧院，有一次跟表弟看吴宇森导演的大片《断箭》。F117隐形飞机超低空掠过山形，几乎贴着地表，发出惊人的轰鸣，音响在影剧院的空间排山倒海，夜黑不见一指，飞机完全凭雷达导航。然后是核爆炸，悍马军车在荒沙地带颠簸逃离，核爆巨浪紧追，沙地拱起，地表像被巨犁过了一遍。这时候，感觉人民影剧院的屋顶快要被声浪掀翻了……动作片的元素，惊险、悬疑、特技，一切都有了。

时间往前移到1983年，大舅家从浒浦的搁墩湾搬迁到了常熟城的老县场，大概是因为大舅从事电影工作的缘故，大舅家分配的公房总是在影院附近，毗邻市中心闹市，离菜市场很近。常熟城最重要的京门电影院、虞山大戏院就在老县场。那些年，电影绝对是至尊无上的文化项目，无论是《牧马人》，抑或《少林寺》，都获得了空前成功。电影散场，观众从安全门出来，到达外场，然后散去，人走光后，影院地面落了一地的甘蔗渣、香蕉皮、瓜子壳。大舅家住在老县场文物商店后院，分配到两间房子，因为影管处与文物商店同属文化局，因此大舅家还分到一处沿街的小屋做了厨房。就在文物商店一侧亭子间的橱窗里，平时关了屋门，路人见到的是摆放明清瓷瓶的橱窗，开了屋门，就会发现橱窗背后原来是厨房。一旦生了煤炉，烟尘往门外飘散，飘过文物商店，在隔壁杂货铺播放的邓丽君歌声中，袅袅升上老县场的天空。

我的回忆继续往前搜寻。1980年，我登上大舅的电影船，从浒浦出发，经梅李、塘桥、陈塘、大洪桥、兴隆、九里，抵达县城常熟。因是水乡，农村放映队配备的交通工具是一艘木船，叫作电影船。电影船缓慢地穿行在四通八达的水乡河网，我坐在木搁板上，透过舷窗，看河岸往后溜。一个打杂的老伯负责在船尾摇橹，挥汗如雨。那时的农村放映队虽说风光荣耀，却也简单朴素，连匹船马达也装不起，要靠手工摇。摇啊摇，摇到县城河，县城的房屋都贴在一起，屋后有石级，浸入河水间。钻过石拱桥，听到了卖菜的吆喝，听到了弹词开篇。看到了屋墙上的电影海报，看到了乌篷船，看到了城里白净的小细娘。闻到街边飘来的煤烟和菜香味。看到水面漂浮的西瓜皮、菜叶子。偶尔船过弄堂豁口，会瞥见大街上公共汽车一闪而过的身影。上了岸，自然是到电影院。县城的电影院竟然白天也放电影！这令我十分惊讶。大舅带我到楼上的放映室，站在高大的放映机旁，透过放映口，看楼下大厅人流涌入，过一会儿，安静下来，灯一暗，幕布亮了，活生生的人出现了，随着一声："同志们，向大上海前进！"——电影开始了，激昂的曲子奏响……啊，打仗片！太好了！放的是《战上海》，记忆最深的情节，蒋军卫兵双脚并拢，立正，喊："汤司令到！"还有，蒋军开了坦克去炸毁发电厂，工人挺身保护，千钧一发之际解放军乘了火车赶到："不许动，举起手来！"真是好险。

上电影船前，我在哪里看电影？应该是 1977 年，我想起搁墩湾第一次放电影的情景。

那天夜里下了场雨。是一场不合时宜的大雨，把观众浇了个湿透。那天，先是大舅送来了放电影的喜讯，再是这天下午，有人看到了靠岸停泊的电影船。我们盼星星盼月亮的电影船来了！那年我才刚踏入小学，一到下课，小一班的老师赶紧把学生赶鸭子似的放了，回家看电影吧，早点抢位子吧。于是我们雀跃着奔回家了，平常要玩的那天也不玩了。下午，晒场竖起两根竹竿，大舅牵拉着挂上幕布，再是搬来一台锃亮的放映机，放到方台上。放电影的电源来自电影船头的柴油发电机，一根长长的电线从河里连到放映机。到了晚上，天一落黑，发电机就"突突突"响起来。发电机的声音像一个美好的宣言，搅乱了吃饭人的心思，扔下饭碗跑向晒场。电影即将开始，晒场上落满了黑压压的人群，人们从四面八方赶来，早来的人抢到好位子，晚来的人只能站立后场，或者蹲上土堆、攀上树杈。放映机射出强劲的光束，照亮了张紧如帆的幕布，幻灯片宣告影片的开始，几分钟后，正片开始。放映员是我的大舅，而我就坐在放映机旁，多么令人骄傲啊。晒场鸦雀无声，只听见幕布上人物的对话声，所有的人都抬起头，目光注视幕布，屏息观看，大气不敢出，心思跑进了电影里，变成了里边的人物。那时的人淳朴，都以为电影是真的，也就更容易进入场景。电影《红日》进入了情节高潮，蒋军 74 师师长张灵甫站立孟良崮前，叉腰挺胸下命令："两翼顶住，掩护全军，翻过孟良崮南下垛庄……"

我尝试做了件想做却一直不敢做的事，突然伸起手，挡了一下放映机的光束，幕布上顿时投上只巨大的手影，虽立即缩手，但已被大舅发现，他朝我呵斥，我惭愧地低下了头。

　　上部没放完，天空突然下起了雨，开始小点，慢慢地下开了。大舅站立着，撑起雨伞保护放映机，光束挣扎着穿过晶亮的雨丝，抵达幕布已是强弩之末。雨不见停，银幕成了水幕，整片水迹斑斑。有人撑起了伞，有人退到了屋檐下，多数人还在原位不动。电影像在水面上放映，浸湿了的幕布软软塌塌，在风中轻轻摆动。大舅跟同事商量后，决定停止放电影，幕布上打出幻灯片，告知暂停放映，明天天晴继续。据我所知，这是唯一一部分作两天放映的电影，全靠大舅的争取。

　　这样可以断定，在浒浦生活那会儿，在我孩童时就结识了露天电影，见识了城里的电影院，完全是因为大舅的缘故。大舅在县农村放映队工作，是一位受人尊敬的放映员。

　　大舅经常不着家，他有一辆珍爱的永久牌自行车，他骑车到村子河岸，河边泊着一条形同南湖画舫的电影船，船舷两侧各有一排格子玻璃窗，窗上贴着电影海报，船头有一台盖了油布的柴油发电机。大舅和同事住在船上，吃喝拉撒在船上，欢乐苦痛也在船上。船是他们的家，船是移动的风景。电影船如同一条希望之船，带着一件无限美好的礼物，在日落黄昏不期而至，给村庄送来一片惊喜。要放电影啦！刹那间，我看见人们的眼睛亮了起来，柔情万种，精神焕发。

　　电影船是水乡一景，成年累月在四通八达的水网中穿梭，给煤油灯下寂寞的村庄带来欢乐和光亮。我的大舅就在这条船上担当放映员，这是多么令人骄傲的工作啊。他大舅是放电影的！——这句小伙伴的赞语，成了我美好的记忆，是我显耀的资本。小伙伴的舅舅，有种田的，有打铁的，有扛沙包的，那算什么工作呢，而我大舅是放电影的。小伙伴总在打听，电影船开到哪儿去了？电影船啥时候来村子？哦，电影船，快点来啊。许多时候，我宁愿相信一个美丽的谎言，电影船会在太阳落山时分突然来到村子，放一部电影，片头雄壮的解放军进行曲奏响，"八一"五角星放出万道光芒，这是最激动的时刻，说明是一部打仗片，片名叫《鸡毛信》《平原游击队》，或者《上甘岭》《南征北战》《永不消失的电波》……

大舅当过兵，参加过抗美援越战争，他当的是高射炮兵，美军B52轰炸机是他的作战对手，当庞大的轰炸机编队把阵地炸得一片硝烟弥漫时，大舅得以幸存下来。大舅边上的一个高炮班却全部牺牲了。从此我对B52轰炸机有了更深刻的认识，因为它几乎要了大舅的命，它呼啸而至，带着死神的威胁。大舅只是中弹片负了伤。大舅屋子的墙上贴着一张军功奖状，大舅在抗美援越战争中荣立三等功。令人难受的是中越后来交恶，1979年打了一仗中越自卫反击战，许多年来，大舅无法跟我提到越南，有关越南的话题在大舅那边成了回避的主题。直到2010年，大舅的战友们编写出版了一本回忆抗美援越战斗的书籍《南国炮声》，他才重新直面此事，把书借我阅读，还兴致勃勃谈论战场往事。

复员后，大舅当上了农村电影队的放映员。当放映员的大舅有了空余时间，在某些不适合放映的季节，难得的空闲，回到搁墩湾。他在家自学成才，做起了木匠活和泥瓦匠活，修补自家的房子，修筑家门口的道路，在后门口浇注一块水泥地，院落浇注两块水泥台。我跟在大舅身边，看他干活，大舅会差派我做些小活，我很高兴地配合着。会做各种活儿的大舅是我崇敬的长者，在我心目中是一个高大的楷模。我跟着他一整天地沉浸在某桩事情之中，这无意间培养了我的耐心与专注。在我成长的时候，我就模仿大舅，潜意识里想成为他那样的男人，勤劳、专注，有责任心。

大舅有一副英俊的脸。我有次对大舅说，娘舅，你长得像周总理。

大舅说，瞎讲。我说就是像。我对大舅的感情跟对外婆有所不同。我远离父母，长年在外婆家，接触的男子汉就是两个舅舅了，其中尤以大舅为榜样，大舅的行为品格，悄悄植入我的性情之中。对于我来说，大舅还是一个浪漫的化身，他随电影船四处漂泊，游走四方，他的船儿在水乡密集的河道漂浮，船上藏匿着神奇的映画和奇思妙异的想象。大舅是魔术师，把演出的欢愉以光与影的形式表达，在乡村野外、茅草屋间、晒场稻谷香中，麦子熟了的时候，光与影在乡村的天空银蛇舞动，在一双双饥渴的黑眼睛中跃动，水银泻地。黑夜给了大舅黑色的眼睛，他却用它来寻找电影。大舅的放映员生涯是精彩的，他给乡村带来了多少福气啊！许多年后，搁墩湾的人们一提到电影船，那原本安静的双眸，会突然间放出光芒。那是电影机发出的光，流金岁月的幸福之光。

　　1975 年，这是距现在最遥远的记忆，时间在此时定格。那年冬天，我跟外婆去六队看一部黑白动画电影，片名《半夜鸡叫》，外婆牵着我的手，走在深夜的河边，黑漆漆的田野，泛着冷光的河面，让我怕怕的。外婆的手是温暖可靠的存在，我的视觉还是张望陌生世界的懵懂状态，对电影一知半解。时间再往前，我的记忆中没了电影，只留下煤油灯下的影影绰绰，长辈老人，外婆的纺车，河湾村落，枫杨树故乡，如盐一样洒在地上的月光。

原载于《翠苑》2015 年第 6 期

少年事

　　我十一岁那年，离开老家浒浦到常熟城读书。

　　新学校叫五爱小校，在槐柳巷。我走入坐满陌生同学的四年级班教室，心里蛮紧张的。班主任老师安排我坐末二排，和一个女生同桌。一切都是新鲜的，老家浒西小学的教室是简陋的平房，而城里的五爱小学却是三层的楼房，还有带栏杆的走廊、木楼梯、木地板、明亮的玻璃窗。站在楼上走廊，能俯瞰整个操场，眺望不远处的方塔和街道两侧的梧桐树。

　　我在楼梯间发现了新式台子，一张木质的乒乓台，有学生持拍在对打。然后，我又在礼堂里发现了更多的乒乓台，也是木质的，因为旧了，掉了漆，但在我眼里仍是那么的完美。在操场，我还发现了单杠、双杠。这些玩意对一个来自农村的学生来说是那么的新鲜和神奇。

　　正当我见识新事物的时候，三个男同学靠上来，其中一个身坯最大的挡住我，对我说他要当我的"师傅"，理由是这样一来他可以保护我。这倒新鲜，我甚至还叫不出他的姓名，他却跟我谈师论兄，一副江湖气。这是在乡下听都没听说过的事情。乡下孩子单纯老实。我稀里糊涂认他为"师傅"，然后尝到了某种优越感，他跟在我身边像个保镖，弄得我很有面子。他绰号"豁皮"，是班级里最强壮的男生，当然也是学习最差的，男生都向他谄媚臣服，用现在的说法他是"校霸"。乡下孩子不懂商品经济，不知道这是要付出代价的，随后他向我讨保护费。他就像旧时上海滩的小瘪三向我"敲竹杠"。笑话，我哪来的钞票，有钞票也不会给他。对于一个乡下长大的孩子来说，这种恶劣行径闻所未闻，我当场愤怒地拒绝了他。

"你一个乡下人！敢不听话！"他带了几个同学开始找我茬，放学路上对我围追堵截。每天放学时，我都心事重重，设法突破重围。双方发生拉扯，干起架来，我一个对付五个。读书没心思了，成天想着怎样对付他们。城里的天空是灰暗的，这里不是我的天堂。

我最终把他们对付了过去，这首先得感谢我的链条枪。那把心爱的链条枪，我把它带到了城里，带到了学校。在一次放学路上，他们来了，我朝他们嘿嘿笑着，突然从书包掏出链条枪朝他们瞄准。他们面面相觑，退却躲避。砰！枪响了，在弄堂里发出脆亮的响声，不待我装入第二根火柴头，他们转身跑掉了。这以后，每天放学路上，我的手伸在口袋里握着链条枪，就这样唬住了他们。

我差不多成了独行侠，就因为我是乡下人，并且正直、不畏强暴。我被孤立了，一个人玩，一个人上学放学。那时候我的身体素质真是好，从小生长在乡下，风里来，雨里去，走夜路，跑长路，割草、喂羊、打群架，锻炼了身体。我个子高，筋骨好，两只拳头硬铮铮像铁榔头。我是天不怕，地不怕，自古英雄出少年。

一天午后，我上学到教室，伸手到课桌兜翻开书包，就摸到了尖锐的异物。竟然是一副鱼骨架。我吓了一跳，取出来扔地上。我知道是谁放的，知道代表了啥意思，我姓俞，俞谐鱼音。"豁皮"苦心经营想出这个办法来羞辱我。他朝我笑，过来挑衅，说就是他放的，你想怎么着。哈哈。我被激怒了，忍无可忍了，自卫还击了。人不犯我，我不犯人，人若犯我，我必犯人！我给了他一拳，结实地捶在他的胸脯上。他回敬我一拳。我还击一拳……那时还没有公映电影《少林寺》，打架还不懂得使用腿脚功夫，只会用拳头。我们两人就这样站着，怒目相对，你一拳，我一拳，倒也十分公平。我的手肘被拳头击得火辣辣的，因为我总是用手肘去迎接他的拳头。而他的胸脯却被我的拳头打疼了，他用胸脯来迎接我的拳头，可胸脯其实是软肋。

大辫子女班长急忙跑去报告班主任。班主任跑出来严厉地制止。我俩被叫进办公室吃批评。处理结果是四六开，略偏我这边，总之都有错。班主任老师说："要团结，不要分裂，保证今后团结友爱，握手，然后回教室！"

从办公室出来，"豁皮"走在我身后，他对我说了句话，我至今仍能记得他说话的样子。他抚摸着自己的胸口，讨好地对我说："嘿，你的拳头蛮硬的！"我不睬他，大模大样地跨进了教室。从此以后，他再没敢来惹我，从此再没同学敢来欺侮我，我与他们平起平坐了。再以后，我发现，自己也人模人样变成了个城里人了。

原载于《常熟日报》2012 年 7 月 9 日

童年的玩具

　　朋友常奇怪我的书房至今仍放着遥控船、飞机、坦克、汽车，更准确地说是介于玩具与模型之间的玩意。现在我到商店走过玩具区，还会多瞅上几眼，店员以为我要给小孩子买玩具，上来搭讪，问儿子还是女儿？我只好含笑不答。店员不知道其实我是自身喜欢，那种童年生根发芽的对玩具的炽爱，在潜意识里根深蒂固。

　　喜欢玩具的日子跟上海有关。一个男孩的身影，他对玩具的着迷，他牵着小汽车在搁墩湾一路狂奔。

　　男孩的外公在上海工作，男孩离开浒浦乡下到大上海去，这是每年假期的节目。有关童年的记忆总是游移在浒浦与上海之间。对于一个乡下儿童来说，记住上海其实就是记住了那些琳琅满目的玩具。上海是乡下儿童梦幻的天堂乐园，那儿有数不清的漂亮玩具，在商店橱窗里发出炫目的光芒，勾引一个小男孩对颜色和形状的探索。你知道吗，每年春节，外公风尘仆仆地回到故乡，他带回玩具分给孙儿们，男孩是大外孙，总是轮到第一个挑选，众目睽睽之下，他挑中最大最漂亮的玩具，一辆车后厢装有鸟雀的铁皮卡车。接下来，他沉浸在幸福之中，这份好心情会延续一个新年和随后的春天。在雨天，男孩拖了一辆玩具汽车，在乡间小路赤脚狂奔，弄得一身泥水。

浒西小学的同学应该还记得这个男孩，也跟玩具有关。男孩课桌内排满了玩具，小汽车、小船、手枪，同学坐不住了，他们的目光被点燃，乡下从没有哪个学生能够拥有如此数量众多的玩具。玩具不允许带到学校，最终被老师发现后收缴。放学后，老师把忐忑不安的男孩叫到办公室，关照以后不准带到学校里来，把玩具悉数还给了他。

男孩盼望着到上海去，盼望着外公回来，其实是盼望着那些个玩具。外公回来的时候，人没到先有人来报信：你外公回来啦！男孩听后飞一般奔到外公家，他看见玩具在场地的水泥台上朝他招手。男孩跟着外公外婆到上海去，南京西路有家"翼风"模型店，它是男孩心中向往的圣地。外公家离这个店很近，走过一条弄堂就到了，男孩驻足流连，透过橱窗看到好多玩具与模型，飞机、军舰、轮船、火箭、赛车，对于20世纪70年代的农村孩子来说，这么多的玩具模型彻底把他迷住了。男孩的想象力插上了翅膀，相信飞机可以上天，轮船能够乘风破浪，火箭照例直上云霄。男孩想象轮船在掏墩湾水面航行时的美妙，渴望拥有它。可是这些轮船模型比一般的玩具价格要贵好多，男孩只能看看而已。

有一天，男孩的舅舅来上海。外公带他们上街去，进了玩具店，外公要给男孩买一个橡胶游泳圈（救生圈）。男孩开心极了，可是舅舅反对，说，乡下小孩用这个太奢侈了，他们只要用木桶就可以在河里游水。外公听从了舅舅的建议。男孩在一旁沮丧得要命，一个美好的夏天就这样给毁了。要知道那时在乡下，还没有一个孩子能够拥有游泳圈。虚荣以及对玩具的喜爱，让男孩万分痛苦失望。

还有一次，上海好婆接男孩去住上一阵。上海好婆是男孩父亲的姨妈，住在上海小南门。上海好婆牵着男孩，走过"翼风"模型店，男孩停住脚步，手摸橱窗玻璃，张望里边的玩具模型。一艘万吨轮船模型，船头飘着彩旗，挂着铁锚，船上雷达、船舷、舵、窗、门都做得惟妙惟肖，还有救生艇吊在舷边。男孩贪婪地盯着，脚底似乎被石砖地粘住了。上海好婆见男孩不肯走，骗他说，过阵子，唔买了这只大轮船送给侬，开心了吧。男孩听了开心得不得了，以后的日子盼望着上海好婆兑现许诺。上海好婆却好像忘记了，她不懂得一个小孩子内心世界的执着，她不知道一个幼小心灵的真诚和透明。男孩许多次在梦里见到那艘轮船，他把它放在搁墩湾河中，快速地航行，小伙伴们跟在后边游水。男孩后来对上海好婆的失信一直耿耿于怀。

男孩曾经拥有过许多玩具，也品尝过无法拥有时的沮丧。玩具本身只是一件物什，拥有的过程是一种成长的轨迹。在物资匮乏的年代，拥有一件玩具是乡村小孩的奢侈梦想，他得正好遇到父母好心情，愿意开恩破费，这样的机会极少，更多伴随的是失落，现在说法是叫挫折教育。"得不到"一直伴随了男孩和伙伴们的童年，以至于记忆犹新。你知道吗，长大后男孩工作了，去上海外公那儿玩，出门就直冲"翼风"模型店。那艘万吨轮船的模型还在，它似乎等待着他的到来，两者有一种亘古的约定，长大了的男孩用第一份工资迅速得到了它，童年的梦想最终得以实现。

我就是那个喜欢玩具的男孩，那个在雨天牵着玩具汽车在搁墩湾一路狂奔的男孩，那个眼睛被轮船模型吸引住、双脚不肯挪步的男孩。喜欢玩具的日子，并不会随着时间而褪色，它将保持一生。玩具与美好有关。有玩具的童年，真好。

原载于《常熟日报》2013 年 3 月 19 日

老屋往事

　　老屋是一幢五开间的平房。每年回老家浒浦，我都要去看看老屋。虽然它现在属于别人家的，我还是照例不改。20 世纪 70 年代，整个俞家宕都是这样的平房子。我家搬到常熟城后，村里的房子开始翻建成楼房，我家的老屋仍是老样子，整个村子独此一幢，像被遗忘的某个故居，保留了过去时代的印迹。

　　1975 年，村里多数人家是几代同屋，还有人家住着茅草屋，在这种情况下，生产队组织村民盖建新房，沿俞家河南北向盖建了一长排平房，都是黑瓦白墙，五开间，坐北朝南。盖房子花掉了父母全部积蓄，还欠下一千多元债，那时收入极低，这些债成了压在父母肩膀的大山。每天早晨，母亲从鸡舍里勾出鸡蛋，等到积满一篮子就上街卖掉，换取微薄的收入；父亲在县直机关工作，只要从常熟城回家，就会到河里捉鱼摸虾，以此改善生活。全家人缩衣减食，省吃俭用，花了近十年时间才把债还清。

　　早晨，太阳东升，照得窗玻璃亮起来，暖起来。我的房间沿路，行人的脚步在窗下走过，能分辨出是谁家的老伯上浒浦街喝茶。母亲有时会追出去托人帮忙卖鸡蛋。房间是夯实的泥地，屋顶是裸露的木梁、椽子、脊檩，还开有天窗，光线从中泻下来，其间有细微的尘埃跳跃。我仰卧床上注视天窗，憧憬海阔天空，似乎那里边隐匿了神奇。老屋是一目了然的，没有多余的素材，木梁、椽子都是下等木料做成的，弯弯曲曲的树身长着瘤状疤斑。主梁由两段圆木接成，铁钩子连接，成了房梁的中流砥柱。院落有一棵枣树，还有一棵梨树。秋天结出白枣，我抱树发力摇撼，枣子如雨点落地，小伙趴地抢拾，这是村子里最好的枣树，我很自豪。家家户户都种有梨树，我家的梨个头大，肉汁有点粗粝，没有小个的黄香梨好吃，这个不满意。我家前边就是叔叔家的房子，后墙有一排杉树，是父亲栽种的，现在杉树已有三层楼高了。屋后有条河，名叫俞家河，河水生生不息流动，连接三公里外的长江，河水一年四季总是丰沛的。河岸砌有石级，母亲蹴蹲着淘米洗衣。河岸种有茭白，用网捞，能捕捉到小虾。石级底部也能摸到一碗螺蛳。一次，我钓到一条半斤重的鲫鱼，傍晚，木台子搬到院落，母亲、我、妹妹三人吃晚饭。鲫鱼端上来，真鲜啊，我充满着自傲感，因家穷，吃鱼的日子实在不多。还有一次，母亲带妹妹到狄家浜的姨妈家，剩我独自守家，坐在灶间的木台，等母亲和妹妹归来。白炽灯亮出昏黄的光，我盯着乡野道路，那条黑色中越发浓重的路，暗蓝色的天空，隐隐传来的行人声音，远处暗下去的村落，狗吠声。我将火柴头装上链条枪，朝天打一枪，声音震响，为我壮胆。

　　1976年，唐山发生大地震，余波未了，我们都住到院落搭建的防震棚。上海好婆来我家，她是我父亲的姨妈，从上海到乡下来休假，上海好婆不愿意住防震棚，说常熟是冲积平原，是江南福地，历史上没有发生过大地震，这次也不会。她仍住在屋里。村人竖起了大拇指，上海好婆的特立独行留下了一段佳话。地震果然没有发生，然而，那年还是发生了台风，老屋后边的牲口棚被风刮坍了，猪跑到了田里。

　　我家搬到常熟城后，老屋空关了许多年。住在父亲单位分配的公房，母亲深有感触地叹息：早知现在，当初不要盖房子，也不会吃那些年的苦头了。每年回到老家，母亲会去老屋打扫。这不住人的房子，还真的容易衰旧。老屋再次去住，是妹妹去世的那年冬天，办完丧事后，我和外公留守老屋。外公生起煤炉，把老屋弄得温暖些。小伙伴过来玩，我们在挂着妹妹遗像的厅堂里下军棋。老屋肃穆沉寂，一副饱经风霜的样子，世事突变，让我的内心跟着复杂起来。

　　老屋如同一个在乡村伫立的空巢老人，没有人住的老屋日见颓废。1996 年，我家做出了一个决定，出让老屋。有个来常熟打工的外地人成了老屋的新主人，老屋成了新常熟人的居所，老屋中诞生了新生命——新常熟人的儿子出生了！老屋仍然陈旧简朴，却洋溢着欢笑与满足。枣树仍然结出枣子，老屋的夜晚亮出了祥和的灯光。

原载于《常熟日报》2012 年 12 月 21 日

狄家浜

我到表弟家去，一路快跑，心情是欢愉的。多么希望表弟和我在同一个村庄，那样在一起的机会就多了。

表弟家在浒浦一个叫狄家浜的村子，站在俞家宕的土地上，能望见六队的房屋与树木，狄家浜就在它后边，被挡住了。那时，我觉得表弟家老远的，在小孩子眼里天地是要放大的，那地方，在我的眼里，简直是到了边境。

再踏出一步，我担心会回不来。

我到狄家浜去，走在二大队通往浒浦街的大道上，这是一条泥路，是村庄通往外边世界的大道，垂直连接到常浒公路。往左拐，可以到浒浦街，不远了；往右拐，到常熟城，有十八公里路、三十二座桥。到表弟家去，就走这条大路，不到常浒公路，走到半途找准右边一条小道，两侧是大片的棉花田，这是通往表弟家的必经之路。在路口，依稀可以望见远处常浒公路 32 号桥，一辆公共汽车响着喇叭扬起灰尘牛哄哄地开过，那景象足够壮观。我把这当作美景，把高高的冒黑烟的烟囱也当作美景，那时没有环保概念。在路口，向南望，可以看见表弟家的村庄，那些树，那些黑檐白墙，是多么的熟悉，还有那条小河，沉入水的杨柳，岸头的石板水栈——西边第一条水栈是表弟家的。

　　我遇到在田埂劳作的姨父，他高兴地喊我，告诉我小锋在家。我在田间小道上跳着快跑，像匹欢快的小马，直到面临危险才停下步子。村庄在路的尽头。有狗吠声。那年月养狗人家极少，人都难得有肉吃，焉能养狗。表弟家的邻居却是常年养狗，一条草狗，汪汪汪朝我叫，挡道欺侮生人。到表弟家，必须闯过这条拦路狗，这是摆在少年的我面前必做的功课。我总结出一个方法，往兜里装满碎砖块，瞄准狗，用力连续地掷去，在我的猛烈攻击下，狗仓皇出逃，我便趁空迅速冲过火线，一口气跑到表弟家的弄堂，然后大口大口地喘气。

　　姨妈在弄堂里，坐藤条椅上，低着头，专心做花边。身边的木椅上摆有剪刀、针线圈。同伴是隔壁女邻居，一位年纪小点的妇女，两人结伴做花边。姨妈搬来一只椅子，让我坐，又取来毛豆结吃。表弟闻声从屋里跑出来，看到我，开心得不得了，我们便在弄堂里玩耍。姨妈放下花边，到田里砍了一捆芦穄，抱回来扔地上，对我说吃芦穄。

　　那条弄堂，真是风凉。是自然风。从南面吹向北面，吹到屋后的竹园，吹到河岸，拂动杨柳点拨水面碧波涟漪。我喜欢坐在表弟家的弄堂，有一种安心踏实的感觉。弄堂的一端面对来时的路，从这里可以打量路上的行人。弄堂另一端到达屋后，一条曲径小路连着竹园与岸边水栈。屋墙是烟灰色的，腰线以下墨青，不能靠背，会弄脏衣服。墙壁在风雨侵蚀下略显斑驳，看上去像是被水墨洇染过似的青苍。弄堂两边的门是相邻人家的边门。院子在房子另一边。房子之间的狭长空间就是弄堂。表弟家人不常到与兄辈合用的院子，倒常常生活在弄堂里。除了冬天，其他季节，弄堂成了表弟家主要的活动场所。

　　我那时学画画。到表弟家住上三四天，支立画夹，画水粉，画乡间的房子、树与路。一画就是半天，在弄堂里，我画了隔壁邻居的老婆婆，是一张铅笔速写，画得很出色。那个老婆婆，很凶的，对儿媳妇特别凶，以至于后来他儿子去世后，矛盾加剧。这是许多年前的事了。

表弟家后边有条河，沿村庄背阴盘踞，不连通外河，也不通船。水却不见少，是南方多雨的天气滋养了河。河边必有村庄，村后必有河，这是江南水乡的规律，可是一旦有了自来水，这个规律被摒弃了。暑假里，我到表弟家，和他下河游泳，倒扣了水桶，脚蹬得水花四溅，游得很慢。就是使不上劲的样子，虽然声势浩大，却是效率不高。那条伸入水间的石板水栈，是表弟家的。家家户户都有水栈，那也是泳者的码头，累了歇息一下。少年时的我，已住城里，迷上了船模。在表弟家，我把泡沫塑料挖成船形，装上小电动机，船放入水面，连接上电池，五瓣叶片像水车一样旋转，船便前行，我和表弟在后边游着跟随。村子里的小男生，惊呆地望着船模。

谁家的鸭子咕咕地叫，似被小船惊扰了。

在新千年，这房子，这弄堂，这村庄，甚至狄家浜地名都不复存在了，它们成了"豪威富"的厂房，那条小河湾也成了厂里的池塘，适合栽种荷花。表弟家拆迁搬到我家原先的村庄俞家宕。我儿时的愿望实现了，表弟和我成为一个村子的人，可我已到了城里。表弟家的房子在大道边，坐西朝东，是幢新式洋楼。房子后边没有河，田里也不种棉花了。

原载于《常熟日报》2013 年 1 月 14 日

米

　　我生长在常熟，江南鱼米之乡，从小吃的是大米。对米，我有一种特殊的情感，在超市里，面对那一粒粒洁白晶莹的大米，内心充满了温暖与富足。与任何食物相比，米都是上品，都是不容玷污的，敬惜米，即是敬惜大地母亲。

　　位于长江下游的吴地是我国最早的水稻发祥地之一。六七千年的新石器时代，这里就出现了水稻的栽培和种植。数千年前，这里的气候较今天更为温暖湿润，也更适合野生稻谷的生长，勤劳的先民在长期、艰苦的采集生活中，筚路蓝缕，经过反复地观察和试验，渐渐地掌握了野生稻的生长规律和特点，将野生稻培养成了人工稻。年复一年，日复一日，先民成长为一支擅长稻作农业的农民，不断地繁衍在这块肥沃土地上。宋代，常熟所在的苏州地区稻作农业的方方面面都处于全国领先地位，当时，全国水稻的平均亩产约为一石半米，苏州地区则可达到二三石米，因此有了"苏常熟，天下足"之美誉。

　　常熟人的饮食以稻米为主食，粥、饭成为人们最主要的饮食方式，所以民间有"稻谷为百谷之首，粥饭为百姓之命"的农谚。还有，俗话说"民以食为天"，对常熟人来说，这句话可以换成"民以稻为天"。

正因为稻米是常熟人生存繁衍的根本需求，人们的衣食住行、宗教信仰、岁令节日、娱乐活动等才和水稻发生千丝万缕的联系。水乡妇女均头戴三角包头，身穿大襟纽襻布衫，腰系裙服，设计上考虑与水田劳作相贴合。每逢水涝旱灾，村民全体出动，集体踩踏水车，引水灌田。"人要饭养，稻要肥长""田中无好稻，怪你少肥料"，罱河泥养田，这是十分有利于水稻生长的一种有机肥。儿时经常见到村里的农民摇了水泥船，到河荡里去罱河泥，这成为水乡的特色景观。除了河泥外，农民还会收集人粪尿、猪羊粪这些极佳的有机肥。

稻米是常熟人的主要食粮，一日三餐皆以稻米为主，要是常熟人到北方一连数日都是面食，吃不到米饭，那胃口就不好过了，谚语说得好："吃煞馒头不当饭。"常熟人的肠胃早已适应了米饭。我父亲年轻时到北方参军当兵，据他回忆说，在饮食方面最不习惯的就是经常吃不到米饭，这成为一大烦心事。我单位的食堂午餐时常供应面脚板，如果我这天早餐吃了面，午餐必得要吃白米饭，再好的面食对我而言连顿吃都是没胃口了。常熟人除了直接食用稻米外，还喜欢将糯米磨粉制成各类点心后食用，糕、团、圆、粽，品种多样、形制精美、味道可口，与作为主食的粥、饭相得益彰。同时，糕、团、圆、粽由于谐音为带吉祥含义的高、团、圆、中四字，更成为人们节日期间餐桌上不可缺少的佳肴。一日三餐，一干两稀，即中午吃饭、早晚喝粥，这种饮食方式更多的是适应农民日出而作、日落而息的农事劳作。早上天色渐亮，农民就要下田，把昨天吃剩的米饭下锅泡粥，然后上桌，再配些自腌的咸菜、酱瓜、咸鸭蛋佐餐，既清爽又简单省事。平日里有蛋炒饭，伴以青葱，既喷香可口，又十分充饥。如果在饭中加点蔬菜，再以猪油、盐一起煮烧，就成了菜饭，加点咸肉，就成了咸肉菜饭，吃起来更香了。农忙时，由于劳动时间、劳动强度骤增，增加的一顿由家人送到田头，我儿时就经常干这种活儿，拎了菜篮，为在田间辛苦劳作的母亲送饭。

　　常熟民风淳朴，尚简为风，常熟农民养成了节俭的风气，俗语说："吃得三年白粥，造起一间瓦屋。"在困难年，主食的稻米不够吃，就会杂以麦子、玉米、红薯甚至糠菜等，这就是杂粮饭。节约、爱惜米的观念在我心中根深蒂固，从小就养成了吃完饭后不能残留一粒米的观念。不小心落在桌上的米粒，也要捡起送入嘴中，否则就是浪费。儿时家里吃饭喝粥时，父母常常提醒不能浪费粮食，要把不小心散落在桌上的米粒捡起来吃掉，还会吓唬说浪费粮食要遭"天打"。每顿饭后，我总是要把饭碗舔得干干净净，现在还是保留着这个习惯，要是看到人家浪费大米，总是感到不可谅解。儿时，即使吃剩下和散落在地上的米饭，也会被母亲收集起来喂鸡养鸭。夏天因为气温高，吃剩下的粥、饭一不小心就会发酵变质，成为"馊饭""馊粥"，尽管已经变了质，村民舍不得倒掉，我婶婶是个极俭之人，就会把它们重煮后吃掉，这是一种珍惜粮食、积德积福的行为。

原载于《常熟日报》2013 年 3 月 22 日

夏日偷游水

我的老家在浒浦，离长江不远。我家屋后的小河通往长江，水浅时，江水就流进小河，河水从来都是丰盈而知足的。儿时我们就在这条河中游泳，我们叫作游水。那时的河水清清，用来烧水煮饭；那时的河边有石级，妇人蹲在上边淘米洗菜。那时还没有自来水，家家户户都是枕河人家。总要得到母亲同意后，我方能下河游水。那股兴奋劲，一个箭步，跳下河面，激起巨大的水花，在水中尽情撒野。打水仗是伙伴们常玩的游戏，打得昏天黑地，整条小河都喧腾了。

小屁孩抓了倒扣的提桶，水花四溅，声势浩大，效果却是雷声大雨点小，游得极慢极慢。家家都有木箍的提桶，家家的小孩都抓了提桶在河中扑腾，那是炎热夏季村庄的河流在黄昏时的壮观景象。大点的孩子就会脱手游水，姿势基本是狗爬式，这已经让我羡慕煞了。学会游水是向伙伴显耀的资本，是无上的光荣，在伙伴中亦能获得尊敬。我们争先学游水，在浅水处，张开臂，奋力扑腾。吃口水，再吃口水。学会游水是在夏天的末尾，堂哥站在水中央，朝我喊：游啊，快游，别怕。周围的小伙伴都在看着我。我拼命了，游了起来，真的！游了起来。我会游水了！一个男孩会游水了，意味着他长大了，不再是个小屁孩了。

学会游水后，我开始练习潜水与仰泳。我捏了鼻子钻入水，身子却自动浮上水面，根本沉不下去。我一次次地钻入水，头在水下，身子却可笑地浮在水面。天色暗下来，伙伴们上岸了。我还在独自练习，往水下钻了十几次，终于发现，原来钻入水后，手臂要往上划水，使身子往水底沉。成了，潜下水了！学会了。学会潜水的代价是我的耳朵发炎，到大队医务室上了药，俗称"烂耳朵"，两个星期不准下水。相比之下，我们那儿把仰泳叫作"躺仙人"，这个我学得很快。原来人本身有浮力的，只要吸足气，躺于水面，自然不会下沉，只需换气换得勤些。我躺于水面，两手划水，朝头顶方向游去。从村北一直游到村南，游出了村界线。望着天空，有几朵形状可疑的云，云层外边是什么？未知世界。一条河只剩我一个人。突然害怕，翻起身，这才发现，已漂流到陌生的外村了。

夏日上学路上，正是太阳最热时，我们走在河边寻思要游水，这种没有经过父母同意的游水叫"偷游水"。没有替换的裤衩怎么办呢？男生嘛，怕啥，大家脱了裤衩，赤身露体。女生嚷着，转过脸，她们留在岸上。我们光着屁股，跳下水，溅起很高的水花。接着，玩起了水仗，输的人脸孔涂上了泥浆。我们姓季的女老师来了，她还没结婚，一本正经，两只小辫甩了甩，涨红了脸，命令我们：起来！又说，我不看你们。我们只好听她的话。她转过身，看着棉花田。我们一个个上岸，找着自己的裤衩套上，往学校跑去。

小学三年级期末考试，上午考语文结束，离下午算术考试还早着呢，我们就去长江的护堤河偷游水。同学们翘了湿漉漉的光屁股，像一群水獭，钻入岸上的田地。我因为刚学会游水，在河里练习，根本没注意到他们在偷瓜，突然之间，同学们像下饺子似的，纷纷跳入河里，竞相朝对岸游去。我还没弄明白怎么回事，看瓜老头跳下了水，游过来，是自由泳！他张开鹰爪大手，拽住落在后面的我，把我拉上岸。我赤条条的身子，在阳光下通体明亮，水珠滚落滴在瓜叶上。我被老头锁入瓜田边的牲口棚。棚子里养着羊，它们用怪异的眼睛盯着人。我缩在墙角，防卫着。

过了些时间，老头开门，放出亮光，扔进来一条裤衩。我赶紧穿上。我的新胶鞋却一直没有扔进来。下午是考算术，我着急起来。我盯上了窗栏，那是木条钉成的，我爬上去，用脚掌踹击。木栏被踹到外边。我就跳了出去，飞奔了起来，到河边，我把裤衩包了块石头，奋力掷到对岸。然后，赤身游过河，登上江堤，在堤上快跑。跑出安全路程，我坐下，喘气，看着江面的风景。一望无际的长江下游，对面影影绰绰的狼山，几个灰点，大轮船。江堤上风强劲吹来。

一起"偷游水"的同学连声也不吭，要不是我自己逃出来，老师也不会知道。我赤脚进教室时，考试还没开始，他们惊讶地盯着我。他们该为自己逃跑的行径感到羞愧。我像个凯旋的英雄，得意扬扬地坐到位子上。这次偷游水被抓的经历后来被我写入了短篇小说《暑假故事》。长大成为人父后，我才明白，大人之所以禁止小孩子"偷游水"，是担心安全。大人们总是说，河里有水鬼，小心别被它拖下去了！

原载于《常熟日报》2010 年 9 月 20 日

台　风

　　台风一天比一天紧逼，天空下起了雨，雨其实从没真正停过。我上学踩着河岸的泥泞小路，左边是棉花田，右边是河流。河往北一直通到长江下游江面，河水充沛。我们的浒西小学就在离江边不远的村庄。一行五六个同村的学生齐撑了伞，走在河岸的泥路上，像七八朵摇摆不定的喇叭花，一不小心，伞脱手卷飞，吹到棉花田。有的伞吹了喇叭，伞面朝外翻转，对准风向，又翻回来。电线杆上的高音喇叭念了一段革命语录后，开始预告台风警报。

　　我看见同村的小五妹滑了一跤，倒在地上，伞立即脱手而飞，坠落到了河里。小五妹站起身，裤管上沾了一摊泥，这下她的母亲要骂她了。伞是贵重的家什，小五妹大概也明白等待她的是母亲严厉的打骂，哭了起来，面孔上分不出是雨水还是泪水。没等她站稳，又摔了一跤。她一连摔了十八跤。一行人跌跌撞撞走到学校。下雨天气，中午不回家了，学生们都带了饭菜。

　　台风来了，学校放了假。我停割了羊草。平日里，放学回家第一件事，就是割羊草，喂给牲口棚的羊吃。一只羊、一头猪，就是我家最贵重的家当。台风来前，我去割羊草，储备了十天的用量。动物也通灵性的，它们似乎知道台风警报，焦躁不安，咩咩咩、咕噜噜地乱叫。棚顶被风刮得战战兢兢，随时会塌下来。这境况没几天，天气变得更加恶劣，天空飘浮着浓厚的云层，气旋变幻莫测。我家屋后沿河的牲口棚发出呜咽声，木窗栏被风刮落到了河里，接着是棚顶的木条、瓦片，噼里啪啦飞向河面。水面漂浮着从上游下来的死猫、死狗的尸体，摊篮、竹席、面盆、椅子等家什。水位很高，河水丰硕得令人发怵。

风把牲口棚吹得像筛糠一样，猪和羊跑到了外边。台风大了，屋外小树被风折断，吹到河里；队里停泊在河边的水泥船，吃足了水，快要沉没。队长带了两个穿蓑衣的汉子，在水泥船上紧急排水。母亲基本没作抵抗，牲口棚哗啦一声，坍塌了。猪和羊不知跑哪里去了？于是那天午后，我跟着母亲到田野寻找，两把伞吹成了两支喇叭，我俩在泥泞的田沟，深一脚，浅一脚，大声地呼喊。猪跑到了河边，母亲扯住猪耳朵，使劲往回拖，我握了根木棍帮忙驱赶。猪顺从主人的旨意，回到了家里。羊却没了踪影。

父亲从县直机关回来的时候，台风已匆匆结束。面对废墟一样的牲口棚，父母开始整理，准备重搭牲口棚。父亲蹲着挑拣砖瓦，把砖头抛向母亲，母亲坐在另一侧，伸手接住，然后把砖头码成堆。我在边上玩耍，蹿来蹿去。父亲粗心，没注意到我，于是飞行的砖块正中我的额角，磕破了头，血从脑袋上流下来。我摸着伤口，有种奇异的感觉，脑门上凉滋滋的。母亲朝父亲大声斥责，把我驮上背，朝大队卫生所狂奔。赤脚医生小林给我缝合了伤口。这时候，我才感到剧烈的疼痛。我的额上至今还有一块淡淡的疤痕，就是那次台风带来的记号。

台风过后，叔叔的牵渔网迎来了大丰收。他在俞家河上搭了牵渔网，平时高高吊起，张着大口朝河面虎视眈眈。俞家河经常有挂机船驶过，这是条流动而喧闹的河流，留不住鱼类栖息，平常很少有鱼。台风期间，据说附近养鱼场的堤坝决堤了，鱼从缺口漏出来，跑到了俞家河里，因此台风过后，俞家河里的鱼一下子丰盛起来。叔叔站在岸边的草棚，手摇木轱辘，盘紧缆绳，牵动网架，河面晃悠悠升起一张巨大的渔网。水从亮晶晶的网眼小孔泄掉，剩下无路可逃的银色鱼儿在网中挣扎跳跃。叔叔咧嘴笑了，固定住木轱辘，手持长长的捞网，伸入网底捞鱼。那些鱼装在木桶里，亮闪闪的，活蹦乱跳。叔叔右眼是好的，左眼是假眼，此刻他盯住了鱼，目光炯炯，左眼似乎活过来了。

原载于《常熟日报》2013 年 7 月 16 日

怀念妹妹

1月30日这天深夜，我坐在书房，音响开得很轻，听乔治·温斯顿的《纪念》，音乐主题是对一次灾难中逝者的纪念。我想到了妹妹晓红，站起身，迫不及待地翻看她的照片，阅读她的作文。遗物有三张黑白照片，一本作文簿，一本儿童文学书《密林虎啸》，一个塑料铅笔盒。铅笔盒蓝底色，上边星星点点，一个圆月亮衬出一颗人造卫星，这正是那年代的特征。铅笔盒是外公从上海为我们买的，每人一个，相同的款式。铅笔盒内衬有妹妹出事那年，我用圆珠笔写的记录：晓红妹妹，1985年1月31日凌晨3点。

那一年我十四岁，妹妹晓红十三岁。

1月28日早上，晓红感冒发热。她很懂事，带病上学，29日病情加重，就请假在家休息。父亲近期在党校参加培训，那天风湿性关节炎发作，恰巧也在家休息。这本来是有利于照顾妹妹的，母亲上班前关照父亲送晓红到医院，可是父亲疏忽了，以为只是普通的感冒，只给妹妹冲了两袋板蓝根。日后，父亲为这次疏忽大意而内疚。

傍晚，母亲从国营纺机厂下班赶回家，走到床前，手一摸，发觉晓红额头烫得不得了。母亲心急，责备了下父亲，背起妹妹，朝新村外快步跑去。父亲没有起到一个家庭主心骨的责任，没有察觉到女儿病情之严重。父亲的反应慢半拍，做事迟钝，这是他的性格。

母亲背起妹妹跑出新村往山弄口狂奔。

虞山新村小区在虞山山坡上，二十多幢居民楼盘山而踞，高高低低，散布在山肩，山脚沿北门大街有一所中医院。母亲把晓红背到中医院，挂急诊。医生一量体温，皱起眉头，埋怨道："怎么这么晚才送来？"听医生这么说，母亲急得眼泪都掉下来了。

那天是期末考试前两日，学校放学晚，初冬的晚上，太阳早下山。我回到虞山新村时，路灯已亮了。上得四号楼三层，房门敞开着，屋里的灯光铺到楼道上。姑父姑妈在我家，父母却不在，我正觉奇怪，姑父劈头斥问："怎么到现在才回来！你妹妹在医院里，生命都有危险！"姑妈目光制止姑父，说："不要吓他。建峰快吃饭，吃后到医院去看妹妹。"姑妈热了饭菜，我赶快吃了，蹬蹬蹬下了楼，朝医院跑去。到此刻，我仍然没有引起重视，感冒发烧那算什么病啊，两天后的期末考试那才叫人心慌。我朝山脚跑去，心事重重，在考虑如何应对考试。我羡慕妹妹，她躲在医院里，可以不参加考试了，床头柜上没准堆满了亲戚送的水果罐头呢。

到中医院，奔到住院部，在一排平房里。妹妹躺在病床上，臂上扎了输液针。母亲坐在床沿，眼睛盯着妹妹。我和妹妹不再像小时候那样喊哥哥妹妹，自以为长大了，都直呼其名。我上前喊："晓红。"妹妹喊我名字的时候，我笑了，说："哈，都听不出是你的声音了。"妹妹嗓子沙哑，喉咙肿胀，似有异物堵塞，以至于呼吸困难。我问："疼吗？"妹妹轻轻地说："喉——咙——疼。"我在病房坐了会儿，母亲叫我回家温书，准备期末考试。我看了眼妹妹，心想到明天就不要紧了，她又会变得生龙活虎了。通常是这样的。我告别妹妹，离开了中医院。

1月30日，我照例上学，晚上放学回家，吃了饭，直奔中医院。我走在山弄里，这条百米长的山弄，极为倾斜，从北门大街一直通到山坡上，再蜿蜒直上虞山新村。山弄的一侧就是中医院的围墙。我蹦蹦跳跳，一路踢飞小石子，脚步声在山弄发出清脆回响。我在想，妹妹肯定比昨天要好多了，大概高烧退了吧。

妹妹已经说不出话了，喊我名字时，嘴巴翕动了下，有气无力。声音低得像游丝，呼出微弱的气息。妹妹鼻孔插一根氧气管子，床头柜连着一台仪器，屏上跳着曲线图。病情之严重，把我吓了一跳。母亲双眉紧锁，异常焦急，她叫父亲去找医生。父亲出去，领回来一个穿白大褂的中年医生，还有两个穿便服的老医生。他们掀开被单，弯下腰，用听诊器听心跳，又拿起吊在床尾的记录本，拎起 X 光片研究。他们窃窃私语商量着，表情一本正经，却无法得出明晰的医疗方案，也查不出病因。事实上，他们只是一家中医院，吃吃中药，治治慢性病，对突发的急性病办法不多，这些，那时我不懂，父母也不明白。母亲一夜未合眼，坐在床沿，愁容满面，焦急地询问医生，想想办法，救救晓红。母亲急坏了，眉宇蹙起一道道沟，眼神焦灼不安。这场面让我担心，也跟着紧张，但是再怎么往坏里想，也不会想到后来的结果。

明天要期末考试了，而我还在医院里，母亲的心思全扑在妹妹身上，过了一会儿，她突然想起我，对我说："要考试了，回家去，好好复习功课。"这时候，小舅从浒浦赶来，有小舅陪母亲守在医院，父亲也回家睡觉，毕竟一天一夜没合眼了。我跟着父亲回家去。

1月31日，凌晨三点，睡梦中，我被小舅的喊叫声惊醒。

小舅的喊声来自楼底，在黑夜里响如惊雷，把整片小区都要炸醒了。我似乎听见周边窗户纷纷打开的情景。小房间朝北，楼底是道路，打开木框窗户，冷风扑面而来。我双手扒住窗台，探头朝楼下张望。小舅在路灯下边，地上拉长一条身影，他仰头朝我喊："建峰，快到医院去，晓红要坏了，快下来！快下来！"小舅的喊声带着哭腔，声嘶力竭，在寂静的夜里异常刺耳，让我感到紧张害怕。浓黑的山林也跟着肃穆起来，黑漆漆的一团。小舅显然急坏了，连上楼的工夫也省了，直接在楼下喊叫。那时我家没有电话机，小舅担当了一个信使，把惊天噩耗传递给我和父亲。寒意立刻传遍我的周身，肩颈战栗，呼吸急促，心脏扑通扑通跳。"坏了"，我明白这是什么意思，老家把人死去叫作"坏了"。我虽不能十分肯定妹妹的生死，但已明显察觉到了内心的恐惧，某种可怕的事实已不可逆转的来临。

我、父亲、小舅，在空旷夜里往山脚狂奔，凌乱的脚步声把山道惊醒，似乎整座山都在震动。我的双脚机械地挪动。张望天空，云在动，神秘莫测。穿过山弄，到北门大街，拐到中医院大门。铁皮罩路灯亮着，光线朝我的脸上扑来，我的思维遭受到了前所未有的挑战，脑袋瓜晕头转向，一刻不停地闪念，坏了、坏了……这时，一个自私的念头如毒药般涌上来，我为自己可能成为父母的唯一而欣喜，虽说是下意识地稍纵即逝，但也使我陷入到了深深的自责当中，直到邪念彻底清除。

病房门口聚满了人，男人红了眼，女人在擦泪水。护士也在抽抽搭搭。人们见我们进来，主动让开通道。母亲趴在床沿，握紧女儿的手臂，盯着脸，几乎是神经质地喊叫。母亲使劲扭动妹妹的手臂，妄图唤醒她，见我到来，对我说："喊妹妹，把她喊醒，快啊，喊醒她！"我的大脑一片空白，木偶般呆立，盯着妹妹，机械地喊："妹妹，醒醒，妹妹，醒醒……"妹妹的眼睛还睁着，瞳孔散了。医生跑进来，带来电击器，紧贴心脏部位，按一下，机器震一下，再按一下，再震一下。这是最后一招，也没用。我的妹妹圆睁双目，口鼻不断溢出浅黄色药沫，刚抹掉，漫上来，再抹掉，还是漫上来，根本抑制不住。

一个活着的人不可能以液体来呼吸，我倒吸一口冷气，按触到了最可怕的事实。

那天早晨离开医院后，我到市中参加期末考试。一边哭泣一边考试，同学们惊呆了，有几个女生跟着掉眼泪，班主任王老师把我叫了出去，对我说不必考了，分数按平时成绩计算，回家去吧。我走出教学楼，走过空无一人的操场，离开了学校。

我的母亲在这次变故中受到了打击，她的脸庞从此固定了紧张与忧伤。以后，每当我看到母亲紧张兮兮的脸，就会局促不安，不自在起来，做出违逆母亲的行为。而我的父亲，日后更加沉默寡言，他能够忍受母亲的脾气，很大程度上是因他犯下了失误，没有及早送妹妹到医院。妹妹的变故，在很长时间给我的家庭带来了消极影响。

父母毕竟是成年人，心理承受力强，将伤痛埋藏，慢慢从阴影中摆脱出来。而我，那时是个愣头青，处于混沌的年纪，不具备把握事物的变通能力，对此突发变故缺乏应变能力。自小以为死亡是老年人的事，现在，一个同辈人的突然死亡，愣是打我一个闷棍。死者还是我朝夕相处的亲人，有着共同的经历，妹妹之死，莫宁说是我之死。我在收获悲伤的同时也收获了对死亡的恐惧，老是会去想些形而上的虚无问题。思考生与死，我们从哪儿来到哪儿去，人生就是一场悲剧，等等哲学问题。这使得我的少年时代过得比较忧郁，聚会热闹的时候会不合时宜地持一种孤寂落寞的姿态，甚至郁郁寡欢，给人不合群的印象。

年长后，经历世事，也遇到类似一模一样的病例，人家却被抢救过来，这才明白，妹妹得的是一种急性喉病，这种病必须立即割开喉咙抢刀，让呼吸畅通。命运让我家住在中医院附近，父母择近就医，想不到这间接决定了妹妹的生死。如果当时直接送本市最好的第一人民医院，结果肯定会改观，这是有案例证明的。可是一院在城西，离我家路程远，不会是考虑目标。那时没有私家车，也没有出租车。也不会想到这么严重。妹妹晓红是活生生窒息而死的，母亲抱住妹妹目睹了挣扎终结的过程，想起来就让我不寒而栗，这是怎样的悲恸啊。母亲无能为力，看着女儿在她怀里离世，这是人间悲剧。没有几个人能够承受。一个月后，母亲也因悲伤过度病倒，仍是住在中医院，高烧持续半个月不退，中医院诊断结果是"不治之症"，再次要把我的亲人送上不归路。危急关头，父亲的一位叫周铁民的朋友建议送上海的大医院，在他的张罗下，母亲得以住到上海华山医院。住院即诊断出胸膜炎，抽掉胸腔积液，高烧立退，一个月后，母亲恢复了健康之躯。

我回忆妹妹晓红，常常浮现她儿时卷发，很可爱的样子。那年冬天，虞山新村万籁俱寂，路道传来行人踩雪的咯吱咯吱声，我和妹妹合睡一张床，我看童话书《密林虎啸》，妹妹读武侠书《神州擂》，两人都想把最喜欢的那本留到最后阅读。白炽灯放出暖洋洋的光，抚摸一页页纸，也照亮了妹妹的俏脸。妹妹跟我很要好，从小合睡一张床，我睡床头，她睡床尾，直到她十岁才有了自己的小床。妹妹长得漂亮，那年她先跟父母到城里读书，我寄养在小舅家，寒假里妹妹回老家，一年不见，我见到的是一位皮肤白皙、亭亭玉立的城里小姑娘，而我又瘦又黑，不由得自惭形秽，心里却为她而自傲，牵着她到四邻串门。

我到城里读书，读市中时被选中参加美术兴趣小组，绘画天赋得到了挖掘，妹妹总是用崇拜的眼神夸奖我，说："哥哥画画非常好！"妹妹站立我身后，看我画画，脚步轻轻的，为的是不打扰我。

妹妹读书一向比我好，小学在石梅小学，考取常熟重点中学省中初中部（那时不划地段，全凭分数），学号1号。妹妹去世后，班级师生到我家吊唁，他们在楼道里抽泣，哭声一片。妹妹去世一年后，我家搬离了伤心之地虞山新村。我和父母住在一起。每年清明节，一家人会到"思亲苑"看望妹妹。她在花丛中笑，永远十三岁。

我成长过程中，常常和父母固执地逆反，这贯彻了整个少年和青年时代。成家立业后，有一次与母亲争执，母亲悲伤地对我说："我没有女儿了，你看你舅妈、姑妈都有女儿，多么开心，我没有了。"母亲抽咽起来。那天母亲的内心独白把我惊呆了，我良心自责，从此改变了态度，开始以理解包容之心对待父母。妹妹去世多年后，母亲脸上的紧张与忧伤渐渐褪去，父亲也能够坦然面对过去，一家人走出阴影，变得乐观开朗，恢复了正常的生活秩序。这真的不容易。我同情父母，孝敬父母，默默做些情感上的弥补。我知道，我代替不了妹妹，如果她活着，一定会把父母照顾得更好。

时间过了零点，已是1月31日凌晨，离妹妹去世还有两小时。

我抚摸妹妹的遗物，问苍天，为什么会发生这样的事？为什么？没有道理啊。怎么可能发生这样的事？一个女孩不应该在花季年龄突然去世——没有答复。人生之悲，莫过于失去亲人，死亡之痛，莫过于逝去同龄人。妹妹之死，我无处控诉，无力愤怒，只能归结为命运。妹妹去世后，我得到了父母全部的爱，这让我有了些许愧疚——生者对死者的愧疚。然而，我又能怎么样呢？我们又能怎么样呢？逝者已逝，生者活着，缅怀过去，珍惜未来，雨后是晴天，雪后是阳光，人生唯有勇往直前，人生唯有努力默默向上游。但愿人长久，千里共婵娟。

原载于《常熟田》2015 年第 3 期

那些女孩

　　在我的生命中常常会惊鸿一瞥出现昔日女孩的身影，那是从潜意识里出来的感觉。这世界还有什么东西及得上感觉到来的真实——那尖利的在胸口的伤痛与淡淡的甜蜜，这种感觉历久弥新，如骨刺扎入肉中，轻微疼痛。

　　那个长辫子的女孩是小学的同桌同学，那是激起我奋发学习的一年，得到老师多次表扬，新学年与她分开了座位，我的学习成绩竟然下降了。晓于世故的老师又把我调回原先的座位，却回不到从前了，长大了一岁，我的激情没有了。因为我懂得了羞涩，羞涩是制约活泼的利器，羞涩使得男孩女孩不说话。现在，虽然我年年回到故乡，却没有再遇见过她，我已记不得她的容颜，只记得感觉，青苹果一样的气味。她那灵动的大眼睛，细长苗条的身材。与她有关的事情我至今清晰，有一年秋天外公从上海带回来十本练习簿，出于虚荣，我向同学显耀，把练习簿一股脑儿塞书包带到学校，回家时剩下了五本，结果被外公揍了一顿。母亲没有帮我，反而在边上瞎起劲，说，打，不爱惜东西，打了才能记住。母亲和外公不知道练习簿丢失的真正原因，一个男生把它作为礼物送给了同桌女生，为了爱和虚荣，他忍受了长辈的责骂。

　　另一个女生也常常跳出来，我把中学毕业照片取出来，会找到这个女生。她更加苗条，相貌精致，十四岁。我那时多么喜欢她啊，进学校第一天我们按身高排座位，我恰好与她同桌。那是怎样的喜悦啊，从此天空充满阳光，心情无限美好，我座位的地盘日渐退缩，因为我把课桌让给她了。每当被她的手肘触及，甜蜜地蜇了一下，手臂慌张地移开，直到撤退到课桌的边缘。这个女孩子离开中学后，再没遇到过，不知她定居何处，不知她现在的模样。不知道当她真实地出现在我面前时，我会产生怎样的情绪反应？是喜出望外还是失望至极，或者漠无反应一脸懊恼。我怕遇到她，怕她现在的形象会破坏了记忆中的完美。没有人的青春记忆能经得起现实的计算。就像韩东在诗歌《你见过大海》中说的，你以为大海是诗意的，其实大海就是大海，你不情愿让海水给淹死而已。活着的勇气离不开成人的童话，真做到了直面人生，恐怕生活也会灰暗得让人绝望了。

　　在一座石拱桥上，一个女孩子停住自行车，优雅地跳下，她离开画室窗口一路远去。她的身影是那样的美丽，每根线条都是柔和而匀称的。那年她十七岁，我十八岁。她站在画架边弯腰在铅画纸上写下名字，字体秀气优雅。她让我萌芽了男女之情，某种情愫在内心蓬勃生长。后来收到了她的信，后来那些信不见了。我很轻易地弄丢了那些信，现在当我在书房里回忆这个姑娘，急得团团转，仿佛在寻找多年前失散的东西。永远无法找到，已经变成了纸浆。我甚至不知道是怎样消失的。现在我回忆她，感觉到那些雅致的带花纹的信札，那些用心的文字，钢笔字、宋体、蓝墨水，现在都不见了。这个女孩，据说现在还生活在我们这个城市，她的日子丰富多彩，她成年后越发性感，迷倒了公司里的男人；她依靠漂亮资本，在业务上无往不胜。我曾经向人讨到她的电话，却没有打给她。还是怕惊扰了那个梦，那个美丽洁白得如天使般的梦，也是脆弱如器皿的梦，一旦打碎便再也装不回来。

你会吃惊一些漂亮女孩的变化，比莫泊桑《项链》中妇人的改变还要大相径庭，她们也是俗人，在这个物欲横流的社会，漂亮女孩容易迷失自我。看到了太多的例子。还是让那些女孩子留在记忆中吧。至少在那里，她们永远年轻，永远圣洁，她们是天使，是生命的奇迹。她们活在你的记忆里，永不变质。你回忆她们，总是纯净而唯美，她们还是青葱年纪，还是青涩矜持的模样。这是多么美好的感觉，多么美丽的错觉。

回忆这些女孩子，思索人生，我的内心总是多愁善感，比一只绵羊还要温顺还要心软。哲人说，人生是海市蜃楼。古人说，水中花，境中月，转眼成空。当我怀念一些生命中的女孩时，我庆幸从没有与她们再次相遇，或许，这才是最美丽的结局。

还有些女孩也活在我的记忆中。她们在最灿烂时夭折，像樱花般绽放最美的刹那，然后离开了。这些女孩子，每次回忆到她们，我的内心就会疼痛不已。在一个四月天，那个女孩跟她的父亲到我家，庆祝她病愈出院。她是个长相俊俏的姑娘，不幸脖子上长了个肿瘤。三个月后，十二岁青春韶华的她竟然去世了。她在屋子里发出疼痛的叫喊声。我时常思索着这个小女孩的命运，与我胞妹相近的命运。她们的人生才刚刚上路呢，她们的美丽才刚刚小荷尖开花，就被雨吹风打而折断，为此，我曾创作短篇小说《花逝》，一个四月天桃花凋谢的青春故事。

原载于《常熟日报》2010年9月26日

鱼的命运

在这个落雪天的上午，我跟母亲到菜市场。因为担心塌陷顶棚，菜场封闭了。菜农、商贩搬到露天，搭起了简易棚。我站在鱼老板的棚子前，看着被宰杀的鱼，突然想起了小舅妈。想起了那个夭折的小姑娘。她们常常在不经意间跳出来，抓一下我的心。

小舅妈嫁给小舅时，我正寄养在小舅家，我目睹了小舅跟小舅妈从谈朋友到结婚的全过程。在我心目中小舅妈是那么的美丽、年轻、活泼，系了红围巾的小舅妈如同电影《小花》中的女游击队长。我喜欢小舅妈，为小舅娶到这么漂亮的女人而开心。

也不知哪儿出了错，二十多年来，小舅越来越年轻，相貌比实际年龄要小，我长成与小舅一样高的青年，走在路上似乎是他的表弟。而小舅妈却不可思议地枯萎了，小舅妈的二十年是飞速衰老的二十年，这固然与她后来得的病症不无关系，但也不可否认的是，小舅妈天生不擅打扮、不注意保养自己。婚礼上漂亮的小舅妈不是美丽起点，而是美丽的终结。小舅妈的漂亮如一道彩虹，从婚礼那天达到穹顶，然后一路下滑，直到生命终点。

小舅妈死于一种众所周知的不治之症，这种病的名称足以让人惊惧，人们对它讳莫如深。字典中密布了许多美好愿望的文字，也塞满了许多令人恐惧的文字。方块字原是象形文字，形状已昭示了字的意义。小舅妈的病症最初是糖尿病，突然消瘦，然后急剧转型。

最后一次见到小舅妈是那年秋天，我到二院探望。经过数次化疗后，小舅妈身子非常虚弱，她母亲陪着。我不确定这是否是最后一次探望她，冥冥中有股力量在对我说这是最后一次。可我不相信，还想撞运气。小舅妈脸色很差，显示生命力即将枯竭，从中看不到有枯木回春的迹象。小舅妈的眼神是空洞的，从中看不到一丝对未来的希望。我看了几眼，不敢看了，走到窗前。窗外是正掉叶子的林荫道，马路、房子、远处的虞山。看不出有不寻常的事情发生，可是一个生命却在终结。我分外悲凉，面对一个亲人的磨难却毫无办法。小舅妈夸奖我，对她母亲说，这个大外甥最好，来看了我几次，还买东西呢。

一个月后，我去乡下参加小舅妈的丧事。走过大路的屋角，村子有一间屋子让我顿生恐惧。那里边曾住着一位小姑娘，十二岁正青春年华时就去世了。也是这种病。她在屋子里发出疼痛的叫喊声，曾让路人心惊。那天在舅妈的葬礼上，我思索着这个姑娘的命运，跟她相比，小舅妈的命运要好许多，毕竟她从做姑娘到做母亲还差点做了外婆（去世后第二年外孙女出生），走完了人生的大部分阶段。而那个小姑娘，才刚刚走上人生路呢，美好韶华在等着她呢。

我经常会沉浸于生死的结，思索人生的意义。我知道许多人是不屑于这种方式的。快乐的生活，及时享受人生，想这种虚无的事没有必要。那个小姑娘呢，我还能回忆她到我家时的情景，桃花烂漫的季节，那个小姑娘来了，她很漂亮。

在这个落雪天的上午，我的思绪如同飘忽不定的雪花，飞到故乡故人，又飞回到菜场外，那些活蹦乱跳的鱼的命运，让我想起了人的命运。

　　鱼老板一刀砍下去，把活鱼的尾根切断，尾巴挣扎着跳了两下，接着把刀剖入鱼腹，把鱼倒立起来，鱼头朝下，用刀劈下去，能听见骨头开裂的声音，直到鱼头被劈成两片。鲜红的血，潺潺流出来，洒在洁白的雪上。我看得倒抽冷气，掉转目光，望着菜场边的小河，结了冰，岸上的厚雪，远处白茫茫。我对母亲说，真残忍，看不下去了。母亲挑了条鱼，叫鱼老板大剁八块，准备回家炸爆鱼。冬天的寒风，裸露在外的手，以及令我感到血腥的一幕，让我内心不安起来。母亲说，鱼拿回家洗干净，就没血了。我平时看到的鱼都是洗干净的，那是鱼的成品，此刻看到的鱼，却是鱼死亡的过程。鱼的命运，人的命运，都是自然的命运。人每天要宰杀多少条鱼啊，鱼也知道疼痛的，它们被杀戮时扭动的身躯，流出的血，挣扎的姿态，让我领略到近乎残酷的人生。

2008 年 2 月 3 日

纸飞机

　　纸飞机，就是纸折的飞机，我现在还能快速地折出一只优质的纸飞机，并且深谙折纸飞机的窍门，折出来的纸飞机飞得远，像燕子一样滑翔，像诗一样飞向洁白的天空。站在环岛凯尔顿二十九层高楼，我首先想掷一只纸飞机，看它在高空飞行，画一道鬼斧神工的弧线。这么一件灵性之物，集中了简洁和丰富，材料却简单至极，只需一张纸，用精巧的手指折叠，便能实现精灵的依附。纸张飞了起来，纸张焕发了生命力……这是多么富有创意的游戏啊。

　　纸飞机是诗意的，也是象征的。它是修辞手法，它是造纸术的意外收获。它是折纸艺术的最高境界。

　　浒西小学的学生都会折纸飞机。物质匮乏的计划经济时代，纸张通常是许多游戏的制作原料，我们把一张寻常的纸，模仿实物，加上些创造变形，不厌其烦地折成各种复杂图形，为此专门诞生了折纸艺术。我最喜欢折纸飞机，因为简单、快捷、立竿见影，只略施小技便能收获飞天的快乐。纸飞机有两种折法，尖头的是美帝国战机，钝头的是中国战机（形似"米格-15"），我多数折的是"中国战机"，因为它政治上可靠，技术上准确。纸飞机的纸张不能太厚也不能太薄，太厚飞不远，太薄不成形，牛皮纸根本不行，报纸太柔软，练习薄纸才是最适合。古人用的宣纸，是无法折纸飞机的，柔软的宣纸只能充当风筝的翅膀，当然古人没有飞机，那时只能是"纸飞鸟"。课间十分钟，浒西小学操场上滑翔着纸飞机，机身像没有重量，比空气还轻，飞过跳橡皮筋、跳房子、滚铁圈的小学生头顶，然后缓缓落下。飞得最好的纸飞机遭到众人的追逐。这么多的纸飞机在操场上飞来飞去，就有了空中相撞的历险，幸好这只是游戏，而不是航空事故。一阵强风刮来，纸飞机落了一操场，捡都来不及。纸飞机的机翼上涂着作业，田字格的语文，横线条的算术，红笔是老师批的"勾叉"、"优良中下"。操场上漫天飞舞着纸飞机，学生们追逐着空中的精灵，这个影像在我的记忆里如此生动，原因在于飞行的本质，人类对飞行总是保持着巨大而天真的热情。最漂亮的纸飞机能够从操场的南端一直飞到北端，这是个惊人的长度，可是下次无法再折成这样一只完美的纸飞机了，那要靠运气和心思。我经常能折出飞越操场的纸飞机，长久地钻研，让我掌握了纸张的比例，注意对称的折痕，捏出优美的折线，成就一只只无与伦比的纸飞机。

好的纸飞机，是要追逐的，在后边跟着直到它落下捡起。有时候，那地方是一棵树，纸飞机卡在树杈上了；有时候，那地方是河水，纸飞机扎入流动的河水中，浸湿、化软，还原为一张纸的原始形状。

苏州作家葛芳写有小说《纸飞机》（《钟山》2007年第3期），结尾写道："明晃晃的太阳底下，卫春林正将一只只纸飞机向天空发送，纸飞机绕着优美的弧线，穿过树枝，穿过他们晾着衣服的竹竿，飘舞了一阵，然后，'啪嗒'轻微一声，落在洒满灰尘的院子里。"葛芳笔下的纸飞机穿过日常生活，最后跌落在尘埃之中，主人公梦想飞越生活的愿望最终以重重坠地而宣告结束。我发现，纸飞机注定是要掉落的，没有一只纸飞机是滑行软着陆的，它们临飞行的末尾，机头陡然一沉，就开始往下跌落，直到机身一头扎于地上。

我时常也像卫春林一样，折了只纸飞机，在房间飞了起来，纸飞机像一只因于笼子的走投无路的鸟，撞上了房间的四壁，把机头都撞瘪了。于是，我打开窗户玻璃，对准楼下的风景，对准喧嚷的人间，对准流动的风，用力掷出纸飞机。它的身影在空中滑翔、盘旋、俯冲，最后投降于风的舞蹈，飘到不知何处去了。

纸飞机是抽象的，纸飞机是简约的，它是时代精神，它是飞行艺术，一张纸赋予了飞翔的奇迹，赋予了飞行的高度，赋予了想象的极致。再没有比纸飞机更抽象的艺术了，它甚至不仅仅是游戏，它是我们那代少年，对飞翔的梦想与寄托，对天空最大程度的抚摸与叩问。

原载于《常熟日报》2009 年 1 月 9 日

获常熟日报芬欧汇川杯"纸的记忆"征文二等奖

男孩与链条枪

七八节自行车链条、一根粗铁丝、五六根橡皮筋，组装成一把神奇的土手枪；火柴头是子弹，链条孔是枪膛，橡皮筋是弹簧，对于我来说它的重要性不亚于著名的 AK47 冲锋枪，它让我为之痴迷，放在我的枕边，成为我最器重的玩具。我像个拥兵自重的小军阀，清晨醒来，就把火柴头装入链条枪，对天放一枪，巨大的响声把母亲和妹妹闹醒了，也把枝头的麻雀搅飞了——这是我起床的"闹铃"方式，火爆、热烈、奔放，正是我所追求的效果，震撼、冲击、出其不意，撕裂宁静。每个清晨，我带着男孩子天生的血性与火爆，用枪声宣告了一天的开始。

我毫不避讳自己对链条枪的喜爱，自从看过大哥们怎样制作一把链条枪后，我就动手做了起来。任何难题都无法阻挡一个男孩对制作玩具枪的渴望，我具有把想象的虚幻之物变成现实的能力。我向修自行车的老头讨来链条，一共七节，这是最基本的组成枪管的要素，然后用胶布把链条孔对孔地绑成一长条，装配在一把粗铁丝制作的枪架上。动力是橡皮筋，子弹是火柴头，拉起粗铁丝做成的撞针，扣下扳机，撞针猛烈、高速地冲击火柴头，聚集、压缩、热变，刹那间爆炸，火柴就射了出去。我惊异于链条枪的制造，叹服于它的工艺，是谁把奇思妙想赋予一把土枪？是谁从火柴头燃烧的火光中觅到了天机？它把乡村最基本的元素、最容易获取的材料汇集在一起，以一次火的燃烧，一次煤（火柴头）的闪光电石，成全了人类自远古发明火以来的匪夷所思的民间改造——让一根只能发出微弱火光的火柴头爆发出全部的能量，最终达到优美的极致。链条枪发射出的火柴头能够穿透树皮，足以证明了它的威力。链条枪的原理来源于现代军用手枪，发明它的人很可能是个退伍军人，也是个童心未泯的男人，他懂得枪械的射击原理，把兵工厂的技术带到了村野乡间，利用乡村随手可得的材料制作出来，给农村的孩子带来无穷的乐趣。

少年时代，链条枪一直陪伴在我身边，我收藏了大量的火柴头，口袋装着一盒，抽屉放着三盒。链条枪是我的胆魄，走夜路时带着它，不怕鬼、不怕坏人。打架时取出来，对天放一枪，能吓唬对手。我迷恋于链条枪射击时的声音，响亮的爆炸声。枪的方向指向目标，指东打东，指西打西，一个男孩拥有了一把枪，他就成了自己的上帝，他充满活力，他勇往直前，他敢于挑战。玩链条枪是属于乡下孩子的游戏，伙伴们人手一杆，组成"手枪队"，夏日的午后，走在浒河边，手中的链条枪对准耀眼的河水射击。有一次，男孩季刚的链条枪不知怎么一不小心从铁丝架上滑落掉到了河里，一脸的失望。几年后，一个放学路上，地点在县城五爱小学旁边的弄堂，当那几个城里的男孩子，对我这个从乡下转学到城里的新学生施之于攻击时，我不再像往常那样以拳打脚踢捍卫自己，而是取出了一把链条枪，镇定自若地装上火柴头，对天放枪。砰！火柴头没有辜负我的期望，它准时炸开了，发出震耳的声音。见惯了橱窗玩具的城里孩子，看到一把奇形怪状的土枪显示足够的威力，露出了惊惧的神色，这帮调皮学生后退了，等到我装上第二根火柴头，他们已跑得不见了踪影。这是我的一次胜利，链条枪作为神秘武器，首次在城里使用就取得了良好效果，农村打败了城市。

我现在还想重做一把链条枪，它应该比当年的那把更加坚固耐用，问题是现在我已找不到合适的链条了，甚至连大小适中的火柴头也找不到了。这个商品经济的时代，孩子们的游戏也标有价格，玩具枪射出塑料子弹，发出浅薄的声响，在流水线上被大量复制出来，制造链条枪的历史却被抛弃了。我们那时都是自己亲手制作玩具，我们的玩具史也是制作史——这就是"70后"游戏的全部秘密，链条枪是其中最重要的发明。

原载于《苏州日报》2010 年 2 月 3 日

玩游戏的日子

一

现在再也看不见放学路上一群小孩子聚着玩游戏了。现在的小学生被训练得规规矩矩、斯斯文文，作业都来不及做，哪有时间玩游戏。我们儿时的游戏可谓五花八门，国产土造，自主生产，生活在物质贫乏的20世纪70年代，游戏也是穷则思变，买不起器具就土法制造。

男孩子喜欢玩打弹珠。玩法有两种，一种是"出界"，画个方框，里边放弹珠做筹码，看谁先把里边的弹珠打出，就归谁了，这种玩法有点像打高尔夫球。还有种是"打洞"，地上挖个洞，把谁的弹珠打进去，就把谁吃掉了，方式像打桌球。玩打弹珠的人群多，撅起屁股，五六个不算稀奇，十几个才上规模。不过，打弹珠游戏学校是不准玩的，学校允许玩的是跳房子等游戏。玩跳房子最好的工具不是砖片，砖片容易断裂，并会弹出格子，橡胶砚台软度适宜，且不会碎裂，是玩跳房子游戏最好的工具。我梦想得到一块橡胶砚台，那年春节，父亲到浒浦街为我买了一块橡胶砚台，簇新，还没剪去毛边，圆状砚池，牙形水沟，漂亮极了。我睡觉放在枕边，上学放进书包。

现在没有小学生玩滚纽扣游戏了。纽扣随手可见，有啥好玩的。那时我们却把纽扣当宝贝儿，可以用来玩游戏，纽扣高高举起，松手落下，撞击斜放的砖片，滚出去，比谁滚得远，远的吃近的。一般用的是塑料纽扣，我从做裁缝的外公抽屉搞到过铜纽扣，分量重，撞击大，滚老远，因此总能管住塑料纽扣，把伙伴们唬住，最后也总是把铜纽扣输掉。

你见过两帮小学生在河两岸"打仗"吗？那是两个村子的小学生之间的"战争"，以河为界，楚汉相争。同一个学校，不同村庄的学生，同时放学，走在河的两岸，有人朝河对面扔了块泥巴，对面回击过来，规模升级，参加的人越来越多，最后演变成了一场小规模的"地区冲突"。泥块在河面上空飞来飞去，不时有人被击中。当然，砖块是禁止使用的，只准使用泥块，因此不会造成流血事件。这样的时刻让男生兴奋激动，血脉偾张，我积极加入战斗队伍，看着泥块落下，闪身躲避，然后手握泥块，朝对岸发力掷过去。命中率很低，对方也懂得躲避。我有窍门，专挑对方弯腰捡拾泥块时攻击，这时对方盯着地面，会顾不上头顶。趁河对面"首领"——身躯最大的男生——弯腰拾泥块，我连续发力将泥块掷过去，泥块飞过河面，击中"首领"头顶。他哇哇大叫："谁？！"一排飞弹又密集飞过去，他闪身躲避。一路打仗，不知不觉到了纸箱厂边上的小桥，恼羞成怒的对方"首领"突然率众跑过来，"输发急"了，违反规则了，要打架了。我们于是飞快奔跑，作鸟兽散。

一次，我到住在江边小村的舅公家做客。江堤上，有许多玩台珠盘车的小孩，一人坐着，一人背后推着，让我大开眼界。舅公的儿子送我两只轴承珠盘，回到搁墩湾，我动手做台珠盘车，从大舅屋里找到木板条，用铁钉把木条装配成车板，前杆中间装一只珠盘，后边应该安装两只珠盘，可是我只有一只了。我的车只有两只轮子。大舅回家看到后，就去削了根竹子，取中间圆节，中心穿孔，用铁钉装上后轮，充当一只轮子。小车载了表弟上了俞家桥，从桥上加速冲下来，没有刹车功能，十分惊险。后来，我把前轮杆做成活络的，就能驾驭车子方向了。

我们儿时上学路上带什么？没有家长陪伴，没小汽车接送，我们步行上学人手带一只铁钩。手持铁钩，滚动一只铁圈，控制平衡，一路横冲直撞滚到学校。这叫作"车铁箍"。这些铁圈是箍木盆用的，小木盆小圈，大木盆大圈，有铁的，也有铜的。还有种是工厂把铁条弯成圈，焊接成的。高年级有位男生，弄了一只银光闪闪的大铁圈，有蟒蛇般粗壮，足有一人高，他手持粗铁钩，把大家伙一路滚，一直滚到学校，声音震天动地，"咣，咣"，像坦克车，压弯草丛，轧翻小铁圈……

一到下课铃响，浒西小学的操场就热闹起来，学生跑出教室，玩着各种游戏：纸飞机、掷飞箭、滚铁圈（车铁箍）、跳橡皮筋、跳绳、踢毽子、跳房子、斗鸡……浒西小学每隔一段时间就会流行一种游戏，玩出花样，玩出想象力。

二

浒河连接浒西小学与村落之间，我们每天上学、放学沿浒河岸走，这河水不想出点玩法来，岂不暴殄了天物。于是，纸船折了出来。小心地蹲到水边，把纸船放入水中，浮满了河面。我们把玩船叫作放船。一艘挂机船驶来，纸船如遇到了惊涛骇浪，轻则颠簸，重则沉没。高年级的男生会过来捣乱，他们把泥块掷向河水，把纸船"炸沉"。我就为此同高年级的学生打了一架。一个暑假，我从上海好婆那儿带回了折纸图书，照着上边的图案折成了一只纸帆船，跟一般的纸船不同，纸帆船有帆、有舵，有风作为动力，行驶得快了。

浒西小学曾经流行一段时间放木帆船。男生们人手一艘，船身用木块削成，前后两个凹舱，中部插一根桅杆，串挂上一张纸就成了帆，船尾装了把木舵。上课时，我沉浸于研究制作木帆船，偷偷把船头削尖，把船身磨得滑溜，把一根粗筷子削成了细桅杆。到了放学路上，浒河岸边，我们一群小学生，从书包里掏出船身，装上舵，竖起帆，顺风放入水中。一阵风起，数帆竞发，乘风破浪，往河心驶去。那景象壮观，激动人心。女生在河岸看热闹，挥手跳跃喊加油。通常情况下，木帆船不会驶到对岸，因为调准舵方向，让船始终靠在这边。木帆船如果驶离控制范围，也可以拉回来，原来，船尾巴系有花边线，不怕跑丢了。我们是一群没有时间观念的顽皮学生，书包轻，作业少，总是要在河边玩个心满意足，直到天色暗下来，父母要骂了，才想到回家。

大多数木帆船都做的比较简单，徒有船的形状，像梭子一样简陋，只有同学毛头的木帆船，舱房、舷栏、铁锚都不少，完全是一艘缩小的帆船模型，这是他父亲用木块雕刻成的。这只船吸引了同学的目光，讽刺的是，这只船虽然外观漂亮，却分量过重，中看不中用，根本行驶不了。木帆船流行的那个暑假，我和妹妹跟母亲到常熟城去，在第一百货商店玩具柜台，我看到一艘塑料帆船，能下水航行的，粉红颜色，漂亮得不得了。我央求母亲把它买下来，母亲同意了，正要掏钱，可是我的妹妹却说哥哥有玩具她也要有，她要买那只粉红色的小皮球。母亲见预算超支，便不干了，干脆一个都不买。我原本可以在开学时把这艘塑料帆船带到浒西小学，在放学的路上放船，让它成为赛船冠军，让同学羡慕得要命！这次好事未成，让我好生遗憾。

除了做木帆船，我们还玩"油船"，这是一种袖珍的小船，如一片树叶大小，拔掉圆珠笔芯的金属头，把油吹涂在船尾，船身浸入水里，就能自动航行。玩这种船，并不一定要到河里，只需找个小水坑就行了。圆珠笔油挥发扩散产生反推力，成为船的动力，因此油船航行时会在水面上拖一条油污尾巴。这个玩法不知是谁发明的？或许是某个化学老师的创造。油船的例子说明，游戏船的发展史其实是动力的升级换代史。小学三年级时，受到橡筋模型飞机的启发，我设计了一艘橡筋动力的划水船。把玩具汽车的轴架装到木船上，轴的两端装上木夹子，轴中间缠绕橡筋，把轴盘旋转缠紧到极限，手固定夹子，放入水中松手，轴就在橡筋的牵力下快速地旋转起来，木夹子飞快地划水，船蹿了起来。可惜才一会儿工夫，动力就结束了。直到后来，我跟着同学去拾铜、卖铜，换得两元钱，在梅李镇的百货商店，我相中了一只袖珍直流电动机，激动地买下了它，随后迷上了做电动船。

我把泡沫塑料前半部挖成船形，后半部挖成 U 形状，电动机绑后部中间，机轴绑上木夹子，接上电池。我把小船放在浒河试航，木夹子高速旋转，打得水花飞溅，船开起来，比帆船要快多了。我把电动船进一步改进，淘汰木夹子，换上塑料转盘，嵌在电机轴上，五瓣叶片像水车一样有力，溅起的水花小了，船速加快了。我的船在浒河里航行，把同学们看得两眼发直，当之无愧地成了赛船冠军。同学评论这只船像蒸汽船，不是现代的船只。我决定进一步研究，其时祖国号召实现四个现代化，我也想来点发明。我把牙膏皮剪成螺旋桨，绑到电动机轴上，把电动机绑到船肚底。我担心电机在水里会损毁，然而事实是电机照常运行，船疾驰行驶，以从没有的姿态划过水面。我觉得自己真了不起，成了个螺旋桨的发明家。

　　后来，夏天，我们到长江边玩水，在拆船厂的万吨轮屁股底下，仰望庞大的螺旋桨，我叫起来：狗日的，原来螺旋桨早已经发明了！

2010 年 8 月 1 日

第二辑

故

土

故乡的风物，虞山、园林、船与
河、菜地，一草一木，过去的生活，
无不寄存了思念。

在方塔园

一

史料记载南宋建炎四年（1130 年），僧文用以常熟县城客山高而主位低，向县令建议建塔镇之，此即方塔的由来。

的确是，如果把常熟城比作一个精致的盆景，西侧是虞山，东侧是城区，古城墙把古城区由东、南、北合拢于山脚，所谓"十里虞山半入城"。平坦的城区与高耸的虞山，在美学上有轻重失衡之感，古人很聪明建塔呼应，以达到审美心理的平衡。

方塔俯视思索古城，抬头对望十里虞山，构成了一幅常熟古城和谐图。

方塔因其横剖面为正方形，故称之为"方塔"，在南方这种方形的塔是少有的。塔身为砖木结构楼阁式，四面九层，有围廊围栏，四壁是火焰形门洞。塔角上挂风铃，朝天舒展开来。塔顶似古代武士头盔，有相轮、承露盘，塔杆直指苍茫云天。方塔的历史文化之丰厚，造型之巍峨庄美，是为常熟城内最高古建筑，历来一直是常熟标志，是祖宗留下的宝贝。

方塔似一位千年沧桑的古代文人，这一路坚守，多少风雨，多少往事，笑看古今，尽在不言中，能完整保留至今实属不易。据史料记载："方塔曾遭遇十多次损坏、战火、地震、飓风、失火、盗掘，直到新中国成立后，人民政府对其进行大规模的维修和保护。"然而，很长一段时间，方塔仍游走于毁与护的边缘，充满了危险。我注意到1958年的一张老照片（《常熟老照片》，古吴轩出版社），人们在塔底筑炉炼铁，架设小高炉，置方塔的安危于不顾，那是"大跃进"大炼钢铁、抓革命促生产的年代，方塔的地位岌岌可危。20世纪60年代的一张老照片则记录了，塔身底下竟然建起了农机站，堆积着那时代常见的农机，挽了袖管、戴军帽的工人于辣日底下干活。在这里，历史被奇怪的停滞了，有一种事物被强行终止的突兀感，方塔的价值被遗忘，被严重无视了。我想，这一定是方塔最寂寞的时期，方塔不会辩解，只选择沉默坚守。

20世纪80年代，方塔底下有所中学。每日清晨，东方既白，学生踩着操场地砖的锯状塔影，走进教室。校园与方塔是隔壁邻居，仅隔一堵操场的砖墙，东墙外就是方塔园。我那时就打算攀登方塔，打算一级一级、一层一层登到塔顶，那一定十分挑战而有趣。时常站立操场，手搭凉棚朝天眺望塔身，窥探里边的秘密，很小的塔园，井字型，正中就是在大操场上留下剪影的方塔。许多次踩着塔影"登高"，塔身在篮球场，塔顶到人行道，如赏心于一幅巨大的跳房子游戏。对塔这种古老事物的好奇，让我的脑袋瓜蹦出稀奇古怪的念头，要知道对于塔之知识仅来自于《西游记》。唐僧取经路上经过古塔不少，似乎每座塔都有高僧、藏经图以及老妖小怪，因此在我的印象里，塔是个奇怪的事物。可越是惧怕，越是产生好奇心，越是想登塔。

那个年代，方塔还允许游客登高望远，抒怀叹古，欲穷千里目更上一层楼，后来重视文物保护了，一直到现在，出于保护的目的，方塔多数时间是不允许登高的，如今到方塔园，走到塔底只能"游客止步"。

学校对门的小路叫塔弄。不知什么时候开始，有了家店铺，叫方塔炒货，时常去买五香豆。吃起来软中带硬、咸中带甜，上学路上兜里装一大把。最初只是家庭式作坊加工制作，名声慢慢传出了，现在是传统名牌产品了。这是早期利用方塔开发的土特产商标，昭示着方塔的时来转运。

方塔在新世纪迎来了鼎盛时期，作为历史名城的标志性古建筑，得到了前所未有的重视与保护，2006年方塔被列为全国重点文物保护单位，2007年方塔园被批准为国家4A级旅游景区。围绕方塔为中心，景区北部设立常熟市碑刻博物馆、常熟名人馆，还有碑刻长廊、崇兰草堂、雅雨居、清远楼、塔影潭等宋明清建筑。景区东边盖建了仿古楼阁，成了繁荣的文化商业区。原本的校区也被规划进方塔园了，学校搬走了，不知道哪块砖还躺在当年的操场上边？方塔修葺一新，扩大了面积，亭台楼榭，鸟雀栖居，成为市民休憩游玩文化活动场所。方塔成了常熟城的名片，距今800多年的宝贝得到了妥善开发与保护。

二

我心系方塔，常会在假日到方塔园。

我觉得这处是方塔园最清静的。至大门北侧，过三曲桥，穿过迂回的廊就到了这里。临水边，廊下有方台，我来后，就多了一只开水瓶，一杯绿茶，一本书。我每次到方塔园就到此处，这儿是能入境的。

阅读的间歇，瞅一眼风景，再阅读，再瞅一眼风景，对心情舒畅，对眼睛也有好处。

近景是太湖石，烟灰色，像被湖水洗去韶华，朴素至极的顽石，玲珑地围了一池湖水。湖的形状方方，面积很小，三张渔网就能将它罩没了，严格来说只能说是"池"。水的颜色却极绿，如榨出来的猕猴桃汁，纯度相当饱满，可以喝的。水对面左侧是杨柳岸，柳叶茂繁，细软低垂，似少女的披肩长发，梳洗水面，浸湿了，然而也静极了；水对面中间位置是一条长廊的正门，门上方是屋梁飞檐，白墙、黑瓦、红柱，古色古香，简朴的线条勾勒。门中移景，景深见庭院，偶尔有人出没。

水对面右边位置是一个平台，石柱沿水边排列着，平台上有一幢仿古建筑。水边一架路灯，灯笼状，白瓷色，挑出水边，玉树临风，极为袅娜。

远景靠左侧，就是巍巍的南宋方塔，绛红、淡黄色镶嵌，乌黑的塔檐，金碧华贵，带着历史的风尘坐定园中，塔底下照例是凡夫俗子在聊天吃茶。那一口与塔同时凿建的古井照例静守着，与塔如影随形。塔还是南宋塔，井还是南宋井，茶还是虞山茶，人却换了无数拨。

我从长廊正中间望过去，这个位置简直是个颇佳的观景台，眼前的景致是静的，正如廊上方的牌匾所书"蠲勺清心"。我能望见塔园内的大致景物，近、中、远景清晰分明，巧工能匠已对景致作了设计与构图，一切看起来都是和谐而养眼，胜似一幅园林册图。南宋方塔在左边占了极重的比例，从构图美学角度上说，"画面"有点左重右轻，还好，右侧正好在池对面的墙角，有一物与塔相衡，使"画面"看起来趋于构图均衡，这是方塔园内的一棵参天古银杏树。

银杏树很聪明地站在右侧，与方塔遥相呼应，树身高大，很显气势，如泼墨的写意，张弛有度，树身是舒展的，也是生动豪放的。树龄有 800 多年了吧，没有细看简介。

更远处，依稀可见虞山优雅的轮廓线。极淡极薄的黛青色，在天际轻轻一抹，作了眼前景致的底色，也让我有了更空旷的想象。

我喜欢此处，少有人光临，人们都到塔底吃茶去了，谈笑声从塔下传来，透过树叶隐隐可见着色浓重的人儿，红、黄、绿、蓝，跳动着，移动着。方塔园朝南的阁楼正开一个文人画展，会不会是王石谷的学生？我总是泡了茶，无语面对眼前的景致，阅读一本书，书是能忘情的，眼前景色是可入境的，人与物皆通，心静智自清。

在这个下午，在这一片睡着的绿之中，偶尔也有走过我身边的人，不惜打扰读书人，计有三种。

一种呢，拎了塑料袋子，挎只小坤包，牵了小孩子在游览，小孩子从栏杆突然闪脸钻出来，看见我，一跳而过。大人在后边跟过来，发现这儿景致独特，便唤住小孩子，拍了几张数码照片。二种呢，是茶客，打牌的、聊天儿的，他们匆匆走过，是到塔底下去，那边散放着许多圆台子，围坐了些人。他们总是在说话，老友重逢，喜事光临，一局好牌意犹未尽，家事国事天下事，声音飘过来，盖过了树上的雀儿。池水也被他们的声音惊动了，一抖一抖的，小鱼小虾惊醒了，在水底一扭一掠。三种呢，是穿蓝制服的园林工作人员，一位老人手里拎了扫帚和畚箕，弯了身，往地上找垃圾。地上有丢弃的瓜子壳、塑料袋、果皮、烟盒子。老人走到湖边，蹲蹲身子，瘦手伸入太湖石的洞眼儿，掏出一把瓜子壳，又掏出一把瓜子壳，放入畚箕中。见我在盯他，朝我咧嘴笑笑，起身走时，老人发现池面漂有一只塑料饮料瓶，便去取了只捞海，把瓶子捞上来。

我朝老人感激地笑笑，然后把书打了个记号，绕湖一周，徜徉思索。回来后，啜一口绿茶，继续阅读下去。书名《帕洛马尔》，意大利小说家卡尔维诺的作品，是一本适合在水边阅读的书籍，书中的帕洛马尔先生一生都在思索与观察，如同我也在不断地思索和观察眼前的景致。

我思故我在。

我思索着帕洛马尔先生的思索，观察着帕洛马尔先生的眼睛，掩卷沉思，然后在一阵凉意袭来之后，走出了方塔园。毕竟是傍晚时分了，天有些凉。这是一个美好的下午，一个入画的园林，一本智性的书，一个喜欢思索的人。

三

晓明的神舟旅行社就在方塔园南端的商业区。那时，我经常到他的客厅去坐坐，没准能碰到常熟文人墨客。其实在方塔园，旅行社还有十几家，神舟只是其中一家。方塔园商业区旅游产业有点名气，不仅迎来外地游客进方塔园，而且推动对外旅游，常熟人旅游往往到此报名组团，然后集中出发于"方塔园"，返程终点又是"方塔园"。

客厅在方塔园一幢仿古建筑的二楼，循着窄木楼梯上去，左边是大会议室，摆放着红木桌椅，右边即是客厅。照例是一长排黑漆红木书橱，排列书籍与藏品，书籍有文学的也有业务的更有古籍书，还有收藏界的专辑。有一个柜子专门放着常熟作家的作品。红木办公桌上堆了书籍与报纸，前边是一套折角皮沙发，中间有只茶几，摆有一套紫砂茶具。我总是不敢碰那茶具的，因为也是名家制作，怕跌坏了赔不起，当然即使跌坏了以晓明的大度也是不用赔的。晓明成了沏茶师傅，用紫砂茶壶不停地为来宾加添茶水，双手会来回抚摸壶身。客厅墙上，照例挂着常熟画家章平的油画《水乡》。

往往是正跟晓明聊得热络。这时，他的朋友们一个个不约而同地来了，先是画家顾元龙，人未到声音先到了；再是常熟作家协会俞小红老师（时任作协主席）慢悠悠地走上来，后来还来了诗人翁立平。我脱口而出这么巧，都来了！一下子来了多位文学界朋友，谈兴正浓，晓明的客厅留下了文人雅士的身影。

在晓明的客厅，我还认识了小说家潘吉，他与晓明同在国棉工作过，那是新时期文学蓬勃发展的年代，他俩共同办了文学民刊《春之舟》，他们痴迷文学，执着内心的姿态如一盏油灯在黑暗中发出亮光，给我这个后来者以前进的勇气。还结识了蒋光明先生，那天刚从美国女儿家探亲回来，在客厅叙谈海外见闻，晓明建议他写成系列散文，后来写了且上了报刊。在晓明的客厅，我还偶遇了诗人、学者浦君芝先生，他着力于常熟文史研究，业余是位诗人，那天他带着香喷喷的刚出版的诗集《如水之脉》赠送晓明，我正好在场喜获一册。还见到了常熟博物馆馆长、文物鉴定家周公太先生，诗人邹瑞锋、朱雪城先生，画家章平先生，书法家汪瑞章先生等等。

晓明一定是得了方塔园的仙气，他的文化大散文后来竟然连续刊登《钟山》杂志，成为本地文学现象。在方塔的滋润下，晓明的客厅总是洋溢着书香与文化气息，你如果是一个写作者，可以跟晓明谈谈散文创作；如果是一位诗人那谈诗就找对人了；如果是一位收藏爱好者可以跟晓明谈谈如何鉴宝；如果是一个摄影爱好者也可以与他到方塔下切磋风景摄影；如果想去祖国名胜旅游，那更是找对人了，他可以给你设计最佳方案。你去时仍然能够碰着志趣道合的作家、学者、诗人、画家、书法家、编辑、收藏家、文化工作者，而你只管坐下去，品着茶，听着音乐，起身翻翻书，扫视墙上的画作，考察一下藏品，晓明总是从容大度地为你沏茶。在此期间，他游刃有余地处理旅游业务，神舟品牌已树立上佳口碑。

窗外，方塔的剪影，在告诉文化人对于历史要传承与坚守。

如今，晓明的神舟旅行社总部虽说发展迁址到了湘江路，但旅行社营业厅至今仍活跃在方塔园。

方塔园商业区多的是晓明这样的儒商。君子之交淡如水，只需一杯茶水小饮，便能聚上半日，全因水之外的志趣，生命中的道合。千年古塔，常熟文脉，虞城历史，让古城这中心商业地带在"古城、名城、水城"的发展方略中，城市与历史相辉映，旅游不断创新形式、丰富内涵，形成"古城文化游"的旅游发展产业链，造福一方百姓。

方塔园，不仅仅是有方塔的园林！

节选刊载于《苏州日报》

获 2016 年常熟市"笔尖下的常熟园林"征文比赛散文一等奖

与虞山为邻

　　从老家浒浦镇出发的客车行驶到中途，望见淡淡的山的轮廓，我就知道快到县城常熟了。每次到常熟都首先望见起伏的虞山，老家的人称它为"常熟山"。那是一座怎样的山呢？是危峰兀立、怪石嶙峋；还是连绵起伏、突兀森郁？儿时的我是不懂这些词的，只知山就是打仗片中的山，有羊肠小道，也有绝壁悬崖，山的险峻适合发动一次伏击战。

　　第一次爬的山当然是虞山了，从此固定了对山的印象。那次是和堂哥一起，跟我父亲到新公园。当时的新公园还是一个封闭的园林，深处便是一块湖，湖后边即是山坡，坡上就是山身。这就是虞山了！我和堂哥兴奋地往上攀登，尽找没人踩过的坡道，直到铁丝网围墙阻挡了方向。没爬到山顶，却也知道了山势，江南本就少山，虞山缺失挺拔和高耸，却绵长而舒展，灵慧而秀美，"十里青山半入城"正是虞山诗意的写照。

　　父亲到常熟县机关工作那几年，住在机关宿舍，宿舍后窗便是虞山，透过窗户就能觅见山形地貌，不用望远镜，一草一木都分外清晰。山的味道不同于村野田间，前者干燥而硬朗，后者潮湿而清新。想不到从此能天天与山为邻，真有点受宠若惊，儿时的梦想是见到山和火车，现在已实现大半。住在山脚的房子里，见到无数的草木，看它们在风声下簌动，看它们变化一年四季的颜色，时而陌生时而亲近，就自然喜欢上了虞山，就有了看不完的风景。

后来到常熟上学，就跟虞山紧紧地联系在一起了。大概是因为父亲工作的机关位于山脚的缘故，我家的房子搬来搬去总拴在山脚下，总是与虞山为邻。新住的虞山新村更是盖在了山坡上。上学的县中（后改为市中）也是靠近山的一个中学。上学总是选择这样一条环山的路线，从虞山新村出发，经言子墓，过读书台、石梅小学，绕道军营，出西门大街，抵达县中。几乎都是山路，于是乎，听着鸟儿的啁啾，走在树林间，踩着石卵子路面，一路上坡下坡，一路踏了风景，走进图画里。这是一种怎样的享受啊。这么走还不满足，就抄近路从山上走，走从没人踩过的山野杂径，深青的荆棘以及遮蔽的青石，密密匝匝的马尾松，偶尔一条踩出来的小径，撒满了落叶。小径深处有一片平地，我和同班同学伊健都住在虞山新村，放学路上，两人在这儿练武功，学武打片电影的花拳绣腿，妄想成为武林高手。然后到达言子墓道，我喜欢坐凉亭，看放风筝，一坐就忘了时间，直到野风吹来，夕阳落山，才起身飞跑归家。

言子墓道脚下的场地上，经常有书展、邮展、猴戏表演；到了节日，多了卖水果、卖点心的摊贩。那时言子墓的场地管理松散，杂七杂八，稍嫌凌乱，没有现今"亮山工程"后的整洁干净，不过却格外朴素，有种氤氲的古朴气息。我内心更贴近旧时的言子墓，朴素而本真，粗糙却大气，是能入境的。场地东角，有棵老枫杨树，斜了身，往侧上生长，分叉出数杆粗枝，虬枝盘龙，直指天空。我抓了树身用力攀，一下子就上了树顶。

其中有两次，春四月里，我遇到了画者。一次，有十几个学生，大概是某地学校组织的，在那儿写生水彩画。还有一次，遇到两位画家，我之所以认定他俩是画家，是因为他俩装备极好，远比那些学生的好。他俩支立画箱，坐在折叠凳上，优哉游哉地画言子墓风景。箱内格子里，摆了各色锡管颜料和各类大小画笔。言子为孔子"七十二贤"门生中唯一的南方人，22 岁赴鲁北学，61 岁南返故里，实现孔子"吾道东南"的愿望。一定是言子巨大的文化感召力，把他俩从大城市的高墙深院吸引来了吧。画中"言子墓道"、"南方夫子"、"道启东南"的石坊……映娥池、文学桥、石坊、半山亭、石级、矮墙、绿树……看得我入了迷，完全被吸引住了，陪他们一直到黄昏。

年长的那位戴了暗蓝的画家帽，对年轻的另一位说，色彩变了，歇手吧。年长的这时注意到我，对我说，小弟，你喜欢画画。我点了点头。他又说，哎，小弟，你知道到剑门怎么走啊？我告诉他，这么走，这么走。他说，噢，可是还是弄不清，真走得通吗？我们是从上海来的，明天一定要去剑门。明天是星期天啊，我对他说，明天我带你们去剑门。

翌日晨，我领了他俩，从言子墓上辛峰亭，过维摩寺，经剑阁到达剑门。剑门为虞山十八景之一，相传原为一块巨石，春秋吴王试剑劈开，成就洞开一线的石门。剑门顶端数块奇石，交错叠于剑门缝，下有崎岖的栈道，俯视深沟幽谷。

两位画家在剑门画起了水彩画。年长者画的那幅，角度从剑门往下俯瞰，近景是剑门，中景是常熟田，远景是水天一色的湖泊。用的是湿画法，融入了水墨画的写意笔法，画面湿润透明清新，一片盎然春机扑面而来。我读高中后，在上海画家哈定著作《水彩画技法初步》中见到过这幅画，后来在钱松喦的山水画《常熟田》中，亦见到此地此景，画中美丽的虞山与丰饶的田地，是我的家乡常熟。

原载于《苏州日报》2007 年 4 月 12 日

获 2007 年《常熟日报》芬欧汇川杯"绿色环保"征文二等奖

风筝远去

这个城市背靠虞山，"十里青山半入城"，城中有山，山中有城，城与山嵌合交融。山脚原先是些老厂房，遮掩住了虞山的娇颜，以至于山近在咫尺，却看不见。直到市里搞了"亮山工程"，这山就现身出来了，山脚的绿地缓坡也亮了出来。秋天的双休日，绿地上活动着大人儿童，一阵风吹来，天空便布满了风筝，简直是莺歌燕舞，彩蝶纷飞。

我们一家也常去放风筝。每次出发，先到库房寻找上次那只风筝，却找不到，每次都犯同样错误，不好好收藏，实在是不珍惜。因为风筝易得，容易得到便不珍惜。山脚卖风筝的商贩，背了一捆风筝，摊草坪上，见人就开口兜售。只要出十到二十元，足以买到一只能保证上天的布风筝。有人喜欢挑做工复杂的动物形风筝，我反其道而行之——风筝装饰过于繁复，徒增累赘，反而不易高飞——我选择最简单的三角形风筝，无纺布羽翼，尾部拖一根彩色绢带。

一阵风吹来，趁势把风筝放飞。扯紧线，往后跑，升上去啦！升上去啦！边跑边放线，直到升空。女儿迫不及待抢过线，仰望空中，高举手臂，一牵，一放；一牵，一放，神情不要太专注了。天空布满了风筝，争奇斗艳，色彩斑斓。风筝形状各异，如鹰、蜜蜂、蝴蝶、燕子、蜻蜓、蝉；如金鱼、鲇鱼、双鱼；如小叮当、小丸子；如火箭、飞机；如三角形、五角星。这块山脚的缓坡绿地，小桥流水，亭台轩榭，一派其乐融融的和平盛景。空中密布飞行物，难免会发生碰擦，或者线与线缠绕，或者坠落草地，挂于树杈，跌入溪流，却没人因此相争。大家和和气气，都抱着陪孩子来玩的心态。

风筝在我儿时却是个高级的物品，那时我家在浒浦俞家宕。小伙伴不会做风筝，大人也不会，也没时间做，谁有这份闲情逸致，大人种田的种田，做工匠的做工匠；劳作一日，晚上回家，要烧灶做饭，没有电饭锅；要上石板水栈洗衣，没有洗衣机；棚子养羊，放学回家雷打不动先要割一篮羊草。院子搭有鸡屋，每天任务早晚各捉一次鸡蛋。那时的小孩，在家里要帮着父母分担些杂活的，哪像现在的小孩，衣来伸手饭来张口。风筝只在小人书里看到，只在语文书上读到。那时的我，多么渴望拥有一只风筝啊。

父亲少年时玩过风筝，据说还是扎风筝高手，那时叫"放鹞子"，谈起放鹞子的少年旧事，父亲脸上堆起了笑容，许诺为我和妹妹扎一只风筝。那年举家迁到常熟城，住在虞山新村，有一天下午，父亲休息在家，找来竹篾，买了宣纸，不声不响地扎了个纸风筝。放学回家，我和妹妹可高兴了，举着风筝，蹦蹦跳跳，到虞山上放风筝。山脚风小，便跑到了辛峰亭的山道。风筝蝴蝶状，竹篾编成，大概父亲手生，竹篾粗了点，一升空就往下跌，风越大跌得越快。暮色中，我和妹妹放风筝，内心渴望风筝能够升上天空，但却不遂人愿，怎么努力也不行啊，两人沮丧地回家。父亲是个粗心的人，没有设法弥补这次遗憾重做一只能上天的风筝，因此，直到后来妹妹突然去世，也没有真正放飞过一只风筝。

　　每次放风筝，我会想起与妹妹那次不成功的放风筝往事，心里有些怅然，有点遗憾。也许大人感觉不到放风筝的乐趣，可对于少年来说那是很重要的经历，当你的目光盯着天空，望着风筝往高处升，你的身体也会长上翅膀，展翅高飞的风筝变成了你。梦想，希望，快乐就有了高度。

　　天空缀满了五彩缤纷的风筝，可是转眼间，风就停滞了。无风的天空，风筝竞相跌落。女儿的风筝也摇摇欲坠，快要砸下来，我赶紧抢过手，迅速收线，风筝缓缓飘落。天空又不见了风筝的影子，就像下了场暴雨，一下子把天空洗涤得干干净净。有经验的老者教我：等一阵大风过来，抓住时机，趁势而放，风筝才能上天。我耐住性子，等了会儿，果然等来了一阵大风，赶紧放飞，风鼓了风筝一个劲地往天上升，我都无须用力，也不必往后跑，只顾放线，线在盘子里飞快地抽动，嗖——嗖——嗖，风筝很快升上了天空。再高点，再高点，越往高处越安全。我只管放线，直到线尽，顿觉力一松，风筝掉了线。原来是线头没有系牢绞盘，以至于脱手而去。

　　断线风筝越来越小，小到成一个白点，我凝望天空，恍惚中听到了一位女孩的呼喊声。

原载于《常熟日报》2014年5月17日

故乡的船与河

一

老家浒浦乡下的船是水泥船。

水泥船，顾名思义就是用水泥材料做成的船，儿时我好奇水泥船为什么不沉？一块泥疙瘩扔水里立即就沉没，可水泥船却不沉。二大队五队有两条水泥船，其中一条长年歇在掬墩湾。它有两个露天舱，舱肚总是积一点儿水，水里有树叶和鸟屎，因长久不流动呈现黄叶色。舱的两头是船首与船尾，模样差不多，只是船尾多了一个放木橹的铁扣子。船首与船尾都有个圆形的暗舱，舱口用水泥板遮盖，这两个暗舱是不能放货物的，满载货物的水泥船之所以能浮于水面，是因为暗舱起到了浮力的作用。我们男孩子时常掀起圆盖子，探身钻进暗舱，那真是个奇妙的空间。船身轻轻晃动，一圈圈的水声透过薄薄的水泥舱壁嗡嗡嗡传入耳朵。蜗居在里边，一会儿就有压迫空间造就的窒息感，怕怕的，便迅速爬到外边。从前舱到后舱去，就得踩住单边船舷，双手摊开，控制身体平衡，轻踩船舷走过去。船在重力作用下会发生一点倾斜，如果心慌，会掉入水。一场倾盆大雨后，船舱积了半米深的雨水，这时再去走船舷就更危险了。

我们在搁墩湾跳上水泥船头，用竹竿撑船，船慢悠悠移到树底下，树叶触及了额头。岸边斜长了不少树，像把巨伞朝水面撑开，枝叶盖没水面，成了天然的避暑场所。停泊在搁墩湾的水泥船大部分时间里无所事事，像个养尊处优的少爷，是人的话早养胖了。那时搁墩湾还与俞家桥河有细水道连通，偶尔这条水泥船会派上用场，村民盖房子装砖瓦，队里拉粪拉化肥，会用到这条船。有一年，大舅搭厨房，到五大队窑场买砖，向队里借了这条水泥船。船进入俞家桥河，大舅在船尾摇橹，我在船头撑篙。船在大舅的掌控下，如同一条乖巧的鱼，木橹是尾巴，甩出 V 字形水花，嘎吱、嘎吱，行驶在水乡的小河荡，走出了我心理上的地理距离，感觉到了边境。一个小时后到达小山包似的砖窑，停靠窑场码头。汉子们挑担，喊号子，跨上船舷，把砖头码齐船舱，船身一点一点下沉，直到沉到吃水线。

走远路到梅李，或者到常熟城去集体装货，就得使用挂机船。挂机船是村里的另一条水泥船，船身要大些，船尾搭有木屋，屋后是驾驶室。船屁股往外吊挂一排铁架子，架子上有一台柴油机，连接了伸入水的螺旋桨和舵。这条船长年停靠在俞家桥河码头。码头实在也称不上码头，就是岸夯得硬实点，有条小道通往晒场仓库。码头在村子的西南，河水从这里开始变得凶猛，西北风强劲地刮过来，旷野无人，倒是黄鼠狼经常出没，村民很少人去，孩子们也不敢去这边玩。河道至此突然变得开阔，一直通往更加开阔的常浒河。

常浒河是条热闹的河，河面奔腾着一条连一条的挂机船。20 世纪 70 年代这种发出啪啪啪声、冒黑烟的挂机船遍布乡村的各个河道，那时江南水乡的运输主要靠河道，公路上的车辆倒是稀落，远比不上河道热闹。常浒河是一条忙碌的河，无数的物品通过挂机船从浒浦运到常熟城，又从常熟城转运到乡村，时常会看到满载的货物把舱舷压得极低极低，与水面几乎持平，将要沉又未沉之际，船行驶在浪尖上。我到城里姑妈家去，就会搭乘挂机船。队里到城里去装化肥，到城里去装黄沙水泥，这时就可以搭船。听着嗒嗒嗒的马达声，看波浪被船首划开，风迎面扑来，烟雾飘往船尾，心情总是愉快的。驾驶挂机船的汉子叫三毛，坐在一条高凳上，手搭铁杆子舵把，嘴上叼支烟，神气活现像个船长。我很想尝试一下驾驶的乐趣，手痒痒的。三毛看出了我的心思，把舵交给我，示意放心胆大试试。我驾驶了船，手心直冒汗，眼睛紧盯前方。不知怎么的，虽然我极力把准方向，这船却会悄悄偏离航道，等到发现已偏差一大截，几乎跟对船相撞了。三毛赶紧扔掉香烟，抢下舵把，拨正船的方向。好险！

　　到城里，快进大东门的河道，三毛站了身，握紧舵把，双目盯住前方，全神贯注，一丝不敢懈怠。另一个叫根兴的老伯站立船头，手持一根撑篙竹，脚边还放有一只绳球，随时提防发生碰撞。船驶入大东门，拐入颜港河，进入了常熟城。

　　钻过石拱桥，我听到了卖菜的吆喝声，听到了弹词开篇。看到了生煤炉的烟尘，屋墙上彩色的电影海报。看到了乌篷船。看到了城里白净的小细娘。河道石级上，洗衣妇翘臀蹲踞，露出一截腰身。两岸是摩肩接踵的房子，阳台有晾衣竿，吊有竹篮子。桥边设小摊头，从街那边飘来的煤烟和熟菜香味。水面漂浮西瓜皮、菜叶子。偶尔船过某条弄堂的豁口，会瞥见马路上一晃而过的公共汽车身影。城区的河是热闹的河、繁荣的河，挂机船多如过江之鲫，马达声一刻不停，啪——啪啪——啪啪啪，由远及近；啪啪啪啪啪——啪啪啪啪——啪啪，此起彼伏。挂机船钻过一个桥洞，又一个桥洞，河水晃荡着，掀起两幅浪花，拍打着斑驳坚实的古城石驳岸。

　　到总马桥。停泊，上岸，到城里了。

二

　　江南水乡长大的人，与河水关系天生私密。家家屋后，都有条河。河水从来不显山露水，水底下藏着秘密，大人不说，小孩也不清楚。大人总是警告小孩，不要到岸边去玩，河里有水鬼，小心抓你！当我站立岸边，观察流动的河水，想起水鬼的传说，心底有种莫名的恐慌，河水不知疲倦地流动着，水中到底有何方精灵在栖息呢？

　　外婆家屋后有条河，名叫搁墩湾。我对这条河的记忆，无非是钓鱼、洗碗、淘米，还有一次，村里的建明叔在河里洗他那辆当作宝贝的凤凰牌脚踏车，他竟然不怕锈掉轮链！其余印象深的，就是在河中游泳。搁墩湾后来走不通船，河水绕了个弯，像把勺子，围住了，只有管道引水通外河。事实上，我更喜欢去俞家桥河游泳，这条河贯通长江，河水一年四季流动着，船可以一直驶到常熟城。而搁墩湾，河水深不见底，河岸长满大树，树身朝河心伸展，挡住阳光，在水面投下一手遮天的阴影。太阳下山，黑暗来临，在搁墩湾游泳的人，往往心有疑惧，会提前上岸。

　　搁墩湾河是淹死过人的，小四妹溺水于此。俞家桥河从没有过溺水者。有一次，男孩幼军掉入俞家桥河，身子快漂出村落时，被人及时发现救上来，吐了一肚子的水。俞家河水较浅，沿河是一排人家，比较安全。有关河水的记忆就这些吗？我常常在想，不至于就这些吧，它应该跟河水的深度一样宽广。

　　小舅对我说，有关河水还有一桩事，就是关于你。然后，小舅娓娓道来。那是一个夏日，小舅在打谷场上忙得热火朝天，可他还关心我这个外甥。当时我在搁墩湾河边玩。他突然发现外甥不见了，赶忙丢下手中的麦子，朝搁墩湾奔跑。他看见我站在水中，双手抓着水栈，在哭泣。那时你才五岁啊，小舅对我说，真吓人！我听后吃了一惊，努力地回忆，却怎么也想不起来。后来，小舅多次提到这次遇险，最近一次是在我家吃饭，喝了点酒，又说起陈年往事。

我想象那条奇形怪状的河流，它有一个恰如其分的名字，搁墩湾。它不是一条漂亮的河，它是一块丑石砸出来的大水坑。河水很深，一年四季呈现神秘莫测的深暗色。岸的周围疯长了各种树木，河面便少有阳光，森郁晦暗。外婆家在河的西边，沿岸有弯弯曲曲的水栈，我到水栈上玩，不小心滑到了河里。有关我与河水的最惊心动魄的记忆在小舅那儿，这倒是我始料不及的。小舅说了一大通邀功的话后，我的女儿插嘴道：小时候，父亲抱了我掉河里了，她指了我说，就是你，把我差点淹死了！我问女儿，是哪条河啊？女儿答不上来了。女儿每次说到这件事，都会走样，每次说的都不一样。我知道，女儿根本记不清这件事了，那时她才两周岁，路都不会走，怎么能记得住我带了她去鱼塘的那个下午呢。

那个下午我抱了女儿上鱼塘找王老伯，约定钓鱼时间。回来的路上，走在纵横交叉的鱼塘小道上。这种小道极窄，时常会有断路，就得跳过去，因此一路险象环生，后悔不该带着女儿。鱼塘外围有条河包围，过了河，前边就是大道了，这时，我脚下一滑，人就溜入了河里。下意识的手没有松，女儿还抱在手中。终于在水里站稳了，把女儿放上岸堤。女儿坐在地上，腰以下全湿了，嘤嘤地哭，样子十分可爱。我站立水中，安慰着女儿。她停止了哭泣，盯着水面瞧，眼睛充满了水的反光。真是有惊无险。事后想想还是很可怕，要是脱手了呢。

那么小不点的孩子掉入河里，从哪里摸得到她呢？

　　带女儿去鱼塘的那个下午，留在我的记忆里，却在女儿的想象中。小舅朝搁墩湾奔去的那个夏日，留在小舅的记忆里，也在我的想象中。而我们的想象，像河水一样飘忽不定，充满了不确定因素，能从河水中逃脱过来的人，也就有了想象河水的资本。我知道，想象是一种福气，也是一次美好的回忆。

原载于《江河》2016 年第 1 期

村里的芦穄

同事带到公司一捆芦穄，取自乡下田里，已切成竹节小段，清脆光洁，两头两脑露出糖白色的芯。大家午休时摩拳擦掌，准备吃芦穄，突然有人问，芦穄这两个字怎么写？这一下把大家都难住了，谁也答不出。有人问我，大家的目光都盯住我，以为我喜欢舞文弄墨知道多一点。我说：草字头的"芦"，禾字边旁，右边祭祀的祭，组成"穄"。哈，到底文人懂得多。众人说得我有点得意。其实我是刚巧懂得，瞎猫撞了死老鼠。曾在一篇文章中写到家乡的芦穄，我不会写"穄"字，便请教了前辈伍柏老师，他告诉我的。

常熟人都吃过芦穄，都读得准"芦穄"的发音，许多人却写不出这两个字。既然禾字旁，说明它首先是一种植物，芦穄同高粱相似，但比高粱长得个头要高，我老家浒浦一带，村里家家户户都要种上些芦穄，倒不是为了取穗头扎扫帚，而是为了吃它鲜嫩甘甜的渣汁。儿时没啥甜食吃，一到夏天，吃了夜饭，就在田岸吹风凉，这时少不了要到田地砍几根芦穄，扯去芦叶，剩下竹节样的枝干，横放木凳子上，用菜刀砍成一节节。牙齿咬住将皮扯开，露出淡绿淡绿、松脆甜腻的渣芯，慢慢地咀嚼着，把清凉的甘汁送入口腹。

　　只有大人才那么规矩地把芦穄切成节，小孩儿们往往人手一根长长的芦穄，要吃的话随时折断，"啪"一下断了。发力要干脆利落，着力点在节头，否则容易扭成麻花。乡下的小孩都会这功夫，城里的小孩学不会。总是在夏日的夜晚，一家人在路边纳凉，脚边的竹篮子里，装着芦穄一节节，清香弥散在田野。棉花田间不时会有高扬着纤细身姿的植物，那是家乡的芦穄田，南方的大地上，田地低矮平坦，除了芦穄，它在风中摇曳着纤长的穗头，此起彼伏，密密匝匝，是唯一能藏匿人的地方。我把芦穄想象成南方的"青纱帐"，发生着动人的故事。

　　我家搬到城里后，吃芦穄不那么方便了。每年七八月份，芦穄熟了的时候，表弟就到城里来过暑假，总是带来切好的一大捆芦穄。我们一家人吃了晚饭，边看电视边吃芦穄，倒掉一盆皮和渣。那些没有乡下亲戚的城里人，是没有这等福分的，他们只能到街上去买，也真能买得到，从农民手里取过，芦穄就竖在墙上。城里人爱吃芦穄。我到城里后不怎么喜欢吃了。一是儿时吃多吃腻了，二是运到城里的芦穄，没有田间直接砍来的好吃，三是城里吃的东西多，芦穄不稀奇了。我女儿喜欢吃，我总是提醒她，吃芦穄要慢着点，小心割破了嘴皮和手指。芦穄皮锋利如刀刃，伤口很深很疼。

　　儿时，每年吃芦穄，我的手指都会划开一次，屡教不改，划破了却从不哭。我的胞妹晓红划破了手指会喊疼，然后用一张小纸片粘在伤口止血。芦穄皮划出的伤口很干净，用不着消毒。

　　有一个谜语，打一植物名："远看似麦穗，只在沪地有，长成及楼高，不知何物来。"谜底就是芦穄，俗称甜芦穄，属高粱别种，在上海崇明有悠久的种植历史，明正德年间纂修的《崇明县志》上已有记载，是崇明的特产之一。元朝画家、诗人王冕在古诗《九里山中》云："数亩豆苗当夏死，一畦芦穄入秋瘥。"说的是诸暨的芦穄。

芦粟是无锡的说法，芦穄是江阴的叫法。苏北叫甜秸，富阳叫芦粟，我的家乡常熟叫芦穄。我老家常熟浒浦，就在长江下游，与上海崇明相似的水质、土壤、气候环境，让芦穄在那儿苗壮成长，遍地开花。

原载于《姑苏晚报》2008 年 8 月 6 日

雨天心情

江南多雨，梅雨季节，杨梅熟了。雨落得天地间湿漉漉的，家里的物品一不小心发了霉，窗户都不敢打开。褥热、潮热，折磨得人坐立不安，一回到家就直奔卫生间，洗个热水澡，这才舒爽些。原来江南的雨是分档次的，春雨最佳，秋雨其次，梅雨稍逊。

星期日早晨，雨下起来，雨丝斜着身子落下，古人说得好"青箬笠，绿蓑衣，斜风细雨不须归"。等到大珠小珠撞击玻璃时，雨大了，这才赶紧检查关闭窗户。雨落到阳光板上声音沉闷，落到汽车顶上脆响，落到窗玻璃上啪嗒。我知道有许多人是不喜欢雨天的，尤其家庭主妇更甚，雨天影响了她们的情绪，打乱了她们的家务计划。本来一个星期日，可以洗洗刷刷，雨天的阳光变得苍白无力，这大人小孩的湿衣裳怎么晾干？

我喜欢春天的雨。雨淅淅沥沥，成了书房的背景音乐，干脆把音响关了，再没有比大自然的原声韵律更美的声音了。在雨天，我聆听到了自然的脉搏，欢快的奏鸣曲，一个人变得相当安详。雨把尘埃洗涤了，把坏心情洗尽了，雨后空气清新，阳光柔和，鸟的啁啾声从树林那边送过来。

　　喜欢春雨的源头可以追溯到童年。一个不爱说话的男孩，坐在做针线活的外婆身边，听雨点落黑瓦上、场地上、田野间、小河里。落在泥地青苔的水潭间，溅起水花。一只青蛙在爬行。落在河面，柳条下墨绿的清水。穿蓑衣的舅舅在垂钓。你知道到了晴天，我便会外出与伙伴玩耍，只有在雨天，才乖乖地窝在外婆脚边待半天时间。我就是那个不爱说话的男孩，退化了嘴巴却敏锐了眼睛和耳朵：透明的雨，撞在一根木头上，滴在玻璃上，一根针的声音……现在，我在雨天的窗玻璃下，看着外边风中的雨。窗玻璃中我的影子倏地一闪，出现一个男孩往昔的身影，恍惚间，我的心绪与童年的雨天建立了某种古老的联系。我无法觅见过世了的外婆，却能够找回某种场景。

　　其实，最喜欢雨天的应该是出租车司机。雨来了，他们身价倍增，生意立即变得炙手可热，你抢都抢不到出租车呢。曾有一首老歌，歌手刘文正《雨中即景》："哗啦啦啦啦下雨了，看到大家都在跑。吧吧吧吧吧计程车，它们的生意是特别好（你有钱坐不到）。哗啦啦啦啦淋湿了，好多人脸上失去了笑。无奈何地望着天，叹叹气把头摆。感觉天色不对，最好把雨伞带好。不要等雨来了，见你又躲又跑……"听这首歌在 20 世纪 80 年代，那时常熟县城还没有出租车，歌是好听，却隔了一层，听得似懂非懂。2000 年，到海虞北路的体育馆看一场温兆伦演唱会，出来时倾盆大雨，拦出租车的人涌了一街，成了雨中即景。拦了足足半个多小时，才抢到一辆出租车，这才懂得歌中所唱："你有钱坐不到！"

　　我的一位同事 15 年前买了私家车，那是比较超前的了，她曾得意地说，驾车最舒服的是雨天，从车窗看出去那么多的人在雨里奔波、在雨中等公交车，她就十分地满足。这样的话有点小心眼，这样喜欢雨天的方式，实在是有点不够厚道。

　　喜欢春雨，只与自己相关，与一个人的心情有关。在雨天，我坐书房里，沏杯绿茶或者冲杯热咖，上网或者看书，偶尔爬格子写稿。雨天的我沉浸在书房里，外边的世界对我没了吸引力。在雨天，我心安理得，心平气和，独享一个人的时光。

原载于《常熟日报》2014 年 7 月 5 日

到海城上去

到了老家浒浦镇，沿着曾经的那条卫生街，往北走过几个老厂，就到了一条内河，河上架水泥桥，连了对面的堤岸。堤岸的形状像城墙，有斜道，上了堤顶，风就呼啦啦扑上脸面。迫不及待地朝前张望，眼前豁然开朗，长江下游浩瀚的江面一览无余展现在眼前了。因为江面极其开阔，根本望不到对岸，老家的人便把这一片长江叫作"海"，把这一段堤岸叫作"海城"。人们总是说，到海城上去看海！

海城的两侧植了整整齐齐、密密匝匝的水杉，像两排雄赳赳的护堤战士，根须的扎入使堤防更为坚固。海城是用泥土垒成的，儿时那会，堤面上还没铺石砖，爬满了杂草，路中央因为有车碾压过，便裸露了泥土本色。海城上走的最多的是人，偶尔也有拖拉机通过，可以想象拖拉机冒出的烟柱，在海城上缓缓移动的景象。现在海城铺了砖，只通小汽车。双休日，人们会驾车到海城上休憩，到江滩上捉螃蜞。

海城往江面延伸百米长的滩涂，丛生了芦苇，密布了水洼，再往外，又有一条小海城，比靠里的这条要小多了，不过却是石头垒积、混凝土浇筑而成，非常坚固，它成了长江抗洪的第一道防线。再往外，才是宽广的长江下游江面，江水浩浩荡荡奔向东海，留一条浅淡的天际线，隐匿在烟波浩瀚中。依稀可见万吨巨轮，它们如剪纸一样静止着，过了会儿，移位了点，再过一会儿，又移位一点。轮船的汽笛声响，从江面传过来，令人振奋。

江面会随潮水变化，退潮时把大片的滩地裸露。儿时，小伙伴中胆小的只敢在滩地上玩耍，胆大的就踩着脚脖子深的江水，走到齐腰深，站立拆船厂的轮船底下，仰望翘出水面的庞然大物——螺旋桨，听江水中的金属回声，嗡嗡嗡，如面对史前巨兽。大人们都在水里捉虾摸螃蟹，有一年捉蟹苗的人布满了近堤的江面，都翘了身，弯了腰，黑了脸，一天下来收获可观。到黄昏，涨潮了，潮水来势凶猛，追逐着人，滩上的黑点就拼命地往堤岸上跑。这时如果避之不及，会被潮水卷走，要是不会游水，非常危险。

我在浒中上学时，校运动会受到操场规模限制，有一部分田径赛必定放在海城上进行，包括赛跑、跨栏、接力赛。在海城上开运动会是别出心裁的创举，喊加油了，喝彩了，滚草皮上了，摔堤岸了。我们能从堤肩泥地里挖到子弹头，有说是民兵打靶掉的，也有说是日本人上岸时打的。闹累了就坐在堤肩上，透过杉木林，眺望白茫茫的江面，除了轮船，运气好时，万里无云的晴天，我们能望见对面南通狼山，像三滴淡墨，坐在江面上，影影绰绰，恍如隐居的神仙。阴天，就望不到了，三滴墨汁吸入江水，不见了，任凭我们撑大眼皮，就是没了影踪。那时长江没有渡口，因此狼山在小伙伴眼里是座仙山，对它的猜测与想象都穿上了神话羽衣，没人到过狼山，没人能说清个究竟，便具有了无限想象空间。

后来有了汽渡，渡口建在野猫口附近。1937年日本鬼子就是从野猫口登陆的，那时海城不高，站在家里的凳子上，就能看到日本船上的动静。据浒浦镇志记载，日军在野猫口登陆后，侵入浒浦，大肆烧杀抢掠。海城见证了这一段历史灾难。

　　渡口由几艘渡轮组成，轮上满载了过江的货车、小车、摩托车、自行车，以及做生意的、旅游的、走朋友的。数年前，我第一次上渡轮，去狼山玩。船往江中驶去，陆地渐行渐远，在江面看海城，别有一番滋味在心头。正所谓不识庐山真面目，只缘身在此山中，换个角度看海城，远看一条绿色的飘带，由东向西，绵绵不绝，海城与江水相辉映，江水共长天一色了。

　　那次过江时，苏通长江大桥还未开始建设，现在要是去江北，还乘摆渡船，就会清晰地看到苏通大桥已完全合拢。大桥连接海城，跨越浩瀚的长江下游江面，从海城上可以观望大桥矫健的身姿，宏伟、气派、现代。不久以后，过江就可以不用摆渡了，经苏通长江大桥，很轻松快捷地到达江北。

原载于《苏州日报》2008 年 4 月 10 日

过去的生活

看新娘

儿时，吃喜酒是顶重要的事。平时见不到油水，吃不到肉，我们都瘦得皮包骨头，裤脚管空荡荡的。好不容易盼到吃鱼吃肉，要补足一年的油水。

办喜酒一般在新年。新年天冷，食物不容易坏。屋里酒席放不下，院子里加搭油布棚。棚下还有临时垒成的灶头，边上有门板搭靠的台子，放锅碗瓢盆。屋子是五开间黑瓦平房，木窗栏、花玻璃，白墙。桌子一律是临时从乡邻借的红漆方台，拼四条红漆长凳，又气派又喜气。

那年乡下还没通电，黑灯瞎火，点的是"洋油灯"（煤油灯）。玻璃灯身，连接贮油的瓶子，棉芯子歪歪斜斜通到上边，用火柴点着，亮了。开头灯光很暗，手指捏了小圆盘旋钮，顺时针方向调，再调，增亮了，亮多了。办喜酒人家用的却是汽油灯，系上纱布成灯泡形，用力向装有汽油的灯身里打气，那汽油便喷到纱布上，点燃后，纱布越燃越亮，亮起白色的小火球。特别的亮，像照明弹。灯一亮，厅堂便满壁生辉，墙上也人影绰绰了。

菜端上来，一桌坐八人，有大人和小孩。母亲教育我，长辈夹了菜才能动筷，不能嘴对着菜说话，不能夹最后一筷菜，这些是常熟人的规矩。阿芹家的不懂规矩。碰到跟这家人同桌，抢食。油爆花生看上去温吞，到口里却烫嘴。第一次吃到花生，好吃，香脆。

小孩嘴馋的是冰糖葫芦，这东西甜得要命，过后三天嘴里还甜的。那时我们喜好一切甜食，即使糖精也当作宝贝。浒西小学的女老师豪情万丈地向学生许诺：等以后生活好了，就有吃不完的糖，到时甜煞你们的嘴巴！

通常人声涌动，院门口鞭炮老响，冰糖葫芦就端上来了。没料到，汽油灯忽地灭了，有汉子赶快过来打气，黑灯瞎火，只听一阵戳盆子声，等到灯点亮，桌上盆子空了。

吃饱了，我便到屋里看新娘。新娘子端坐椅子，脸孔低垂，手摊在膝盖上，动来动去，好像没地方放。她身穿红袄绿裤，脚踩绣花鞋，发髻别了一朵红花，脸面涂了胭脂。往后，新娘就是一个村的了，是连亲带眷的乡亲了，这让我心里美滋滋的。

新娘子身后是一张抽屉，台上有盏洋油灯亮着。台脚有栏板，放着汤婆子、脚炉、热水瓶；靠屋内是一张榉树洞床，雕有鸟雀呼晴五谷丰登的图案，床身有小抽屉，还有脚踏板。床后摆着两只红漆子孙桶，簇新的，闪着桐油光。

屋里窗下有时会有脚踏车，系了红绳，亮晶晶的，猎人眼球。男人羡慕地瞧着，小孩子会按一下响铃。有脚踏车，那就表明嫁妆丰足，新娘娘家是好人家。多数嫁妆没有脚踏车，买不起啊。

新娘子这边，是看客站立的地方，男女老少，汉子爷们一齐厚着脸皮、光明正大地盯着新娘看。看得她脸红，羞得她低下了头。其实她夜里早来过几次啦。

可是，没有电灯，因此新娘的脸模糊的，看了半宿，其实都没有看清楚。

装电灯

城里早就有电灯了，我们村里却没有。到了夜里，村落安静得仿佛睡着了，村民都早早上床，舍不得点洋油灯，没有一丝光亮。没有电灯的日子，难熬啊，没有电灯的时候，怎不方便。

1977 年，村里终于通了电，家家户户亮起了电灯。通电那天，村里像过节似的奔走相告，欢庆光亮的到来。从此，黑夜跟白天一样明亮，真的是人间换了新天地。小伙伴跳着跑着喊着：

通电啦！电来啦！装灯了！亮了，亮了！

吊在屋堂中央的白炽灯泡，发光的透明小葫芦，太神奇了。眼睛盯久，再看其他东西，打了光圈。以前，我对黑夜的概念是暗黑的，伸手不见五指的，月光下洋油灯在风中挣扎，现在黑夜就是电灯在放电，不怕风不怕雨，照得屋子亮堂堂。电灯是个奇妙的事物，比洋油灯好用多了，我们进入了"现代化"。电灯一来，带"电"字的新事物接踵而至，那就像一个仪式的开端，不破不立。

通了电，却时常会停电。大队的马达便会突突突响起来，给村里发电，首先当然是保证村办纸箱厂的用电，因此家里的电严重不足，灯暗了一圈。到特定的时间，村民家里的电灯会眨眼，一暗一亮，三下，这是暗号，提醒纸箱厂要上工了。大队有个电站，电工师傅会使一个花招，在人家办喜事正进入高潮时，电灯突然会忽暗忽明地挣扎，主人家便急忙派人抱了喜烟往电站送。原来这是提醒主人家惦记他们，"电老虎"发威了。夏夜里，一团微弱的灯光出现在棉花田，这是捕蝇灯具。无数的蚊蝇，前仆后继地扑向光源，灯下的水盆便落满了飞虫尸体。而捕蝇灯边上的小路，被灯光照亮，吸引了田里的小动物，青蛙集体过路。

秋天收割季节，麦把子把队里的晒场堆成了小山头。晒场上，白天柴油机带动了打麦机脱离麦秸和麦壳，夜里仓库屋檐亮起一盏铁帽射灯，光束像探照灯照亮半块晒场，使得麦把子山的背面隐在黑暗中。我们就到晒场上玩捉迷藏。把麦把子搭成地道，藏匿里边。剪刀石头布，输的两个人捉人，其余七八个人躲藏。我们把麦堆当成了山，平原上的孩子没见过山，这真的是座山。是上甘岭，是五指山，是孟良崮。我们在麦把子山上玩到半夜里，在灯光的阴影里躲藏，在灯光下冲刺夺回终点。直到队长突然披衣从暗中走出来，大声吼：

还不回家睡觉，集体的电要被你们用光了！

邓丽君

一天早上，陈校长站立浒西小学操场的旗杆下，扫了眼底下一操场的小学生，挺胸叉腰，像个大官，开始训话。接到上级通知，最近学生有新动向，资产阶级腐朽思想进来了，有学生偷听邓丽君，这是靡靡之音！发现要严肃查处！训完话，开始做广播体操。一阵狂风吹过，电唱机上播放第五套广播体操进行曲的唱片，被吹得滚地上，陈校长捉小鸡样地追赶。学生们笑得乐不可支，早操队伍溃不成军。

散场后，我们都在打听邓丽君是谁，到字典上查啥叫"靡靡之音"。我们本来不知道，现在非常好奇。

一天傍晚，我朝小舅家跑。小舅刚从上海旅游回来。上海外公真慷慨，小舅竟然带回来一台四喇叭收录机！

小舅穿着中山装，胸口别支钢笔，神秘兮兮地站立院落。四喇叭收录机支在水泥台上，锃光瓦亮，精巧得无法形容。小舅按了下开关，让我们对着收录机喇叭说话。我们想了想，就说：

攻上孟良崮，活捉张灵甫！

为了胜利！向我开炮！

小四四王八蛋，偷队里的菜。

……

小舅说可以了，又按了下开关，我们的声音竟然原模原样从喇叭里跳出来。是我的声音吗？你的！哈哈，我的！每个人认领了自己的声音。我们的声音竟然被这稀奇古怪的机器收藏了，想听就能听，还保鲜，听一百遍也行，太神奇了。

小舅关上院门，往机匣里塞入一盘盒带，搓了搓手心，示意不要说话，听好了。他按下开关，情意绵绵的歌声便从喇叭中飘出来，飘出来。

甜蜜蜜，你笑得甜蜜蜜

好像花儿开在春风里

开在春风里

在哪里，在哪里见过你

你的笑容这样熟悉

我一时想不起

是一个甜美的女生唱的，那么妩媚，那么抒情，像蜜糖一样抓胃抓心。听得小伙一个个脸孔发红，都柔情似水、情意绵绵了。乡村炊烟袅袅升起，河边水草摇曳起舞。

邓丽君！有人说。

啊，就是那个"靡靡之音"！

真好听。

这样的歌曲是我不曾听到的，完全区别于田埂边高音喇叭里铿锵激昂的歌曲。但是，这样的歌曲我竟然很喜欢，竟然自甘堕落，连自己都吃惊。我想，要是此刻陈校长走过，肯定也会被"靡靡之音"迷住的，也许他会收回对邓丽君的成见。

小舅多么的迷恋邓丽君，他一定是爱上了这个美丽的女生，他用一条绿丝巾罩住收录机，好像里边真住着美人儿，要护着藏着。搁墩湾的后生双脚被粘住了，都不想走，小舅只好关了收录机，藏进屋里，出来挥手，走走走，回家吃饭去！

　　　　　　　原载于《苏州杂志》2020 年第 3 期
　　　　　　获第四届《常熟田》"双年奖"二等奖

搁墩湾

　　搁墩湾有一片勺子形的湖水，村庄就在湖边落脚，像一块泥土突兀在湖水间。清晨，搁墩湾湖面染上了粼粼波光；夕阳西下，湖面又是一片金光灿灿。搁墩湾最耀眼的房子，就是外婆家。我出生前，在上海做工的外公把他的积蓄带回家乡，在乡亲们艳羡的目光中盖起了七间瓦房。

　　清晨，我从梦中醒过来，摸摸身边的被窝，外婆不在。院落里活动着外婆的身影。梨树结出了果子。我听到梨子落地的声音，闻到了清香。柠檬色，浅淡的。有村民走过院墙，他们的声音像歌唱，把我从温暖的被窝带到祥和的村庄。

　　父亲十八岁就失去了爹娘。二十六岁时有了我，随后有了我妹妹，其时父亲在常熟县直机关工作，独自在乡下的母亲没有精力照顾两个小孩，就把我寄养到外婆家。外公长年离家在上海，在外婆床边的人就是我了。外婆知道我会尿床，总是在特定的时辰把我唤醒，在我睡得混混沌沌的时辰，一群孩子到搁墩湾玩，我要尿尿，掏出小家伙对准金色的湖面畅快淋漓地撒野。外婆摇醒我，做什么梦呢，起来撒尿。我那手指小的小鸡鸡对准马桶，泉水叮咚，外婆说好了好了，把我抱回床上。

到了夏天，我会跟着外婆到外公工作的上海去。回来时，变得白了点。外婆牵着我像牵着条白白的小羊羔。外婆因我而骄傲，外婆是我的牵手。许多年后，在我懂事之后——那时外婆已不在人世了，我想起外婆在半夜里挽了我起床尿尿，夜气与凉意袭击着外婆的身子骨，她的身体在照料我的生命中受到了损害。我太不懂事了，现在我为此内疚。从另一方面来说，外婆和我相依为命，我是否也给外婆寂寞的内心送上了慰藉呢? 生命或许就在一老一少的取暖中获得了意义，一棵幼苗得到哺育的同时一株老树也焕发出了生命的热情。唉，外婆啊，多想再回到你的怀中撒野，安详，宠爱，无忧无虑。

外婆家中厅有一架纺车，外婆用它纺纱织布，青色的粗布一片片地吐出来。我乖乖地坐在小竹椅上，手捧一只小手炉。那是某个隆冬的夜晚。织布机的声音撞在我的心坎里，许多年来还在回荡不息。在一次看了电影《苦菜花》后，我重新认识了外婆，我觉得外婆就是电影里边那个勇敢的老妈妈，身形跟她多么相像，柔韧、坚强、清瘦。那个老妈妈也有一架纺车，跟外婆的一模一样，小儿子牺牲的那天晚上纺车响了起来，声音撞击着流泪的心。

一个冬天的深夜，外婆展示了她临终的微笑。儿女们都来了，三世同堂，煤油灯下，围绕着床沿。外婆的床是舞台中心，是一条即将远行的船儿。我们在外婆的叮咛声中跟她告别。床边响起此起彼伏的抽泣声，进行着一个生死两重天的仪式。仪式完成，外婆阖上了她的双眸，安详地离去。外公对我说，外婆最疼你了，现在要走了，再也没有人比她更疼你了。听了外公的话，我号啕大哭，眼泪如河流一样把眼睛弄湿了，把衣襟打湿了，把搁墩湾的村庄弄模糊了。

外公十三岁就离开搁墩湾跟了裁缝师傅做学徒，师傅的木尺不止一次敲打在他的手臂上，在艰苦磨砺中外公成长为一个优秀的裁缝师。那时候裁缝是一个吃香而体面的职业，制衣厂少，穿衣都要靠裁缝师傅手工制作。上海滩的大户人家常常请了裁缝班子到家里做上可以穿着几年的新衣，然后再换下一家。外公跟着他的师傅辗转于上海滩许多大户人家，至今母亲带我到上海，还能指着南京路沿街一幢气派的洋楼说外公曾在这家做活。外公是 20 世纪 30 年代闯上海的苍白面孔青年中的一个，穿着粗布长衫，单薄瘦削的身子，历史很容易将他们忽略。外公离开江南农村，一脚踏入大上海，为的是寻找一条生活出路。

外婆家那时成了搁墩湾殷实的人家，外婆家的瓦房，我的玩具，母亲、舅舅的新衣服，都源于这么一个在上海做裁缝的外公。外婆家的麦缸里藏着外公带回来的食品，外婆关了门，掏出一样东西，褐色，软软的，嘴一咬就化了。外婆关照我，不要对别人讲我们有巧克力吃。那是个什么年代啊，村里许多人家是茅草屋，许多人家咸菜萝卜当菜，外婆却给我吃巧克力！

外公回来都是不期而至，谁也不知道他会在什么时候突然回来。对于搁墩湾来说，外公的回家堪比节日。在一个夏日，外公回来了，他跟田野中的老农打招呼——年轻时是玩伴，现在他们上了年纪。他拦住卖冰棍的男子，对他说村子的冰棍他包了。于是那天午后，村民们脸上洋溢着欢笑，离开酷热的棉花田，坐到树荫下，吃起了冰棍。他们带着忙里偷闲的快乐，风从脸上拂过，送来清凉，劳动暂时停止了，田野成了麻雀的世界。每次回家，外公都要送我礼物。这个老头，他知道玩具对于一个男孩来说是无比的喜悦。我相信外公是个童心未泯的老头，清冷的外表背后，其实是一副侠骨柔情。

外婆去世好多年后，外公仍然独居在上海。从街道服装店退休后，他在南京西路的小屋中为熟人做衣裳，房间靠墙摆了张作台，上方是盏套了纸罩的白炽灯，墙壁挂着一幅外婆的遗像。外公从浒浦搁墩湾出发，经常熟、太仓，到上海，以行走的方式从农村到城市，完成了一个旧时农民渴望飞翔的历程。外公是勤劳的，节俭的，任劳任怨的。我在成长过程中，经历了世事碾磨，越来越体会到外公的人格魅力。那一代的农民，担负起了艰难的使命，为了家庭的生活而奔波，他们离开土地，寻找更广阔的机会，他们的梦想跟家乡的亲人连在一起，他们的命运牵连着家乡贫穷的亲人们，他们的辛酸换来了家乡亲人们的丰衣足食，从这点上来说，外公是卓有远见的。

上海的屋檐成了外公留恋的鸟巢，他在搁墩湾与上海之间来回迁移。他的童年在村庄，成年却在城市。当他决定回乡时，身体开始出现问题。2004 年，外公在上海的医院中无力回天。我们把外公带回到故乡。当故乡的村庄出现在救护车窗前，外公的嘴唇翕动了下，似乎在说，我回来了。外公临终于搁墩湾老屋，还是在那张旧式桦木雕花床上，外婆曾在上边告别了世界，外公也在上边走完了人生。外公始发于搁墩湾，终归于搁墩湾，真正做到了叶落归根。

原载于《雨花》2012 年第 11 期

汇入《搁墩湾纪事》获苏州市第二届"时运杯"散文奖优秀奖

收入《苏州散文选（1996—2013）》（江苏凤凰文艺出版社出版）

乡村夜

　　没有电灯，村里还没有通电。天真黑，很黑。看不清人的脸庞，腰和腚混在一起，只能估摸是谁，听脚步声，听说话声。没有外人，都是老乡，闭了眼也认得。村子里一片黑乎乎，借着月光，有一点暗蓝的光亮，像河水的反光，让人只能辨别事物混沌的边。而有些日子，月亮是躲到云层后边的，这样的夜就是伸手不见五指，墨黑一团了。

　　黑灯瞎火，点的是煤油灯，村里叫"洋油灯"。掀起灯罩，划火柴点着灯绳芯子，亮了。放回灯罩，手指捏着小圆盘旋钮，把灯绳芯子往上调高，调高，亮了点。也只能是照亮两三步的范围。能够照亮外婆的脸。她半夜从床上起来，哈着气，抖着手摸到火柴盒，点亮洋油灯。听到鸡叫，她就擎着洋油灯走到院子，担心鸡窝遭到黄鼠狼攻击。西北风把她的头发拂乱了，也把灯光拽得一亮一暗。外婆摊开手掌护住玻璃灯罩口挡风。院门外村庄黑黑的，没有一点动静，树木睡着了，田野睡着了，鸟儿睡着了。

　　到十大队看电影，从外婆家往南要走一条长路，那路夹在田野中间，两边是沟，路极窄，两个人狭路相逢要侧身让过。这条路一直往北通到一里外的野河，河这边是我家所在的二大队，河对面是十大队。河流如同边境线，把我熟悉的世界与陌生的世界隔开。我从不到河边去玩，那是个荒凉偏僻的地方。看电影却必得走这条路，必得过这条河。小孩子眼里，这河极其宽阔如同天堑。电影结束散场，电影船的马达停止，十大队小学操场上灯黑了，人们四处散开。我跟着村里的大人往回走。漆黑的夜，只看到前面大人的背影，黑影子在蠕动，跟着一团墨黑，听着前边脚步声行走。月黑风高，队伍如黑白电影里去村庄锄奸的小分队。路根本看不清，路无边无身，隐匿了，只有脚板踩踏才感觉这是条路。一长串的队伍，掮木凳的，拎椅子的，大声说话儿的，是为了壮胆。田野里会突兀出现一两座坟堆。要是有人喊，有鬼！队伍就乱作一团了。小孩子走得慢吓哭了。大人会呵斥那个捣蛋男孩：要你吓人，作死！到河边，要上桥了，队伍像商量好了似的，一齐放慢了脚步，压低了声音。听到河水声，西北风呼啸着，发出呜咽，像墨水一样黑的河流闪着深不可测的冷光，一片片，一浪浪，汹涌着呢，水面比田野要亮堂呢，是一种寒光闪闪的亮，河里藏着水鬼呢，要把人拖下水呢。石板桥又细又窄，没有栏杆，分三截儿，横跨河面。轮廓也是模糊不清的，分不清河水与桥身的区别。我跟在大人后边，踩着脚后跟，紧跟黑背影，小心步行到对岸，踩着踏实的泥地，这才安心了。过了河，就能够望见村庄，静卧在夜幕下的田野上，黑漆漆的树环绕着黑乎乎的房子，好点的人家是瓦房，差点的人家还是草屋。从窗户漏出零星的灯火，那是先回到家的人们点亮了洋油灯，步子笃定了。

外婆家隔壁就是大舅家，外婆帮了一起在蒸糕，进屋就闻到喷香的糕。那种味道，闻者能饱的，又是幸福的，是对新年的祝福。我便很开心。吃了两块还热的软的糕。那夜因为蒸糕，难得晚睡。乡村的夜，人们往往早起早睡的。这夜在大舅妈家，帮忙炉灶烧火，突然听到了河水砸开的声响，扑通，有人在喊叫，声音在夜里异常清晰。大舅妈提了洋油灯到屋后去察看，我跟在后边，屋后是搁墩湾，有人站立河水里，岸上有个女人在骂河里那个人，听声音是个老头。女人把老头拉上岸，两个人到了屋里。老头裤子湿透了，牙齿上下打架，身子瑟瑟发抖，一副狼狈相。他们是一对老夫妇，喝了喜酒回家，家在十大队，路过这里。老头喝高了酒，走到了搁墩河里，老太一边骂老头，一边请求外婆帮忙。老头说谁晓得这河七拐八弯，天又这么黑，结果走在前头，就踩到了河里。老太埋怨老头走得太快，也不等她，她在后边追都追不上。大舅妈取出棉裤借给老头穿，让他到灶后烘热了身子。过几天，老太来还衣服，不住地感谢，好人哪，好人！

冬天的夜过去了，春天的夜到来，对春夜我没有印象。春天早上天蒙蒙亮，队长吹响哨子，社员开早工，到田里做棉花垛。秋天是收获的季节，晒场上的麦把子堆成了小山头。夏夜天热，睡在露天，一张吃饭台、一张竹榻成了床。一个人是不敢睡的，大人中的男人也睡在外边，我们把天空当被子，把大地当床铺，手里持了蒲扇驱赶蚊子。风从野地吹过来，感觉特别舒服。睡在露天，听大人讲故事，令孩童又想听又惧怕听。一次，叔叔讲打仗故事，说的是黑龙江上出现一个怪机器，形状是圆球，能发出"死光"，但用大炮用导弹打上去，却无法击沉，这个神秘武器是苏修派来对东北侦察的。还有，一帮蒋匪特务想在国庆节炸毁南京长江大桥，开了一辆装满炸药的卡车上了桥，危急关头我英勇的公安战士将他们一网打尽。方伯伯却说了一个鬼故事，隔壁村有一个人，有名有姓，一天夜里在野地里走，走过野外的坟堆，发现有黑影，那个人就赶紧快跑，跑了一阵停下慢慢走，感觉后边有一个脚步在不紧不慢地跟着，总保持距离，吓得那人毛发竖直，可等他回头张望，又什么都没有。方伯伯说到这儿，点了支烟，慢慢抽。我们几个听得吓得不得了。张望漆黑一团的田野，芦穄的穗子在轻轻地晃动，似乎真有鬼藏在那儿。大人说不要怕，没有鬼的。真有鬼，也没什么好怕，祖宗的鬼会来保护你的。

1977年，村里终于全部通了电，家家户户装起电灯。电灯像只透明的小鸭梨，吊在房中央，勤劳地放电，发出烫热的光芒，把物体从暗处拉出来。以前，我对黑夜的概念是暗黑的，伸手不见五指的，月光下洋油灯在风中挣扎的，现在黑夜就是电灯在放电，不怕风不怕雨，把房间照得亮堂堂。我搬了椅子在灯下做作业，板凳是课桌，电灯是眼睛。房间的墙上贴着一张红军过雪山的图画。那年春节前，父亲托人从常熟县城捎回来一盏台灯。当台灯从挂机船拎上岸时，我看到许多双羡慕的眼睛。台灯，台灯，队里还没有人家有台灯。我家哪里买得起台灯啊。台灯是国营衡器厂上班的姑父在车间手工制作的，用的都是废料，铁方盒子、螺旋管子、铁皮罩。台灯摆在抽屉台上，陪我做作业。有一次，台灯摔倒地上，我碰到铁盒子，顿时手指弹开，指尖发麻。看着台灯，怕怕的。台灯会咬人呢。母亲说，是触电了，别去碰！灯身在漏电呢。难忘通电那天的情景，村里像过节似的奔走相庆，我盯着白炽灯泡研究了好久，以至于再看其他东西，眼前打了光圈，一时不能适应。

收入《莼鲈之思——"思鲈杯"全国"乡愁"
主题散文大赛优秀作品集》（光明日报出版社2015年版）

菜　地

　　早上阳光出来，父亲拎水桶，持勺子，手往桶伸，在浇菜地。然后绕菜地周边，散步一圈，半小时后回来。秋旱，一个月没下雨，父亲早晚忙于菜地浇水，天热温高，湿透衣服。母亲蹴蹲身子，手工捉害虫，自家种的菜，不打药水。我站立书房窗户，手持望远镜。镜头里，父母弯了腰，身影显小。

　　父亲六十五，母亲也有六十一。他们劳动回到家，一屁股坐椅子上，脏衣裤也没力气脱，喘着气。我心疼。家里不缺钱，何苦辛劳种菜。母亲白我一眼，你知道啥！种菜有乐趣，散心又消遣，连带锻炼了。的确是，自从垦荒种菜后，父亲身体硬朗了，将军肚瘪了。母亲卯足干劲，走路风风火火了。父母农村出身，年轻时务过农，后来进了城里，对他们而言，种菜是重温田园生活，是夕阳不服老。

　　这些蔬菜一日日长大，开花，成熟。父母看上去真是开心自在，乐在其中。劳动是愉悦的，用在父母身上再合适不过的了。辛勤耕耘换来了超出预期的丰收。菜也是有生命的，得到哺育就会茁壮成长。父母种的菜有青菜、草头、丝瓜、茄子，辣椒、南瓜、毛豆、蚕豆。开荒扩大面积，又种了长豆、黄瓜、苋菜，萝卜、扁豆、芹菜，葫芦、山芋。芝麻、绿豆、芋艿。油菜。品种多，产量大，单是南瓜堆得院门落不下脚。油菜摊门口晒太阳，收菜籽送乡下去榨菜油。父母乐此不疲地种菜，这是一种怎样的情怀呢？我不理解，因我没当过一天农民。

一个城市人家，农产品却大获丰收。我家成了聚散点，清晨与傍晚，都有亲友过来拿菜。附近租房的外地大婶、小妹路过要点菜，父母大方地给。

父亲告诉我种菜心得。种菜，靠土、水、肥、温，及防治虫害。拆掉房子后的土地，虽经垦荒，泥土仍布满小石子和碎砖屑，于是在土上堆盖一层细泥以改善土质。有的地块低，就设法将四周挖成渠后填高，能预防雨积水。初春温低，尼龙薄膜育苗提高地温，早种早收。遇到蜗牛、毛虫、卷叶虫、土蚕，只能靠手工细心捕捉。青菜可"一种三吃"，下种时将种子布得密些，半月后吃小青菜；加肥料，过十、二十天再吃"小大菜"；余下的长大后吃大青菜。茄子，有说"早晚三十六"，意思是一颗茄树早晚长三十六只茄子，大致如此。七月底、八月初气温高，热得茄树枯焦，将主杆、枝条拦腰剪去，拔掉叶片，剩光秃秃的半根主杆和短支杆，重施肥料。到秋天，通过裁身结的茄树返青长出新枝新叶，秋茄又挂满了茄树。黄瓜、丝瓜、南瓜等瓜藤作物，苗期肥料不宜太重，太肥了只爬藤不结果，太瘦了产量低，看苗施肥很重要。山芋、花生耐旱，种在松软的高地上；芋耐潮湿，种低洼地里。毛豆，不用施肥，根部有根瘤菌，吸收空气的氮，转化为氮肥。

父亲宝刀不老，如数家珍，脸庞洋溢着老农的满足欢笑。

一天，伴随轰鸣声，开来一群翻斗卡车，运来一车车泥土，倾到菜地上。菜地顿时被覆盖，菜也被活埋。我快活地大叫，这下不用种菜了！想错了。有泥土的地方就能长出菜，泥山一样能种菜，惋惜之余，父母萌发了新希望。从年春开始，泥山成为新开辟的公共菜地，小山头簇拥环抱，层峦叠嶂，组成"山脉"。菜地散落于山顶、山腰、山洼，每块都不规则，每块都有主儿，谁开荒，归属谁。

母亲把锄头、铁锹、镰刀放到厨房间，把菜饼、菜苗、菜籽放到了院子里，各种农具突然冒出来，占据了房间。城里人家房子，本身是不适合做农事的。我家卫生脏乱了，再也理不净了。父母穿着也在下降，泥山上下来，裤管沾土，鞋子涂泥，飞奔着上卫生间，一脚踩到客厅。我不悦，反对种菜。要卫生还是种菜？

母亲却是极力想影响我。她指着一桌的菜说，绿色环保不打药水，这样的菜想买也买不到，多吃点，身体健康。又说，卫生有啥用，能当菜吃？我却是故意不吃，一度甚至三餐到公司食堂。母亲引诱我到泥山看风景，她特别想促成此事。我从没上过泥山，一副事不关己的心态。母亲说很有趣的，不去不晓得，去吧。以后会没有的。我心惊了，问，山上有路吗？母亲说，你跟着我。那天上泥山，母亲穿了深紫暗红花纹的薄衫，手摇一把蒲扇，跳上跳下，在前边引路。母亲边走，边指脚下，骄傲地介绍，这是花生。那是绿豆。看，芝麻！母亲用扇子把草拔开，跨过小丘，叫跟上。我落在后边。母亲登上高处，指着一片绿叶，得意地说，毛豆，吃不光。我站到泥山顶，眺望不远处的琴湖。夕阳正下山，湖水在昏暗背景中亮晶晶的。我踌躇怎么走，母亲说，走这里。前方裸露泥坡，坡陡如崖。母亲纵身跳上泥坡，矫健得不得了！山坳里有片小水潭。母亲说雨水聚宝盆，给菜浇水的。

邻居阿姨突然站起身，向母亲招手。她原本蹲在菜地里捉虫，被毛豆叶遮蔽，我没发现，吓一跳。母亲却早发现了。下坡前，我看见家里房子，便掏出手机，朝房子挥手，手机中传来女儿的声音，看见了，老爸，你在泥山上，还有奶奶！我有点小激动，站立坡上，晚风涌动绿色，泥土芬芳袭来。

　　女儿从小在城里长大，不知农活，爷爷奶奶时常带她到菜地里，告诉她这是南瓜、香瓜，着地爬藤上结的。这是茄子、毛豆、辣椒，长在枝丫上的。这是芝麻，只长一根主杆，自下而上开花结果，果实藏于盒内的。"芝麻开花节节高"是形容生活水准提高。这是丝瓜、葫芦、黄瓜，爬架子生长的，别看满棚的花，大多是开花不结果，仅有少数雌花才结果。这是花生，怪不怪？它是地上开花，地下结果。向日葵，上午向东，下午向西，跟着太阳转呢。

　　日出而作，日入而息。陶渊明"采菊东篱下，悠然见南山"，父母"种菜门前外，抬头是泥山"，泥山是他们的桃花源。他们的身体这些年是健康有力，看不出老态，大约是种菜锻炼，加上心境好的缘故。我们都知道，这是拆迁地，菜地总有一天会消失的。

　　　　　　　　　　　原载于《常熟日报》2013 年 1 月 29 日

寻访钱柳

最初了解红豆之事是通过两幅画像，其一是钱谦益像，此画像上先生头戴斗笠，髭须漆黑，身着长衫，可以看出是个高大伟岸的男子，在明清也算人中俊杰了。其二是柳如是画像，题为"河东君初访半野堂小景"。画中年轻女子，柳叶眉，樱桃嘴，眉清目秀。

崇祯十三年，岁次庚辰，冬月，柳如是求见钱牧斋。

画像年久失色，却极其生动地营造出了两个古人的身影。这就是我们常熟的先贤，我们虞山诗派的宗师啊！

我后来又见到一幅画，《红豆山庄图》，七八间茅屋错落聚集，屋间有一棵树木高耸挺拔，枝虬叶茂，生意盎然，即为红豆树。屋前有路，横着一条小河，河上有座桥，一女子问讯而来，童子遥指屋子，似在答话。我极喜爱此画，符合我对红豆山庄的想象。极盛时期的红豆山庄应该是此样子啊！钱谦益先生如三国卧龙孔明，居于茅庐，隐身村落，专注于学问。小河边传来远道慕名寻访的文人，童子脆亮地回答："今日先生虽在家，但在草堂上昼寝未醒。"

2008年春，我跟随常熟市作协几位前辈，陪同南京的作家、编辑贾梦玮先生寻访钱柳墓。说来惭愧，此前，我不晓得钱柳墓位于何处。

车辆沿着虞山西麓行驶，过尚湖入口，打头的车子停下。一行人离开公路，踏步绿地，往南边的树林走去。钱柳墓同在拂水岩下，分葬于原山庄之中秋水阁、耦耕堂故址，但仍相距几十米，与寻常夫妇合葬不同，不知何故？墓前有石亭，庄重古朴，亭后才是墓茔，周边尽是深色的林木，远处是虞山苍翠的背影。钱柳墓背靠虞山，正对尚湖，风水宝地，地杰人灵之所。梦玮先生在墓前肃然起敬沉默片刻，凭吊怀古，取出那台颇具专业水准的相机拍了些照片。他的年轻夫人专注探视柳如是墓，对柳如是文才甚是崇敬，对其生平也是敬佩有加，并且流露出研究柳如是作品的想法。站立钱柳墓前，我萌发了探寻古人的念头。钱柳遗事，像背后的虞山，隐匿着历史的印迹。我再一次为故乡有这么难得的人物而激动。

一次次地深入，走近钱柳遗事，直到白茆红豆山庄。

久闻红豆大名。殷红、晶莹、圆润、坚实，惹人遐想，发人情思。

常熟如今仍拥有四棵四百年左右树龄的红豆大树。名气最大，最让人睹物思情的还是白茆红豆山庄这棵。我是在次年冬天去的，到达古里白茆，一路打听，走过迂回曲折的小道，远远见到山庄，屋子已稀稀落落。屋子之间，有一围墙，墙门呈圆形，墙内高耸着两棵古木，虬枝连天。一株是红豆树，另一株是丝棉木，两树并肩而立，相知相依，几百年在红豆山庄过来了。树不会说话，长久厮守，树下发生了多少沧桑往事？树知根知底，它们选择缄默，故长寿。

1661年红豆开花吐艳，钱谦益刚好八十岁生日，兴奋不已，邀请文友聚会。柳如是把结出的红豆一颗，作为寿礼赠予夫君。文人相聚，留下传世诗篇。国学大师陈寅恪抗战时在昆明得到一颗白茆山庄红豆，有感而发，完成巨著《柳如是别传》。从晚明到清的三百年间，不知有多少文人学者慕名造访红豆山庄，远有袁枚、冯班、孙原湘、翁同龢，近有章太炎、周瘦鹃、范烟桥等。红豆与文人建立了历史渊源，此物最能激起文思。

往事过矣，眼前这棵红豆树，与我印象中的有些许差别。红豆树寂寞、单薄、枯瘦，让我生出一分悲伤之情。我抚摸红豆树身，怀想钱柳遗事，沉思良久，不忍别离。心中祈求不能让红豆树枯萎，愿它枝繁叶茂，焕发勃勃生机啊！我站立树下凝神，恰逢一当地妇人路过，便请她为我于红豆树下拍照留念。妇人见我为红豆树黯然伤神，便告知喜讯，古里镇已邀请花木名家前来会诊，制订了救护方案，百年红豆树将得到妥善保护。妇人又说家里珍藏着一颗红豆，是从此树上摘下来的，可让我一睹真容。我好奇之，妇人回家去取，祖居就在近处。这粒红豆呈椭圆形，光洁圆润，似一粒殷红的宝石。我捧于手心，爱不释手。妇人肯出价相让，我当即购下。回家后取一木盒贮之，置于书房。

红豆在我书房发出弥久的馨香。

白发红颜红豆结情缘，诗情画意虞山留佳话。一个是东南文宗，一个是侠女名姝。钱谦益博学才高，柳如是天资卓越，善于填词，妙解音律，工于书法，长于绘画。

柳如是曾为虞山维摩山庄的望海楼撰联云："日毂行天沦左界，地机激水卷东溟。"寥寥十四个字，表露出了她内心的激荡：汪洋大海，一轮旭日东升，直上万里长空。几年前，望海楼还是开放的，在望海楼上喝茶惬意极了，登高望远常熟田，千里一目尚湖水。我这番上虞山维摩山庄，没有登临望海楼，此楼正在修葺中。我在底下长廊找了张台子，与友人喝茶。廊上有一门洞，外边是陡峭的山石和茂密的树林，可沿石级小道下去。风吹树木萧萧，寂静虞山林，廊墙上有砖雕花窗，呈水果和蔬菜造型。正欣赏着，恰巧作家赵丽娜带了远方的客人过来，是创作一本有关雕花窗的著作。

这里的雕花窗果然好看极了。巧的是，在这平寂之地，我遇到了电影剧组——《柳如是》剧组！

电影《柳如是》定位为一部爱情史诗片，钱柳姻缘的情感线是影片叙事主脉，以具有人文气质的电影来展现对历史的思考和对时间的注视。在那个年代，乡村女子一般没有姓名，而柳如是自己为自己命名，这样独特而智性的名字，本身就说明了不平凡。柳如是是那个时代发出异彩的奇女子，追求男女平等，通晓琴棋书画，谈论经国大事，如陈寅恪先生描述："如花美眷，谈兵说剑。"只有这样的女子才能成为文人的红颜知己，才能成为一代文宗钱谦益的知音伴侣。

维摩山庄南侧书房，一班演员正准备着，这是拍摄书堂讲课的片段，穿古装的男子，个个成了明朝书生。摄像机在调节角度，正是拍戏间歇，我得以尽情游逛。出演柳如是的演员万茜出场，外形神似，据说造型严格参照哈佛大学美术馆收藏的《河东夫人像》设计的。扮演钱谦益的演员秦汉没有见到，不过想象中也是高大的男子。一个剧组的工作人员跟我闲聊，问我作为常熟人对柳如是如何评介。我回答，柳如是多才多艺，非常仗义，既温柔美丽，又具有男儿豪情，那么多的青楼女子中，她之所以被众多的文人认可，是因为她的才情、性格，以及特立独行、勇于追求爱情的精神。柳如是更像一个现代人，虽然她生活在明清，但她的行为品格却像个现代人，这个女子是走在时代前列的人物。

剧组不久移师红豆树下，那时，应该四月春了。但愿红豆树枝繁叶茂，红豆果实累累，古树笑对春风，诉说钱柳遗事。

2011 年入选散文集《书香古里》（春风文艺出版社出版）

巨　变

游

　　一部京剧《沙家浜》，造就了沙家浜全国知名的地位。游客坐在小船上，滑过茂密的芦苇荡，豪情万丈，唱起了"智斗"片段。然后，他们到沙家浜的革命历史纪念馆瞻仰历史，到影视基地，喝一碗豆腐花，咬两只烧饼。如果赶得巧，会遇到影视剧摄制组。经过这些年规划，沙家浜景区日臻完备，已成集红色旅游、人文历史、自然风光、民俗体验、休闲度假的综合游览区。

　　尚湖有自然的山山水水。印象最深的是那一片好大的湖，碧清的湖水，毓秀的虞山。面积比杭州西湖大一倍，尚湖也有数处文化遗址与古建筑，总体格局气象有待开拓。余秋雨先生到常熟讲学时认为，尚湖应该强调它的生态文化，美的山、美的水、美的风景，"显山露水"恰恰是尚湖的主要特征。

　　与尚湖相隔不远的是宝岩生态观光园，位于虞山的山峪间，常熟人到宝岩喝虞山绿茶，采宝岩杨梅。然后也可观木本植物，徜徉果林茶园，聆听鸟类唧啾，亲近自然生态。每年六七月，是常熟民间"看杨梅"的日子。到宝岩，我们如果留意点，一路上，过尚湖入口，能撞见钱谦益、柳如是墓。

最得苏州园林神韵的是曾赵园。园内楼台轩舫，且有曾家花园的前身、晚清曾孟朴的遗址，给这个园林带来了厚实的文化底蕴。这几年，曾赵园新建了许多的仿古楼台堂榭，你站在园中，会惊讶于历史的保存还原，古建筑得到了修葺，曾孟朴回家定会大吃一惊。

热闹的是方塔园。方塔在新世纪作为历史名城的标志性古建筑，得到了前所未有的重视与保护，以方塔为中心，周边盖建了大片的仿古楼阁，造就了繁荣的商业区。方塔成了城市的名片，方塔公园也跟着一起沾光。人们常常把方塔园与方塔苑搞混淆，实际上前者是园林，后者是商业区。

小巧玲珑的燕园，有假山名"燕谷"，取"燕归来"的意思，故园名亦叫作"燕园"。写燕园的古诗："故园荷静绝尘埃，怪石玲珑布绿苔。"诗中描写与现在景致无不同。到燕园，有燕子从檐上掠过？真有。

读书台，其书卷气的名称，足以令读书人向往。昭明太子读书台依然古朴，台上壁嵌"读书台"碑，还有明刻昭明太子像，仍能觅得其踪。常熟这么多的园林中，读书台是素朴静怡的。常熟的园林中，读书台是最本色的一个。

住

我结婚时，独院户装潢得较高档，亲戚啧啧赞叹。这里边有一个人，就是我家的苏州表姐——苏州伯伯的女儿，她代表父母到常熟来参加我的婚礼。

十几年后的今天，表姐带了一家人，父母兄长子女来常熟看我家房子。其时，表姐已是一家灯具厂的总经理，表哥也成为一名科研所的研究员。而他们的父母，男伯伯退休前是城建局干部，女伯伯是中学老师，应该说他俩是很见过世面的，"文革"蹲过牛棚，下放苏北农村也吃过苦头。他们一行八人驱车两辆，来看我家的房子。

据说原因是当年参加我婚礼的表姐回去向家人夸耀我家房子如何好！感染了家人，让他们一直惦记着。现在，他们在苏州郊外买了地皮打算盖独院户，因此才有了如今的取经。

他们的车子刚进新世纪大道，就迷惑了，这常熟的路怎么这么漂亮？绿地公园，莺歌燕舞，当年没这么漂亮的呀！过了入口处，心态放了下来，这时作为家乡人的感情开始上升。女伯伯出生于常熟，自豪感油然而生，对男伯伯显耀，看看，我家乡多么漂亮！发展真快！进入一条道路，过一个大型超市，到我家的居住区附近，迷路了。表姐十年前来过，现在路拓宽了，绿化也弄好了，当然不识路了。于是我开车去接。一行人到我家，进客厅坐下。

上次不是这样子的啊，表姐站在院子大声地说，怎么房子变大了呢？

我们告诉她，村里一起翻了新楼，还把墙壁涂料刷新了。这叫新农村建设！我们外来户也跟着翻了房子。

又看室内的装潢，表姐带队参观，说当年这个好，这儿也挺好。先看一楼，还是当年90年代的样式，夹板包墙，大理石地坪。看二楼，新世纪初重装修过，风格就不一样了，有了新时代的设计元素。看三楼，半年前刚装修好的，完全是现代装饰风格，力求简约，色彩淡雅，环保材料为主，大屏幕液晶电视机……最令他们称道的是一间满墙书橱的房间。三层楼的装潢留下了时代变迁的痕迹。他们在三楼停留时间最长，不仅这儿的装饰最接近现在，而且这儿能登高远眺常熟新城区，以及远处淡青色的虞山。

我的两位苏州伯伯三十年前到过常熟，那时还叫常熟县，我家住在平房里，五开间，黑瓦灰墙。两位伯伯得到最高待遇，住到地上铺有青砖的大房间。而我们住到泥地的小房间。屋顶是裸露的木梁、椽子、脊檩，都是下等木料做成的，弯弯曲曲的树身长着瘤状疤斑。我和小伙伴还在泥地上打玻璃弹珠。有几次，我小床下泥地上爬了只青蛙，不知从哪儿进来的。至于屋梁上飞进只麻雀，那是经常有的事。屋顶有几块板砖吊在空中，缠上了蜘网。顶上有天窗，光线柱里飘浮了尘埃。

我们泡虞山绿茶，切王庄西瓜，我父亲中华烟连了发。众人难得相聚，情绪高涨。表姐已自言自语，开始规划新房子蓝图，并向我父亲讨教建材知识……伯伯对我们说，你们常熟人生活的一向很好，那时我们俩在苏北当右派，那儿的人家房间里养猪，人和猪住一间，脏是脏得不得了。你们家那时就比苏北要好，五开间房，干净整洁，屋后有小河，洗衣取水，很方便。常熟历来是个好地方，是最适合居住的地方。当然经过改革开放的巨大发展，现在是前所未有的好了！

他们这样说一点也没有客套的意思，我想他们也是走南闯北的人了，从他们口中说出的话有一定的道理。苏州亲戚坐了一下午，谈了往事，谈了故乡的发展，便要回去了。我开车前头带路，领他们到新世纪大道，往南一直可上常台高速通往苏州。我们约定，到了"十一"黄金周，再邀他们开车到常熟来玩，届时我领他们游览虞山、尚湖、沙家浜，还要到服装城去购物。

食

我家住在湖苑，湖苑菜市场东侧沿路新开张了一家生态农场专卖店。远远可见到醒目怡人的店牌，环保绿底色，金黄字体的店名。走进店堂，空间布置得整齐有序，本色木质的开放式柜台上陈列了十几种本地农产品，除了浮梁茶叶、莲藕、鸭血糯等名特优农产品外，主打产品当仁不让是大名鼎鼎、广受百姓喜爱的本地优质大米。手中取少量大米，哈一口热气，闻着有清香味。这种大米适口性好，返口感柔软、香甜。最主要的是生产的过程中完全使用有机肥料，采用生物农药，无毒无污染，是百姓信赖的放心大米。通过一流大米加工设备，着水抛光、电脑精选，使得大米，米粒洁白、晶莹剔透、口感怡人。柜台上在售的大米有数种规格，小到 1 公斤，大到 10 公斤，均采用符合食品包装要求的优质材料制作。这些精美包装的大米系列产品已进入超市、绿色食品购销中心等大中型商超，成为具有高附加值的精品农产品。

店内大红包装，呈现喜气洋洋的是"喜米"，是喜宴和馈赠之佳品，承袭传统传递亲情共享美满人生。绿色包装的"无公害配方大米"，通过科学搭配，显著改善大米品质，很受百姓喜爱。精致的包装盒内是"网栽有机大米"，价格虽高但物有所值。这是开拓创新，率先把"网栽"技术成功运用到水稻种植上，实现了生产无污染、低碳、环保，网栽加稻鸭共作造就了品质一流的好大米。金黄色五公斤袋装的是"生态大米"，优质的有机肥料、标准化的生产规程，以及优越的气候、适宜的环境、纯净的地下灌溉水，造就了生态大米优质、营养、安全的内在品质。场地中间有一个木台，形似米斗，贴有一个红色的

"丰"字，丰收喜庆流溢在"生态农场"。

营业员是一位中年阿姨，慈眉善目，热情待客，颇会做生意，遇到老年顾客，她差人把大米送货上门。顾客大都是周边楼盘的居民，现在生活条件好多了，对吃也讲究了，大米有机环保，生产过程完全使用有机肥料，是老百姓食用的放心大米，成为餐桌上的上佳选择。不是有一句话叫"健康是吃出来的"吗，有机大米让人放心，让人更健康，符合时代潮流。来的顾客热情地跟阿姨打招呼。

母亲挑了四袋大米，我拎到车上。两袋自家吃，另两袋送给丈母娘。生活好了，观念新了，送礼就要送健康已成为更多人的选择；"吃米就吃有机米"也成为深入人心的观念，有机大米成为流行礼品，健康的生活理念已经深入人心，身边越来越多的朋友把有机大米送给长辈，不仅香甜而且绿色健康，做成的粥和饭感觉特别舒服。吃饭，我们一家吃的米饭，新鲜有机米色泽鲜明，返口感柔软，入口香且有味，糯而不黏。

清代大家袁枚说："饭之甘，在百味之上；知味者，遇好饭不必用菜。"我这样吃惯大米的江南子弟也不禁多盛了一大碗。

行

湖圩边有琴湖，琴湖东面，横贯一条大道，双向四车道，路中有花木隔离带，整洁干净，现代气派，车流不断，这就是我们的新世纪大道。这条道连接了沙家浜景区、常台高速公路，让我们与外面世界的距离变近了。

我家在新世纪大道边，因此有了在绿地散步的习惯。这片绿地，如果从空中鸟瞰，会看到整片的住宅区中间有条长而宽的带子，带子墨青的部分是机动车道，两侧赭红色的部分是人行道，植有间隔有序的树木。再往外侧，是几乎跟中心主车道同样宽度的绿地。这条大道是常熟路幅最宽的城市道路，政府把这条大道的一半建成了车道，另外一半慷慨地赠予了绿地。

绿地上铺满草皮，种植了广玉兰、杜英、石楠等80多种绿色植物，做到"三季有花，四季有景"的绿化效果。绿地缓缓起伏，砖石小径在绿地上描绘出婉约曼妙的线条，消失于树林，又延伸出来，跨过小木桥与亭子，最后回到小广场。绿地缓坡阴面有条窄沟，浅浅的水潭，铺盖着满堂堂的荷花。到了开花时节，有暗香浮动。沟中有一石路横越，水面随意点缀零星青石，行人踮脚而过，不会湿脚。浅绿的草皮，翠绿的荷花，墨绿的树林，柠檬色的植被，灰青色的散落各处形状各异的石头，组成了一幅色彩层次丰富的篇章。

父亲每天傍晚都要到此走上一圈，我也时常去散步。有次我跟着父亲的步儿，窥看他行走的路线，过了片刻，他消失于林中，大概到支路口的小广场去了。我跟丢了，于是在草地上徜徉。人们在此散步、跑步、遛狗，或者坐石头上、靠木桥栏、躺草皮上，看着天空，眺望大道那边"明日星洲"的高楼。骑小车的孩子，执手的老年夫妇，年轻的小夫妻，每到黄昏住在大道两边的人们都出来散步了，遇到相识的，便相互问候。沿绿地行走，直至到达新世纪大道与新颜路交叉口，有一个小广场接壤着，一群妇女列队在跳广场舞，这几乎是每日傍晚的热闹景象。边上一处干涸的沟壑，密布了小青石，孩子们伸展双臂平衡着行走，乐此不疲沉浸其间，这景象让我萌发创作一幅以和平为主题的油画的念头。这里的人们，心情是闲散的，精神是饱满的，大道上小汽车迅疾而过的身影，与这片闲适绿地的情景迥然相异，一动一静，相得益彰。天黑后，住宅区的窗户一下子亮得万家灯火，而这时大道上的路灯也次第亮开，似乎有着世俗的默契在里边涌动，叫人产生一种莫名的感动。

城市的生活离不开这大道两边的绿地，或许正因为有了大道和两边的风景，才成就了这一片浩大的城市住宅群。围绕新世纪大道两侧，多个居民住宅区落户生根：锦荷佳苑、锦绣苑、东区铂宫、恒基曼城、富康苑、百盛花园、金山苑、明日星洲、派公馆、富鑫苑……

我是看着新世纪大道由泥泞的土路变成宽广的马路的，看着绿地从田沟变成风景的，看着地面拔起高楼的，日新月异的发展总让人觉得惊喜。我们的城市给予大道两侧保留了大面积的绿地，让它成为开放式的生态景观，体现了人与自然的和谐，人与公共资源的和谐。我们的城市大道在建设的同时，慷慨地给道路两侧装上了洁净空气的绿色肺叶，使之成为市民踏青的好去处，成为人们一天工作后在暮色中抚慰疲累心灵的绿色休闲长廊。

城

常熟的早晨，我最爱去登虞山，走过城区，跨过山坡，直抵虞山门。

骑车驶过九曲桥，天边露出一丝晨曦，枫泾河水在晨风中泛起微微涟漪。岸边花圃间杨柳依依，市民在做操练舞，个个精神矍铄的样子。穿过颜港新村的小径到步行街，这里是繁华的购物中心，也是观景休闲之地。往前，就到了方塔街，古朴庄重的南宋方塔耸立街边，仿古建筑群静卧塔底，组成一幅古城和谐图。

日头从天边露出小半张脸，似个浅淡的银盘。空气中飘浮了薄雾，露珠凝滴在石砖上，人们在街边晨练，伸伸臂、弯弯腰、踢踢腿，而做生意的汉子踏了黄鱼车匆匆而过。

过市中心文化广场，拐上书院街，过博物馆，至一宽敞处，俊秀的虞山跃然眼前，石级石亭黄墙掩映于苍山绿树之间，步上大理石广场石级，缓步往上延伸，其间竖立牌坊，上刻"仲雍墓门"字样。仲雍又称"虞仲"，商末周太王之次子，历来被奉为吴地和常熟的始祖，虞山也由此得名。广场北侧，言子古道的老枫杨树下，老年人在练太极，一招一式极具神韵。也有老人脚抵石条凳，按膝拍腿，活络筋骨，脚边放了菜篮子。跨"文学桥"，穿"道启东南"石牌，拾级而上，越半山亭，前面黄墙下即言子墓。言子即言偃，孔子 72 弟子中唯一的南方人，被誉为"南方夫子"。回头望，常熟城已在脚下。踏上石砖小径，往上一路小去。再回首，日头正跃出地平线，色泽浓了点，晨雾渐退去。出小径，踩上宽阔的主山道，汇入登山晨练的市民中。山道铺了石砖，蜿蜒于苍松翠柏之间。晨练的人做操、跑步，有人手持收音机，见到熟人远远地打招呼。

过辛峰亭北坡，瞥见一城楼藏于坡顶树林间，恍如嘉峪关在此，青砖墙身依山势走向，腾山而筑，动感十足似蛟龙跃动。晨气湿润，藏青色的墙身清韵冷峭。风从崖边吹过来，令人心旷神怡。城门上刻两代帝师翁同龢书体"虞山门"。崖边草坪，有人在练木兰剑，有人提脚抵墙，练练韧带、揉揉筋骨。更多的人，闲适随意，坐于青石上俯瞰崖下常熟城。有人继续往前，欲过维摩直达剑门，我且就此留步，本意"欲穷千里目，更上一层楼"，于是登上虞山门城楼，站立城墙眺望。

公路如绸带，车辆似玩具；河道环城走，河上跨小桥；桥上走行人，行人如棋子。古城区的房屋小巧似积木，新城区的建筑新颖而气派。至郊外，淡绿色的稻田呈格子状发展，绵延千里，自古就有"苏常熟，天下足"之美誉。日头升高了，亮了些，晨雾快散尽。远处一块水泊，即是尚湖，湖上楼台亭榭小桥石径遍布。再远处，能看到昆承湖浩大的水面，状元桥、言公堤、海星岛乐园、环湖公路……

常熟建城有1700多年的历史，古时就依赖丰富的河道，把血糯、绿茶、香粳和鲥、鮰、豚"长江三鲜"运往京城。常熟既被称作"鱼米之乡"又是文人辈出之地。自唐至清，计有状元8名，进士486名，举人秀才不胜其数。元代大画家黄公望、明代"虞山画派"王石谷在虞山上吟诗作画呢。还有写《孽海花》的曾孟朴也非常有名。近年来，常熟完成了城市总体规划，确定了"古城、名城、水城"的发展方略，使城市与山水相辉映，旅游不断创新形式、丰富内涵，活动的外延和影响力得到全面提升，形成了以"沙家浜红色游、尚湖生态游、虞山山水游、古城文化游"为拳头产品的旅游发展产业链，带动和促进了全市旅游产业的全面发展。党的十一届三中全会，特别是撤县建市30周年以来，常熟在经济、文化、城市建设、旅游事业方面都得到了长足发展，城市面貌焕然一新，先后荣获"国家卫生城市""国家园林城市""国家环保模范城市""中国优秀旅游城市""创建全国文明城市工作先进市""中国人居环境范例奖"等多项全国桂冠。

站立虞山门城楼上，晨风轻拂，空气清新。日头升上天空，成了个金灿灿的盘子，阳光洒在脸上、墙砖上、山林上，极目远眺，万物涂上了层层光辉，好一个勃勃生机的常熟早晨。

获2013年常熟市纪念常熟撤县设市30周年征文一等奖

刊于《常熟田》2013年第3期

第三辑

尘

世

生活中，所经历的，爱与痛。我
们的存在，为生活而奔波。心怀愿景，
一路上有你。

站街的男子

　　一个周日的下午，我在方塔街的肯德基，挑二楼临窗坐着，朝窗外俯视。

　　可以看见一连串的高级店铺，手机超市、眼镜店、金店、服饰店，它们大同小异，你可以在深圳、上海见到，靓丽的外表，可人的店标，浑身上下散发着物质主义的气息。人行道上，似乎能听见皮鞋踩踏地砖发出的嗒嗒声，高跟的是女子，低跟的则是男子；青年穿运动鞋的居多，品牌"李宁""耐克"或者"阿迪达斯"。街道上头尾相连的汽车，以私家小轿车居多，散发的尾气把街道都要熏热了。往东，十字路口，东西方向是方塔街，南北方向是环城路，这里是虞城繁华的中心街区。一旦红灯亮起，汽车就排成了两列纵队，如同举行拉力赛，蓄势待发，只待绿灯亮，就发动提速冲刺。

　　我注意到，街上的行人都在移动，不变的只有街的背景。在这街景之中，我发现有两个男子一直滞留原地。其中一个男子，晃荡在人行道；另一个男子，则一直斜坐于街椅上。站立的男子穿白衬衫、黑长裤，瘦小，约莫20岁，目光追随过往的年轻女子，而对男性和年长的女子视而不见。白衬衫男子拦住一个年轻女子，伸长胳臂，捏着扑克牌大小的卡片，塞给女子，嘴里说着话，见女子点头，就得寸进尺，拉住女子衣袖指着街里边的弄堂，告诉她应该到里边去。多数女子推托，不睬他，加快步子往前行走，用速度来摆脱纠缠。也有的女子接过卡片，扫一眼，佯装兴趣，握手中，走十几步路就扔地上了。男子始料未及，但女子已走远，他只好跑过去，把地上的卡片捡起来，擦去灰尘，然后盯着下一个目标。男子是有心计的，见弱小的女子，他竟然伸手抓人家的臂肘，把卡片硬塞到手里，女孩子露出厌恶神色，甩手挡开他，快步跑开。

我在阅读罗伯·格里耶的著作《为了一种新小说》，不时啜一口橙汁，张望街对面。窗户是西洋镜的框，尘世人间，万物众生相。街道，是移动的人与车。有一个钟头的时间，男子没有成功说服任何一个女子，便恼怒地朝天发吼，抬脚踢飞一粒石子（也许什么也没踢到），接着，双手叉在腰际，扭了身子，朝街椅走去，坐靠在铁扶手上。街椅上的男子，个子中等，黑衣、牛仔裤，似乎与站街的男子认识，两人说起了话。黑衣男子坐久了，便站起身，走到眼镜店墙边的一排电动车前，朝大街张望，也不知道在望什么，过了一会儿，他转过身对着眼镜店的橱窗玻璃，当作镜子，用手指梳理头发。再接下来，他空着双手，不知道要干什么，一副无所事事的样子，盯着大街，又回到街椅上呆坐。

一个穿黑裙的身段姣好的时尚女子优雅地走过来，白衬衫男子忽地从街椅上弹起，朝女子奔去，手举卡片。女子不理不睬，从他右侧通过。他就跟着女子的脚步，并肩走在左侧，边向她说着话，边把卡片展示给她看。女子激起了兴趣，于是留住脚步，接过卡片端详。男子伸手朝弄堂方向指引，显然是要请女子进去。我在想，这个女子或许将成为白衬衫男子今天下午的第一位顾客。女子却把卡片还给男子，自顾朝前走路。男子上前拽她胳膊，女子扭过身，怒目金刚，嘴里警告着。男子怏怏掉头离开。

男子向下一个女子走去，向下一个的下一个女子奔去，向下一个下一个下一个的女子跑去。更多的女子远远地躲避，绕道行走，宁愿多走些冤枉路，也不愿意被男子骚扰。男子有些沮丧，把卡片收回口袋，走到街椅边，踮起脚尖，站到花圃的木栏上，像顽童做个平衡动作，最终掉下来。他再次坐到街椅的铁扶手上（也不顾会坐坏），身子斜靠椅背，手臂不时把卡片举起，脚往外伸直，叉得很开，总之是一副松松垮垮和吊儿郎当的姿态。那个一直坐在街椅上的黑衣男子，掏出一支烟递给白衬衫男子，两人抽起了烟，往天空吐了烟圈。白衬衫男子抽两口，往地上吐口痰，咳嗽。街椅背向大街，两个人的面孔对着眼镜店的橱窗玻璃，玻璃上呈现眼镜架闪耀的反光以及两人的映象，能看得出两张年轻而茫然的脸，还有飘浮在玻璃上的车辆一晃而过的虚影。这一切，让我想起词语：流离，尘世。

有一段时间，白衬衫男子走进弄堂，里边开着店铺，可能到哪家店里去了。我寻思，他一定是在为弄堂里的某家店铺打工，也许是美发店，也许是保健店，也许是首饰店。因为店铺缩在里边，需要他在熙攘的街口拉客。一会儿，白衬衫男子回出来，可能是挨了骂，更加卖力了，朝人行道上的每一个年轻女子追逐，像上足了发条，殷勤地派发卡片，东奔西跑，决不漏网一个人。白衬衫男子的工作真不容易，为了在社会上生存，不得不进行徒劳的奔波，几个小时过去，竟然连一个客户也没逮到，对他而言，这显然是一个失败的下午。

下午行将结束的时候，阳光如同回光返照突然出现，街道变得轮廓分明，房屋的投影也被光线剪了出来。男子沐浴在阳光底下，在人行道上追逐年轻女子的场景，成了一幕人间舞台剧。我看了下手机上的时间，17:00。也就是说，我在这儿坐了将近两个钟头了。我离开肯德基，走到大街，穿过吃红灯的车辆缝隙走到街对面。站街男子立在我的面前，我看清他的相貌，这绝对不是一张讨年轻女子喜欢的脸，难怪他的推销没有一个成功。小眼睛，厚唇，龅牙，长相如出土文物，总之很土根的。可是却穿了白色真丝衬衫，别了黑领结，细腰，黑长裤，身材很好。总之有点过度包装的样子，这是另一种商业化的艳俗。可能刚从农村出来，服从店长安排。我问他手里的卡片是什么？他给我看，正面是个妖艳女子，背面是个滚筒洗衣机模样的图片，他介绍说是美容设备。我向他索要一张卡片，被他断然回绝，卡片不给男人的。我当然也是说说罢了，正待离开，这时有一个高大的穿西装的男子沿着人行道一路走来，边走边派发手中的彩页，也不细看，任务观点，不分男女老少，一路潇洒地派发。他把彩页递给街椅上的黑衣男子，又塞给站街的白衬衫男子，也给我一张。我扫了一眼，是一家足浴中心周年庆典的宣传彩页。白衬衫男子收到了"同行"的礼物，但显然一点都不高兴，把那张彩页揉成一团，瞄准垃圾筒掷进去，接着抬脚踢飞一只空矿泉水瓶。有年轻女子过来的时候，他又追了上去……

　　唉，对站街男子来说，这注定是一个徒劳无效、两手空空的下午。我能说什么？我又能为他做什么？我又比他高级多少？明天，我也将赶赴岗位，努力工作，好保住自己的饭碗，留住那一份不算丰厚也不算微薄的薪金。站街的男子，祝他工作顺利。我离开了大街。

　　这以后，我又有几次到方塔街的肯德基（因为岳父岳母住在附近的仓巷），照例是挑二楼临窗坐着，朝窗外俯视。街上熙攘的行人和车辆。在高峰时段，路口有交警亲临现场指挥交通。有几次，我看到两个协警在检查过往外地人的居住证，当场拍照补办。有一次，我看到一个孩子擦着眼泪，当街大哭，这时从商店奔出来一个惊慌失措的妇女，把孩子紧紧搂住，并且不停地自责。还有一次，一辆电瓶车刮擦了一辆宝马轿车的屁股，轿车上的人下来，愤怒地俯身查看擦痕，而那个骑车的肇事者则一脸的惶恐……我没有再见到站街的白衬衫男子。我揣想，他是被解雇了，还是辞职了？抑或，美容店改变了营销策略？我无法得知。但我确信，他一定在社会某间场所，某处营业点，某个公司，某家工厂打工。对一介草民而言，这个社会没有"不劳而获"的故事，正像一首歌中所唱："多少脸孔，茫然随波逐流，他们在追寻什么。为了生活，人们四处奔波，却在命运中交错。"

原载于《常熟田》2013 年第 1 期

入选 2018 年《苏州杂志》文采园增刊

雨夜急诊

小　弟

　　六月，雨夜，我驱车前往二院。后座坐着一个男生，右手捂住左手臂肘，他是酒店服务员，年龄19岁，在餐厅摔倒了，我正好值班，负责送他上医院。这个男生家在乡下，住酒店宿舍。我喊他小弟。小弟跑菜时脚下打滑，餐具摔了一地，身跟着倒地，左胳臂肘在碎片上蹭出一道长五厘米深一厘米的口子，血渗了出来。

　　停下车子，直奔急诊室，挂号。穿过走廊，寻着3号外科室。闯进诊室，吃惊的是挤满了病人。只好耐心等待。半个小时后方轮到小弟。医生查看伤口，结论是要消毒包扎处理，关照说，先去拍个片子。随手用笔涂了张单子，递给小弟。小弟的手臂能够活络自如，没有伤着骨头，拍片显然是多余的。医生总是出于收益考虑怂恿病人拍片。我对小弟如此这般吩咐，小弟挤过病人，靠近医生说，手臂骨头没伤着，不要拍片了吧。边说边活动手臂。医生只得说，好的。小弟不去拍片了，医生却不给包扎，只是给下一位看病。医生嘀咕了句话，大意是说小弟的伤不急，等要紧的病人看过后再来料理他，弦外之音是谁叫你不去拍片。

一个男童，被父亲抱着，略动弹，便大声啼哭。男童右手揽住父亲的颈，左手却无力耷拉着，任由父亲轻轻托住。做父亲的对医生解释，男童的舅舅抱他时用力过猛，把左胳臂拉坏了。医生诊断后说，是脱臼，我来处理一下，不能保证有效。医生立起身，双手握住男童的胳臂，略用力，男童便惨叫。医生才不管男童的疼痛以及父亲的担忧，把住男童胖嘟嘟的胳臂一阵揉捏。经过一番折腾之后医生说，如果胳臂可以举到头顶，说明已好了，抱他到外边去试试。

医生看下一位。这一位是个九岁的小男生，他的父母来了，爷爷奶奶也跟来了，全家出动，声势浩大。小男生母亲闯进来就说，医生，小孩从三楼掉下来，快帮忙检查！医生惊讶地说，三楼？啊，真是幸运。小男生是走着过来的，看上去没有伤着。做母亲的又说，在欧尚超市停车场，我正停车，小孩先下车，不知怎么的滑了下去，抱着车道柱头滑的，从三楼滑到一楼的缝隙里，你看，身上都擦伤了。说着，把小男生的汗衫往上掀开。小男生的前胸、后背上一道道血痕，怪吓人的。做奶奶的伸手要褪掉小孙子的长裤，好让医生看到下身也是伤痕累累，小孩子不干，推开奶奶，说不要你动手。医生说，又不要紧的，怕难为情？这时，做父亲的口气强硬地命令小男生，干脆把汗衫脱掉，让医生仔细检查。小男生这才举起手，汗衫往上剥掉。小男生赤身站在诊室，瘦瘦的身板，前胸与后背的血痕一道道，在薄皮肤下清晰可见。幸亏这些摩擦，阻止了下滑速度，他才安然无恙。做母亲的掏出手机，对准小男生的伤口一阵乱拍，听她的口气，是要作为证据去找超市理赔。医生端详片刻，写了张单子，递给小男生父亲，吩咐道，马上去拍片！

　　我提醒医生，应该给小弟包扎伤口了。医生歉意地说，是的，马上。这时候，来了一位女子，她的伤要赶时间，于是小弟只好扶着胳臂，疼得咬牙切齿，继续耐心等待。且说不速之客是一位三十出头的女子，穿着还算时髦。进来时，身子摇晃，我担心她会晕过去，赶紧搬了张椅子给她坐。她左手握住右手，右手食指呈现出反常的角度，如同木筷子被拦腰折断，就剩皮肉相连，一圈血迹。有人惊呼，啊，手指断了！女子说是关车门铡断的。看见医生，女子带着哭腔说，医生啊，要不要开刀？医生扫了眼，回答当然要开刀的，这么严重，怎么能不开刀。女子又说，手指能不能救活？医生说，这个要看你的时间，时间早，是可以救活的。医生对女子说，家属呢，赶紧叫家属过来。刚说完，女子的老公冒冒失失闯进来，慌里慌张。医生照例写了张单子，吩咐他，赶快先去拍片！那男的就牵了女子跑外边去了，脚步是仓促不安的。

　　医生这才想到了小弟，你过来，给你处理伤口。清洗、消毒、上药、包扎。医生说，去门诊打破伤风针。晚上，门诊改在急诊室大厅，递上单子，出来个小护士很标致，小弟打完针后要观察 15 分钟。趁这段无所事事的当口，我关注起了急诊室大厅，说大厅其实并不大。挂号大厅在西面，白天开，夜间关闭，这个急诊室的大厅，只有挂号大厅的四分之一。夜间的急诊室，来的都是急病。这时，一辆救护车急刹停下，护工蜂拥而上，担架上的伤者奄奄一息，浑身是血，手断脚断，都不敢看的。只听到有好事者喊，看啊，去看啊。哇，出车祸了！人最好一年到头不来医院，人身体好时躲着医院，出毛病了又盼着医院。人出生在医院，死在医院，医院是人生的起点与终点。急诊室是医院的码头，来来往往，急急慌慌，绝望的哭声与希望的眼泪。

　　一个妇女带了个女孩进来，跟护士吵了起来，她大声地嚷嚷，我来医院是看病的，为什么不睬我们？医院怎么能这样，那关门好了！啊，为病人服务，服务点啥，态度这么差，我是白天没有空，小孩要读书，只能夜间来，为啥不肯为我们服务！她走到护士服务台大声叫喊，口水乱喷，手舞足蹈，很具侵略性。小护士向她解释，换药时间规定要白天的，急诊室夜间不换药，急诊室是为急诊用的，你要去问医生。妇人说，医生叫我问护士，护士叫我问医生，你们推来托去，当我是皮球！来了三个保安，把妇人与护士隔开。又出来个负责人，向妇人解释，妇人听不进，接连打断对方的话。急诊室的小护士交头接耳，这种女人，小孩子还在身边就粗话连篇，怎么教育小孩，只能起到坏榜样。这些护士皮肤白净，动作迅捷灵活，很有职业素养。说实话，木手木脚的人是做不来护士的，做护士的都是机灵聪慧的，做急诊室的护士更是护士中的佼佼者。一旦有急救病人，小护士便进入战时状态，手脚利索地配合医生抢救。

走出院门，我安抚小弟，今天这么多病人，你的病是最轻的，所以医生怠慢你了。"90后"的小弟虚心地说，不要紧的。这个小弟吃疼，不错。我们开车回去，雨下大了。

元　元

手机音乐把我闹醒，瞄了眼时间，24点整。努力挣扎，从迷糊之境回到现实。外边下着雨，马路摊上一层灯光水幕，车轮卷起水花，雨刮片一刻不停地摆动。我开了桑塔纳，20分钟后赶到二院，挂号，在急诊室等待。两个一起陪同的小伙子，是餐厅的服务员。我谢过两个小伙，给他们打的费，叫先回宿舍。

伤者元元，瘦瘦的身板，一张颧骨削突的脸，草丛样的头发，因用的是劣质的染发剂头发显得枯黄。他坐在推车上，一只手握住左脚上的纱布，血迹斑斑，手上脚上都是血。半个小时前，元元到员工浴室洗澡，热水冲刷小腿，突然发热，血管绷裂，血往外喷射。他坐长凳上，双手死命地止血，可是止不住，血从手指缝里往外滴，他呆若木鸡。元元没带对讲机，也没有手机，叫天天不应，叫地地不灵。正在危急时刻，有人唱着歌进入浴室，就是那两个住宿舍的餐厅小伙子，他们发现了元元，帮助用毛巾止血，打了消防控制值班室电话，那边还有一个保安在值班，他报告了当日值班经理，我。

我对元元的腿病是一清二楚的。元元，你为什么不去看腿？早对你讲过不知多少遍了，你拖拖拉拉，这次是吓死人了。要没人发现，生命都有危险。元元低头说，要看的，要看的。我接着说，这次上了班，你一定要去看腿，你这样的腿叫老烂腿，会残废的。元元说，要看的，要看的，等天冷点。怎么还有这样的人？我愤然，摇头喟叹，这样子的身体怎么做保安，哪天他深夜巡逻到角落，别又大出血，到时谁来救他？这样拖下去，真还是个问题。

元元的病是下肢静脉曲张。小腿上的静脉扩张、扭曲，高出皮肤，像一条条蚯蚓趴在腿上，伴随着一个个丑陋的静脉球。有时，见他在消控室，撩起裤管挠痒痒，我就劝说他去医治。如果是一般的员工早重视了，可元元不是一般的员工，他是特殊的一个。他从不上医院，也不买药，倒不是他从不生病，而是他即使生病了也不上医院治疗。他感冒发烧，硬挺着，坐在消控室，头痛欲裂，额上冒汗，用毛巾擦掉，熬到高烧自行消退，他硬骨头硬是挺了过去。他这样做目的是省钱，他的老婆在乡下小厂，两人的月工资合起来不过两三千，过日子比较拮据，可他却有一对儿女，所以生活更加困顿了。我知道他还在下班后到建筑工地做小工，多次警告他，他劣性不改，一次地税局把单子寄到人事行政部，元元个人所得税超标，要补交，原因打了双份工。就是这么一个人，不肯吃药，不肯看病，现在在二院等待医生治疗。

血已止住，元元对我说，不出血了，回去吧，不要看了。我对他说，你有病啊，半夜三更陪你来看病，还不好好听话，下次再发生你就回家，不要再上班了。你不治疗，不适合保安岗位，回家卖红薯吧，我们不要你了，万一出了性命，不是要连累我们。元元翻来覆去地说，不出血了，没事的，回去吧。不出血了，回去吧。我知道他是舍不得花钱。你有医疗卡，自己用不着出多少钱，你担心个啥！我大声说。

医生开始料理元元，查看伤口，简单包扎。我问医生这病严重不？医生说这病要住院做手术彻底治疗，他这地方因静脉曲张，血管表面变薄容易破裂，一不小心就会大出血。血从破损的瘤管处往外喷射。先前有农民种田在田里突然大出血不省人事，死了；还有人睡觉睡着时大出血，被子里全是血，第二天家人发现，死了。这病很危险的，应尽快到医院做手术。医生最后说，去拍个片，看伤着其他没有。

我推了车，往外走去。七弯八拐，拍片的值班室有一个医生，我把单子传进去，他却说机器坏了，正在维修，要等待。问等多长时间，回答要半小时。那只好等了，坐在走廊的长条椅子上，已是凌晨，我们两个在灯光下，精力过剩，竟然彻夜不眠。

元元啊，元元，下次你再这样，我不陪你来了，你一定要去看病医治，刚才医生不是已经说过了，很危险的。元元说，没事的，没事的。我需要他自己重视，下决心去住院医治，可他给我的信号是不会去。我说，那你不要做保安了，你去洗碗，问题是餐饮部未必同意你洗碗，那只好下岗了，到时没单位用你，你一出血就会把人家吓坏，还不被辞退了。元元说，没事的，没事的，要看的，要看的，等天冷点，等天冷点。我说，你马上要年假了，你利用年假把腿看好，否则不准休年假，我发出最后通牒。我问元元家里电话，也顾不上半夜打扰人家休息，我立即打了电话，是元元老婆接的，我告诉她经过，她支支吾吾，说明年再去治疗。分明推托，怎么会有这种老婆？！我愤然想，真是"扫帚配畚箕"，漠视生命健康，一对活宝。

拍了片子，回到诊室，医生瞄了瞄，没大问题，开药，付款结账，到药房取药。元元已能自己走路了。到停车场上，雨倒是停了，江南的雨落得急，结束得也快。我倒出车子，上车。朝公司驶去。已经是凌晨两点半。路上我补充说，元元，你怎么可以在上班期间洗澡？你怎么洗澡时不带对讲机？对讲机是保安的枪，怎么能把枪丢了，一旦发生紧急情况怎么联络？你这个人啊，怎么能这样，太不认真了。还有，你怎么可以没有手机，如果你有手机也可多一个联络方式！

我语重心长，快要气坏了。在我分管的部门，成了累赘，每次要动他都因为同情而罢休，他是老员工，他老实，可是不是有句话叫作"可怜之人必有可恨之处"吗？我完全可以凭"不能胜任工作"为由跟他解约。问题是我知道到时又下不了手的，元元这个人干活不够机灵，木手木脚，能力极差，但还算听话，你要是在地上画个圈，他能够站一天。唉，这世界苦命人不少，何必再添加一个。算了。

原载于《常熟田》2013 年第 6 期

范美女

　　小范是个美女。真正的美女，长相酷似李嘉欣，天生丽质。标准的身材，一米六四，瓜子脸，大眼睛，皮肤娇嫩，纤纤体态，据说她的体重一直保持在104斤。我们不喊她名字，总是称呼其"范美女"。

　　小范属于好运连连的女子。我归结为她不仅有着惊人的容貌，而且是有相当的生活智慧，最主要的是她知道自己真正的需要，能够知足常乐，随遇而安。我与她最初认识是在20世纪90年代，她是我们那家高星级酒店的前厅迎宾员，那时只有最漂亮的女子才能当迎宾员的，穿着旗袍，举止高雅得体，代表了酒店的形象。

　　后来她成家了，住在小户型房子里，带小孩，日常家务，上班也不是很舒适，她却照样坦然处之。有段时间，她调到总机房，上夜班没办法带女儿，就带到公司，有一次还挨了值班经理的批评。那时她的老公在北方做生意，每月回来几天，生意也时好时差，并没有特别之处。现在她老公生意发达了，小范的生活水涨船高，年龄已属"资深熟女"，人仍然那么标致。最宝贵的是，她与昔日的同事仍然能够保持来往，给予足够的尊重。许多美貌的女子似乎有着天生的矜持和孤高，高攀不上，小范却不属此类。十几年前，我们一班崇拜者围聚在她的石榴裙边，众星捧月，聊天，喝茶，踏青，爬山，看电影。十几年后的今天，她开着奥迪A4，佩戴和田白玉、百达翡丽表，握着苹果新款手机，一千元的发型，三千元的衣装，还有那只巧克力色的"字母组合图案"的LV包，住的是高尚复式公寓，装潢也是极高档。她仍然与我们这班哥们友好相处——不即不离，适当保持距离，多多包容，重视友谊，是她与我们相处的法宝。

有次我问她，如果现在认识"他们"，你还会与"他们"来往吗？她说，不一定了，关键是都是些老同事，年轻时结识的朋友。我说，是你青春年华时的"哥们"，所以格外珍重。她点了头认可。的确是，小范这些"哥们"，小陆在公司里做领班，是混僵了。小永呢，做到保安主管，也只能算马马虎虎。小周呢，不过是个普通厨师。我虽是经理，也是苦干做事的角色。小范则是标标准准的白领，离开公司后往外发展，做过三个公司的部门经理，几次都是突然不想做了就歇在家，优雅洒脱得近乎神仙。

一般她是早上九点起床，洗澡，然后是搞卫生，会蹲在地板上擦洗。她的女儿寄宿在上海的国际学校，不久将到加拿大读书，学费每年二十万，她的老公在北方做生意，仍然是每个月回来一次。老公极爱她，握着她的手怜惜地说，你啊，不要搞卫生了，你看你把手都弄粗糙了。虽身在外，老公每夜打她电话，时常通话达一小时。结婚这么多年了，夫妻双方还能保持激情，这是很了不起的。从这方面可以看出她老公的高招，很懂女人心。他是一个慷慨的汉子，具有做生意的胆魄，为人相当豁达，又不失智慧。据说当年追求小范是从一个班的竞争对手中另辟蹊径胜出的，他的窍门是利用跟她兄长是同学的机会，有事无事往她家跑，在潜移默化中俘获了美女的芳心。

我第一次见到小范的老公，就见识了他的手段。那次我去帮小范修电脑，说实话我对她抱有好感。不过，一直保持了友谊。她也是与我始终保持距离。谁知道，她的老公这时突然从北方回来。我有点心虚，其实我没做什么。我担心她老公对我这个陌生男人会持不敬的态度。出乎意料，她老公却是极友好地与我打招呼，递上中华烟，泡上龙井茶，代表夫妇俩向我表示感谢。明显是站在他们两人的立场。我加快效率弄好了电脑，告辞要走，她老公却拎了盒名酒送给我，搞得我心里热乎乎的。我后来把这事告诉小范，我说，你老公待我这么好，我即使对你有非分之想，也彻底烟消云散了，你老公很有手段，不战而屈人之兵。她笑了。

我们都承认是她的"粉丝"，美其名曰"范粉"。而她也乐乐大方地接受。最近一次，聚餐后结伴到昆承湖爵士岛咖啡厅，坐在似地中海风情的露台上，夜色下，宽广的昆承湖上泛着星星灯光，平滑如一块深色幕布，夜风轻轻吹拂，湖水泛起点点涟漪。有细雨下来，我们坐在雨棚里，无须担心。我们点了一壶红茶，几杯咖啡，小范坐在我对面。她的边上是小章，也是一位相当有气质的女子。小陆和小永静不下来，到处溜达。我和她们两人聊天儿。小范接了几个电话，有她老公的也有她女儿的，她不避嫌，大方地与他们说话。到夜23点，小范驾着奥迪A4在前边，我开车跟在后边，至新世纪大道分手。

据说，小范每天早上要洗一次澡，晚上又洗一次澡，一天要洗两次澡，她家的浴池是冲浪式的，有一间房间大，人坐在里边会看不见。小陆老婆是小厂会计，惯常省吃俭用，于是惊呼道，哎呀，这要用掉多少水费啊！有一天，小陆和小永一大早去敲小范家的门，此时她正在酣睡，只好穿了睡衣起来开门。两人在客厅喝茶看电视，等小范洗完澡，过来聊天儿。我对小范说，这两个神经病，一大早来敲门，以后不要开门。她微笑了说，不要紧的，朋友来了，总归要开门的。有次饭局上，小陆酒喝高后，宣布他和小范是精神恋爱，是柏拉图式的爱情，把我们笑得喷饭。小范捂口笑道，谁跟他是呢。

我知道，这是友情。我们曾经是同事，二十多岁到同一个公司上班工作，在青春岁月一起唱一起跳，一起爬山，一起逛公园，一起看电影。我们见证了各自最美好的芳华。

原载于《常熟日报》2012 年 1 月 4 日

礼　物

　　我和妻子到大润发超市。人轧人，转一圈，买了些日常生活用品，面包、洗发水、牙膏、手纸和水果。

　　结账后，走到自动扶梯，我再次注意到了那两位小青年，刚才妻子结账时我已注意到他们了。男孩二十岁出头，女孩也差不多年纪。女孩特别清纯，一脸羞答答的样子，脸色有一种水蜜桃般的粉红，总之青春的要命。男孩想要揽住她的腰，女孩却轻巧地躲避，弄得男孩子一脸的窘迫。男孩子也是那种很清纯的样子，脸庞特别干净。

　　好久没有见到这样清纯的小青年了。

　　日本作家村上春树在作品中庆幸"遇上一位百分之百的姑娘"。今天，我不但遇见了百分之百的姑娘，而且遇到了百分之百的小伙，比村上春树还要幸运。

　　再次见到她俩，是走向自动扶梯的时候。超市工作人员照例往他俩的账单上盖图章，正要还给他俩，他俩却已雀跃着跳上了扶梯，账单就飘落在扶梯上。我看见男孩子把一块巧克力取出来，女孩子像接受一座金矿一样，幸福地握在手中了。

　　我悄悄指了他俩，对妻子说，那两个小青年哦，是在谈恋爱！

　　我踏上扶梯，看到那张丢弃的账单，捡起来细看。我惊讶地说，就买了一块巧克力，才区区5元8角，那女孩子却那么的开心！

　　扶梯上的我一直在重复这句话。

　　走出超市，妻子轻拉我的手，说，看，那边不就是刚才那两个小青年吗？

　　果然是他俩，手牵手，走在一起。不过两双手配合得不合节拍，脚步也配合得不太协调，还不免磕磕碰碰，像个蹩脚的钢琴师。

　　我对妻子说，他们是第一次约会，可能是常理工的大学生。

　　一路上，我还在唠叨那两位小青年。

　　他俩让我想起许多年前谈恋爱的往事。寒风中，我的心温暖如春。我想说的是，庆幸男孩送给女孩的是一块廉价的巧克力，而不是一件价格昂贵的奢侈品。前者让我感动，后者让我麻木。

　　　　　　　　　　原载于《常熟日报》2011年12月2日

女人心

吃过晚饭，妻子先到书房上网，玩游戏。我坐沙发翻阅期刊，半个时辰后，她总算下线，轮到我享用电脑了。我总是先上新浪，看英超足球，点击赛况，视频出来，却没有声音。

检查了下，发现喇叭声音被关掉了。我小声嘀咕，真是的！

原来，妻子每次上网，都会关闭电脑喇叭音量。长此以往，喇叭调音钮被拧得掉了块漆。我起初劝阻她，后来便听其自然。妻子为何这样做？原来她是为了能够听清女儿的动静——宝贝女儿正在小房间做作业，一有风吹草动，任何需求，做母亲的就动如脱兔，赶去服侍。妻子怕电脑喇叭发出的声响会干扰到自己的听觉，让女儿得不到及时的照顾，因此上网时关闭喇叭。妻子真是用心良苦啊。

妻子对女儿的爱是伟大、无私的。不像我，每次上网都开了电脑喇叭，听音乐，看电影，自得其乐，根本不顾女儿。母爱的力量，让我生为男人感到震惊。女儿做功课，妻子会端上水果，女儿只需小嘴一张。妻子倒上开水，温度适中，绝不烫嘴。妻子端椅坐身后，做陪读妈妈。

一箱大核桃，是妻子采购的，据说小孩子吃了有健脑效果。妻子专门订购了一把钳子，钳头呈弧形，夹住核桃，手握紧钳柄，核桃壳便被夹碎了。妻子坐女儿身后，不时抬眼扫视作业本，又低头钳碎核桃，把核桃肉放入器皿。这么好的核桃肉我是吃不到的，妻子自己也不会吃，是为女儿准备的健脑食品。刚结婚时，我是妻子眼中的户主，谁料女儿出生，便立马贬值。女儿升格为妻子的宝贝，我就被"萝卜不当菜"了，只有女儿不要的东西才轮到我，只有女儿吃剩的糕点才轮到我。我呢，倒也没意见，当作一种傻乎乎的幸福。女儿，不也是我的女儿吗？

女儿长大了，终于肯一个人睡小房间。妻子总是先陪女儿，直到女儿睡着了，才悄悄离开。有时深夜，我从书房回到卧室，倒头就睡，根本不知道妻子什么时候过来的。有时，妻子就陪女儿过夜。

妻子看女儿的目光充满着爱意，那目光是蔗糖提炼成的，糖分浓度很高。女儿是她的一切，她的生命。一个母亲可以爱孩子爱到此种程度，真令我吃惊！我也爱女儿，但不至于如此夸张，我有着男人的大大咧咧，总是用物质来表达对女儿的爱，常常词不达意，并不被女儿领情。妻子却是对女儿关怀丝丝入扣、体贴入微，很得女儿的心。女人都是生活型的，能够从生活上真正关心子女。

有一次，我唠叨好久没吃到水果了。妻子说，谁让你不吃，又不是不让你吃。是的，妻子和女儿天天有水果吃，到超市也是直奔水果摊头，家里一年四季水果不断。女人吃水果的时候，男人却在抽烟、喝酒，折腾生命，所以女人普遍比男人长寿。妻子带领女儿，春天吃樱桃、柑橘、木瓜。夏天吃香瓜、西瓜、杧果、桃、梨。秋天吃苹果、草莓、柚子、石榴、榴莲。冬天吃甘蔗、橘子。

超市的水果摊头总是挤满了妈妈们，不辞辛劳挑选水果。有一个流传久远的说法"女人是水做的"，我想，此"水"，大概也包括水果吧。

想起一首描述母爱的电影歌曲："世上只有妈妈好，有妈的孩子像个宝，投进妈妈的怀抱，幸福享不了。"的确如此。

原载于《姑苏晚报》2015 年 9 月 22 日

猜谜语

十年前，圣诞节活动，办公室分到的任务总是布置猜谜语。

用一把裁剪刀，将彩纸剪成一条条鱼尾形状，抄写上谜语。会议室长廊的墙壁，钉上铁钉子，沿廊交叉牵拉铁丝，把谜语彩纸挂上，密密匝匝，上百条。人走在谜语底下，像从一串小旗下钻过，要是有风，准猎猎作响。

谜语要到书上去抄。一本《中外谜语大全》，另一本《古今谜语》。有了书，备上纸，置下笔，好办了。古人使毛笔，我用记号笔，写的字粗黑刚硬，倒也可以看看，凑合用。

天上飞，不是鸟，前边翅膀大，后边翅膀小，喝饱汽油飞得高。打一交通工具。

有人是他，有口是你。打字一。

我挑简单的写了些，到时会有小孩子来猜谜，不能为难了小朋友。我也挑复杂的掺杂其中，到时会有成年人，难点是应该的。谜面写完毕，把谜底抄于本子上，按序排列，到时对照兑奖。

这天和家人打过招呼，感觉有点对不住。女儿五岁，真想陪她逛街，也算过个圣诞节。公园有游园活动，即使洋快餐肯德基、麦当劳也是热闹的。可是为了工作，只得加班。

挑一间会议室，端张课桌拦在门口，门外走廊是猜谜客，门里是我和同事小徐。活动从平安夜开张，要一直忙到深夜才结束。时间一到，餐厅门打开，宾客蜂拥而入，个个手捏圣诞券闯进去。圣诞券，大都是送的，少数是买的。有些平日里见过面，都是常光顾酒店的人物，今日放下万机公务，放下欢乐与吃喝，陪家人了。也有工薪阶层，拿的是有权有势的亲戚朋友送的活动券。

猜谜活动鸣锣开始。

宾客个个仰头，盯着小旗，拧眉睁眼，用力思索。有的吟诵着，手摸下巴，颇具智慧的样子；有的摇头叹息，猜不出。这位，眼睛突然一亮，有了！到奖点来兑奖。哈哈，猜对了！兑奖，送上礼物。那位，哈，不好意思，猜错了。那位便找下一条谜语去了。有带小孩子的中年人，对他说猜错了，他却使个脸色，指指小孩。小孩脸上挂了失望，快要哭了。平日里也是混个脸熟的，不看僧面也看佛面，于是通融了。本来么，就是游戏，别太认真，接过圣诞券，给个安慰奖。奖品呢，放在身后的大布袋里，是些毛茸茸、软嘟嘟的布玩意。动物类的有狗熊、老虎，长颈鹿、大熊猫、河马……卡通类的有机器猫、天线宝宝、黑猫警长……都做得惟妙惟肖，煞是可爱。

餐厅用餐结束，客人擦着油光光的嘴，涌了过来，一下子，挤得走廊里水泄不通，兑奖的人群把课桌挤歪。我和小徐两人手脚忙乱，像牵线木偶机械地摆动手臂。

"好，猜对了！"

"哎呀，猜错了。"

"算了，小妹妹，送给你一个。"

"小弟弟，你要老虎，好的，我来找一找。"

"找到了！拿好。"

有一个本地著名企业的副总带了宝贝女儿也来了。平日里，这些布玩意他要送给女儿可能都被她嫌弃呢，可是，今天是圣诞夜，这些廉价的布玩一下子身价倍增。副总猜不出谜语，得不到奖品，女儿不开心。我送了奖品给他。小女孩雀跃着叫起来，跑了出去，副总忙不迭追赶。一直忙到夜里九点，宾客陆续散场，剩下是些中老年人，翘首张望，挑战难度。铁丝上悬挂的小旗稀稀落落，剩下的都是谜语中的精品。

酒店领导过来慰问员工，关照多余的布玩，可以带一点回家，员工辛苦了，当作礼物吧。小徐拿了只塑料袋子，缩在后边，摸摸索索，手伸在大袋子里捣鼓，把布玩倒纸箱里挑选。她说给儿子挑几个，有大的已被她藏好了。我想起了女儿，内心一动，就走了过去，在袋子里挑起了布玩。我挑的尽是些做工精致、造型可爱的，挑了有七八个，各式各样，天上飞的、地上走的，动画中的都有。

深夜下班回到家，妻子女儿已睡。我说带了礼物给女儿，把袋子里的布玩取出来倒枕边。

我对妻子说："不要叫醒她。"

过一会儿，女儿醒来，发现了枕边的礼物，睁大眼睛，露出惊讶的神色。

"这些是哪来的呀？"

我转过身，假装吃惊地回答："呃，不知道哇。哪来的？奇怪。"

又说："你猜一猜。这是一个谜语。"

女儿摇摇头。

我提醒："妹妹，今天是什么节日？"

女儿一字一顿地念："圣——诞——节。"

　　我装作恍然大悟："对啦，那一定是——圣诞老爷爷送你的礼物！肯定是的。"然后张望着窗外，假装在寻找圣诞老人的踪迹。

　　"圣诞老爷爷乘着雪橇，头戴圣诞帽，白色的大胡子，站在窗前，偷偷把礼物放在好孩子的床头。"

　　女儿眼睛亮晶晶的，用力点了点头，相信了。她朝窗外张望，似乎在回味这个神奇而灵性的时刻。她在寻找圣诞老人，谢谢这些礼物。然后，女儿没心思睡了，伏枕上，把那些布玩排队，哼唱着：

　　"小熊威尼，精灵小鼠弟，天线宝宝……乖乖睡觉啦！"

　　我时常想起这个圣诞夜晚，如同一个恬静的童话，让我记住，不管多么世故多么老成，不要忘记了童心未泯的世界。

原载于《常熟日报》2013 年 1 月 19 日

清　明

　　清明，我们一家去探望妹妹。她栖息在思亲苑，在绿树环抱的虞山脚下，离城区四五公里。绿树青山，空气清新，能听见鸟鸣。我开着小车，乘了父母，在这个清明的上午，去看妹妹。

　　车子沿着虞山北路往城外驶，能见到一块路牌。往左拐，进入一条笔直细长的树木葱郁的车道，刚够两小车会过。路口有妇人兜售冥纸、香烛、塑料花。到尽头右拐，过一片金黄色的油菜田，眼前一亮，撞见虞山。再左拐，过一条林荫道，就进入了思亲苑。眼前是一所现代建筑，简洁、白净、朴素。像一束洁白淡黄的花，静卧在山脚。城市把它的热闹拢到城区去了，却在这里留下了静谧。要不是有亲人在这儿，也不会知道有这处僻静场所。

　　天上有飞鸟过，声音揪心。我把小车停在两侧画线的车道内，车道上有一种树在掉花絮，风一吹，就缓缓地飘落在车顶上。往石级上走，高大的屋子屹立在眼前。

　　那个家伙出现在门口，穿军装，胸口端一把玩具冲锋枪，戴军帽，腰挂木刀和水桶，皮带五花大绑于腰际。滑稽的是，臂上戴了只红套子，像个穿军装的宪兵。这个家伙原先总是出现在总马桥头，也是这套装束，在指挥车辆，车辆却被他指挥得团团乱转。他基本是哪儿热闹就到哪儿去。清明节，最热闹的恰恰是平常最冷清的思亲苑，他倒是嗅觉敏锐。

我朝他行了个军礼，没想到被他缠上了，以为我是领导，问我，管饭吗？我一路走，他一路紧随，周边的工作人员在看笑话，我装模作样地说，当然管饭，等会儿你去找他们。他听了高兴地跳将起来，双脚并拢，啪，朝我来了个行军礼，姿势倒也中规中矩，只有这个家伙是不合时宜的人。到这儿来的人都有一个共同目的，只有这个人是颠倒误入。傻子有傻福，傻子嘻哈哈，也是这个人的出现，给清冷的大厅带来了些暖意。

穿过长廊，到后园，古木参天，有假山，石子路蜿蜒，已进入了山的腹地。妹妹的栖息地在后边的馆舍。朴素、简约的房子，有三层楼高，从青山树木掩映中浮现。我恍惚看见了白鸽，它们在天上纷飞，发出绝唱。我们进得大厅，大厅里有一排排木柜，三四米高，分成一格格，镶了玻璃，贴着一张张照片，有黑白照，也有彩色照。不知什么原因，照片上的人像，一看就是已经亡故的。彩色照也是勉强，颜色像是涂补上去的；黑白照更是时间久远，几十年前的旧物了。也有许多格子没有照片，只有名字。有的玻璃后有花，是塑料花。我的胞妹始终微笑着她13岁的脸容，年轻，美丽，如花的年纪，一如既往地微笑了有二十多年了。

母亲把格子玻璃擦干净，然后打开橱门，换入一束新的塑料花。这时，我转身，背对母亲，眼眶湿了，泪水抑制不住地流下来，淌到脸颊上。走到窗口，是落地窗。外边有竹林，紧贴着玻璃，似乎伸手可及，其实遥不可及。我偷偷抹掉脸颊上的泪痕，不愿意被别人见到，然后掏出手机，把妹妹的格窗拍下来。大舅也来了，他去照顾外公外婆的格窗，带来了外公外婆的合影，他用双面胶粘上照片，把照片贴上玻璃。大舅的神情是虔诚的，做这活时特别专注，似在完成庄严的仪式。

我胡思乱想，突然想到一个问题，在这儿，能永恒吗？这里能够容得下所有的亡灵吗？答案是悲观的。在馆舍里停留了一个小时，我们便离开了。大家默不作声。踩着石子路，慢慢地往外边走。

傻子已经离开。天还是阴沉沉，树木簌簌响，青山依旧在。

一个熟悉的身影从石级上来，他手捧塑料花，看见我，略迟疑，点下头，算是打招呼，接着便迅速躲避目光，身子跃过草丛，往另一边去了。他本来应该与我在道上相遇的，我们可以打个寒暄，至少说说话。我识相地没有做声，这时，任何招呼都是不合时宜的。这时需要的是装作互不认识，需要的是沉默，需要的是于无声处。

我张望着那个男人消失之处，只有风，凌乱的草。他应该是到另一个馆舍去吧，与我们去的地方不同。母亲发现了我的异样，问那个男人你认识吗？我说，认识。母亲说，他一个人？我说，他一定是来看他的女儿，那年他女儿读大学，风华正茂，遇到挫折，跳了楼。噢，是这样，母亲惋惜地说。

男人朝我匆匆一瞥，迅速逃跑的印象，刺痛了我的神经。男人匆匆跑开的情景，成了那天特别的记忆。趁父母在与舅舅商量祭祀的当儿，我又去了男人消失的地方，没有看见人。过了很久，也没见到任何人出来。我问看守的馆员，有没有见到一个五十岁的手持塑料花的男人出来？他摇摇头。周边的风声大了，天色仍是阴沉沉，树林发出萧萧声，隐约听见有人在哭泣，从胸腔发出撕心裂肺的悲恸。周围却没有一个人。

原载于《常熟日报》2013 年 4 月 8 日

学画的日子

画室在老市中一幢旧式教学楼的二层。

那时我刚进入市中读书，周末参加美术兴趣小组活动。沿着狭长的木楼梯上去，进入画室。这是间标准的画室，充分利用了自然光，光线从长方形的天窗梦幻般地泻下来，如同缪斯女神下凡，满室生辉。靠窗的课桌上端放着石膏像，维纳斯、伏尔泰、阿格里巴、高尔基，它们发出圣洁而庄重的光芒。

美术兴趣小组周末下午进行活动。我是盼着的，到时丢下作业本，兴奋地投奔到画室去了。我们都去领一块画板，用图钉把铅画纸钉牢，用小刀把铅画笔削尖，又搬张小板凳坐着，就开始了画画儿。我们围成了半圈，圈口端坐着模特儿，大家轮流做模特儿。美术老师赵宗勋泡了杯绿茶，抱了茶杯来回踱步，偶尔用手捋抚头顶的一绺头发。赵老师是满族人，南师大美术系毕业的高才生，擅长油画与素描。

这个画室啊，我喜欢这里的艺术氛围。木画板，正好放得下铅画纸；画架，优雅地支撑在地板上。桌子上还有画册，印象派、巴比松画派，凡·高、米勒、德拉克罗瓦。一切都是美的存在，空气中飘浮着艺术细胞。少年的眼睛被深深地俘获，艺术之心从此被启蒙。

画完后，大家把画板竖排到墙根。赵老师咕噜喝一口浓茶，目光如炬，盯着靠墙的画。这时候，每个学生都竖耳倾听。赵老师指着一幅作业说，线条不够自信，太软。学生涨红脸，点着头。接着点评下一幅作业，又有学生站出来。赵老师说，比例失调，结构不准。说着，取了支铅画笔跨步上前，弯下腰，刷刷刷修改。最后，低年级的学生便回各自的班级了。高年级的学生则站立画架前继续画素描，赵老师走到边上叮咛指导。我第一次参加兴趣小组画人像速写，握笔姿势都不对，赵老师教我要横捏铅画笔才能抡开手脚。赵老师对我的画给予了高评，要我向美术方面发展，不要浪费了才能，他的话语使我信心倍增。以后，我就成了小组中的主要成员之一，一直坚持参加活动。

我在画人像素描的时候，有一位戴眼镜的高年级男生站立我身后，他称赞了我，也给予了指点。他就是何澄，当时已展露才华，后来考取南师大美术系，如今供职于北京电影学院。还有一位跟他同年级的男生是言文胜，后来考取了无锡轻工业学院工业设计专业。他俩成了我的师兄。每到周末，画室里会来一位琴南中学的高中生，名叫赵东诚，擅长人物素描，用一支碳条，画得人像活灵活现，抓人眼球。他的画被大家抢着要去。赵老师照例上前指点。

我喜欢到画室画画，在画室里，精神变得富足与强大，人生也有了明确目标。在赵老师的指导下，我的画画水平不断取得进步。一天下午，我们在画室画水粉静物，赵老师悄悄走了进来，站在我背后，大声地说：画得好！色彩有对比，有色调，抓住了色彩关系，这样子的画高考能得高分！同学放下画笔围过来观看，我是又惊又喜，这以后我的色彩画一向很好。赵老师不但教我画画，而且引导我懂得美，怎么欣赏美，以及做人的道理。这么多年，我虽然不再画画了，但以文学的方式延续着绘画之梦，艺术是相通的，绘画的感悟在文学上同样能够触类旁通。赵老师最初的艺术教育给了我一双审美的眼睛，使我在以后的日子里保持着内心的尊贵，爱好艺术之心始终未变。不久后，画室搬到了一楼的会议室，后来搬到了沿河的学生宿舍楼下。1990年，新教学楼建造完毕，新画室也成立了，这是一个干净明亮的地方，适合于培育艺术梦想。再以后，我离开画室，到社会上闯荡了。画室送走了一拨又一拨学生，兴趣小组壮大发展成为美术班，直至1994年成立常熟市中学分校美术特色班，遂成今日鼎盛之势。

赵宗勋老师于2013年4月27日因病逝世。我去吊唁，师母说，宗勋，建峰来看你了！又对我说，赵老师一直在读报刊上你写的文章。师母的话，让我不胜欷歔，热泪盈眶。30日上午，我又见到了画友们，就职于常熟理工学院艺术系的言文胜、赵东诚，市中分校美术班的教师、画家孙亚文、鞠松楠，从事美术教育工作的仲燕、祝宏，书法家邵晚寅以及众多的美术班学生，老市中的教师，大家聚集一堂，流着热泪，怀着一个共同目的，向赵老师作最后的告别。

原载于《常熟日报》2013年6月18日

父亲的大学生朋友

那时，正值改革开放，各种思潮挣脱束缚获得解放，听着歌曲《在希望的田野上》，油然而生昂扬的幸福感。啊！80年代！那是个苏醒的时代，思想解放的年代，各行各业跨入了经济建设新浪潮，在这之中，大学生是最吃香的一批。父亲的朋友很多，但正牌大学本科毕业的极少，小吴是其中一个。

小吴正值壮年，风华正茂，意气风发，从南京一所工科大学毕业后，在苏州一家大厂工作若干年，那年刚从苏州调到常熟科委工作。我老头老脑跟父亲喊他"小吴"。他眉清目秀，脸庞硬朗，戴一副金属框眼镜，标准的知识分子。小吴上班的科委就在枫泾新村的路口，住的公房也是离我家近的。他是我老家浒浦赵园村人，那里还有他的族人长辈。小吴那族出大学生，读书都非常好，在村民的眼里属于天资聪颖的家族。

他到我家总是在夜晚。吃饭间在厨房边上，日光灯发出白亮亮的光，靠墙一只红漆木台，台后边有具旧式菜橱。父亲泡上绿茶，坐在桌子这边。小吴坐在木台与菜橱之间的空隙里，稍侧身，又起腿，翘了尖头皮鞋，手捏了支红塔山。父亲也是一杯绿茶，一包拆封的香烟，手指夹了支红塔山。小吴幽默风趣，谈笑风生，客厅便洋溢着轻松智性的氛围。我担心父亲学历低，能否与大学生谈得拢，但担心显然是多余的，父亲脾气好，没架子，对知识分子极为尊重。父亲认为干部也要多向大学生学习，吸收新思想，故他们的交流顺畅融洽。议论的话题大都是"国家大事"，中国历史，改革开放，经济建设，社会主义初级阶段。台上的玻璃烟缸塞满了烟屁股。烟雾与话语氤氲在客厅上方，熏黑了天花板，两个人纵横开阖，碰擦出了思想的火花。

我在卧室里做功课，像个伴房小姐，偶尔出面，跟小吴打招呼。有时，搬只木凳坐边上倾听。我见识到迥异于教科书上的知识，惊讶又叹服。有一次，小吴竟然跟我父亲谈论爱因斯坦的"相对论"，如此复杂深奥的科学理论我是一点都听不懂，但谈论这个问题本身已让我震惊不已。再一次，我听小吴谈到一个科学问题，飞机速度达到音速的一刹那会发生什么状况？父亲显然答不上来。经小吴拨云见雾，我马上懂了，啧啧称叹，到底是大学生！这些问题，让我醍醐灌顶，觉得科学真是奇妙，人不懂科学是不行的。

其时我学画，有次他"挑衅"道，建峰，画得怎么样了？我要看看你的水平，我来做模特，好否？我回答，好啊。他便端出椅子，坐到台外头，叉手架腿，保持不动。我左手握画板，右手捏铅画笔，进行铅笔素描，勾勒出小吴半身像。画毕，依墙立靠。小吴解放身子，起身点评，点了头，唔，画得蛮像！有前途，好好钻研。还有一次，小吴刚到我家坐定，便对我说，建峰啊，谈女朋友了。我说没有。小吴说，中午在西门大街看到你骑车乘了一个女生，那女生蛮标致的。我面红耳赤，急忙辩解那是画室的女同学，搭车而已。小吴说，呵呵，跟你开玩笑，看你急得。

　　小吴是对我有影响的人。在我懵懵懂懂的年龄，对社会对人生认识似是而非之际，他这个父亲的大朋友也成了我的小朋友，给我指导给我启发。他邀请我到科委去打乒乓球，办公楼的活动室摆放着一张干净明亮的乒乓台，透过窗户能听到枫泾新村主道上行人的自行车铃声。那些茂密的树，枝叶就在窗口晃动。他领我到他的办公室，取了本小说书借我，雨果名著《巴黎圣母院》，我读后还他，又借我陀思妥耶夫斯基《罪与罚》，西格尔等著《爱情故事——世界著名中篇小说选》。在那样的年纪，我在台灯下，沉浸于阅读之中，到深夜，吸收到了最富有营养的世界名著，那些巨著给我深深的震撼，心智得到了启蒙。

　　小吴是文学爱好者，喜欢读书。多年后的一天下午，我在新华书店与小吴不期而遇，那时候，他已创业开厂了。说实话，我经常上新华书店却不曾遇到熟人，这证明如今读书极其式微，我却碰到了小吴。他挑了好几本书，有余秋雨的《霜冷长河》。他告诉我欣赏余秋雨文化大散文，雅俗之间，既通俗易懂，又具有学养见识。我挑了一本邰元宝的《在语言的地图上》，他翻了翻，称赞这本书好！我很高兴能够与他相遇在书店，这说明小吴对文学的情怀至今未变，没有因做了老板而荒废。

　　现在想想，小吴当初频繁到我家来虽是有目的，但也是积极进取的，就是为了获得创业机会。时代给予个人创业的条件，他跃跃欲试，欲到广阔天地寻找机会。这在改革开放年代是普遍现象。小吴打算到我父亲所在的乡镇企业发展，几次想跳出体制，终因把握不大没能成行。1994年，政府出台科技人员停薪留职创业政策，小吴这才纵身下海，先是到深圳特区打拼，捞到第一桶金后，回到家乡开厂。小吴勇于技术革新，幸运成为本地一家龙头科技制造企业的合作伙伴，成为一名企业家，现在事业蒸蒸日上。

原载于《常熟日报》2013 年 11 月 4 日

入选《海虞散记（常报三十文丛）》（古吴轩出版社出版）

第一次喝可乐

　　那年，母亲单位的一位女大学生，苏州人，跟我母亲很投缘，喊我母亲"寄娘"，过年应邀到我家吃饭。她带来了礼物，两瓶可口可乐。红色的瓶身，神采飞扬的英文字，这样新式的饮料让我好奇，让我疑惑。我从未喝过这个饮料，只是从广告上见过。第一次喝这东西，我的感觉不太好，像喝"沙药水"，口往外喷气，还打嗝。硬着头皮喝了一点。

　　当时我家隔河是颜港新村，这里离城中心近。新颜路已渐成闹市，颜港电影院大厅设电子游戏室，我是常客。刚从学校出来的一段时期，我徘徊于街头，一头钻进游戏厅。电子游戏是新事物，动感的画面与音乐刺激着青年的神经，拽住眼球，左右手感。游戏厅内，青年人挤得水泄不通，一个人玩，十几张眼盯着，一旦这个人钢币用完，马上有接班的顶上去。深夜归家，天热，我异常口渴，目光盯住日光灯下靠墙的白色冰箱。那里边刚放入了可口可乐。说起冰箱，也是新事物。那年月买台名牌冰箱都困难，父亲把一张冰箱券送给苏州朋友，朋友在回函中写道："谢谢你们使我们买到了紧俏又便宜的香雪海冰箱……"我家用的是白雪牌冰箱，方方正正，厚实墩墩，骄傲的本地名牌。冰箱底层竖放一排可口可乐，父亲单位发的夏季福利。我打开冰箱门，抓起一瓶可乐，拧开盖子，也不管是否好喝，嘴咬瓶口，仰头便灌。是最佳状态的冰镇可乐，遇到了一张干渴的嘴巴，如同荒漠遇到甘泉，我喝到了最美妙的饮料！喝掉一半，看了看，要不要再喝？有点舍不得。察看可乐箱内，数量还可观，便又深深地喝掉一大口。气从口往外喷。好爽！这以后，我喜欢上了喝可口可乐。

手机是高科技新事物。最早见识手机，是在一部墨西哥电视连续剧《诽谤》，剧中一位富商到哪都拎着一只包，里边有个方盒子，拉直天线就能无线通话，这是原始的手机。不久后，常熟街头出现了"大哥大"，砖头大小，时人喜好当街伫立，手握一台，对着空气旁若无人大声说话，别人不会当他神经病，而是当作大款与官员。世纪末那年，我买了第一台手机，诺基亚3210，坐在阳台上，对着手册研究，顿生出无限感慨：吾一介草民，竟然拥有手机了！随后的十几年，手机换了三四部，再没有当初的兴奋劲了。

年少时我有一愿望，将来有条件，天天喝可口可乐。现在，我有条件了，却不敢多喝。为了身体健康，甜的饮料不能多喝。可口可乐已成为寻常事物。手机也放下高贵身段，捡垃圾老头的兜里都装有一部，没人再把手机别于腰套显摆。商场里卖冰箱全场促销送大礼，电磁炉、豆浆机、压力锅任你挑，外加双份"金龙鱼"。这世界，变化实在太快了。20世纪80年代初，看电影《月亮湾的笑声》，种果树的好把式农民江冒富，率先成为月亮湾的万元户，"万元户"成了人们向往的目标。可是，2013年，如果你一年都赚不到两万元，那怎么过日子？

几十年来，新事物席卷我们的生活，电视机、录音机、方便面、可口可乐、肯德基、电脑、超市、手机……我所经历的新事物都是在出生后出现的，而不是生前已经存在，因此我过得很奇幻很充实。也正如小说家余华在《兄弟》中所言:"在这个历史过程里,国家、社会和人都发生了巨变,这样的变化,在西方要经过 400 年发生,在中国只用了短短 40 年。人类文明史上的两个极端,都被我们所经历了。"

原载于《常熟日报》2013 年 9 月 16 日

两个朋友

　　这世界竟然有这么迥然不同的人类，我是说我的朋友阿城与阿水。两人都是从农村到城市的，阿城早些，还在读小学就到了城里；阿水则是在工作后才到了城里。阿城的一些习惯成长早期就养成了，比如说不随地吐痰，比如说不乱扔垃圾，比如穿马路走人行道；而阿水是到成年后才开始被迫养成。我至今认为，阿城已经是个城里人了，而阿水还是个农民——虽然他也住在城里。

　　阿水从不进书店。阿城经常进书店，他会买书，他家有一间书房，堆了几百本书，文艺书、工具书、专业书等等，阿城靠看书来充电提高自己；这些书在阿水眼里是无足轻重的，他认为这些钞票是白扔了。倒并不是阿水忽视知识，而是他认为"有产值的事"才值得去做。阿水是擅长捞分的，在农村时他就会捉鱼摸虾，给家里打牙祭；到了城里他喜欢搓小麻将，赢些买菜钱。阿水并不是喜欢麻将而麻将，他的目的是赢钞票。那么，阿城这个人呢，不但喜欢收藏书籍也喜欢收藏奇思妙想的思想——这些在阿水那儿是被嗤之以鼻的。阿城喜欢收藏音乐碟片，喜欢听音乐会，喜欢看电影，喜欢看画展，喜欢看足球赛，这些在阿水眼里都是没意思没价值的，因为它们"没有产值"。

　　一次，阿城请阿水去看电影，是一部引进的大片，刚开了个头，阿水坐不住了，他说出去买些吃的，结果直到电影快结束才回来。原来，阿水是去看人家搓麻将了，中途还替补搓了两次，差一点赢了钱。阿城对阿水说，40元的电影票被你白白糟蹋了。阿水却说，看了也是白看，没有产值的东西我不喜欢。

　　阿水不喜欢逛公园，不喜欢旅游，因为没有产值，还浪费钞票。阿水每天上班，打卡后，先上公司厕所屙屎，从不在家解决，因为省水省时，这账算得太精明了。阿城对他说，你这个人是小农意识，整天算计着进账。阿城的话是有来历的。阿水是上门女婿，家住在服装城边的大兴村，是二层的独院户，那边的人家把房子租给生意人，一般人家仅仅是出租底楼，楼上住自家人，阿水倒好，他不但租了底楼，也把二楼的房间租掉了，他和老婆孩子睡二楼剩下的一间房间，孩子做作业将就在共用的客厅。阿城对他讲，你这是为了钞票降低生活品质。这话阿水是听不进的，什么叫生活品质？他的依据是"有没有产值"。

　　阿水满脑子盘算着捞分，他把宽带网装了分流器，分接给各个租户，向他们收上网费。他自己倒不会上网，不看新闻，不上论坛、博客，还是因为这些都是没产值的事。至于我们另一个朋友醉清风（网名）去做虞山风论坛街巷版主，阿水觉得那是傻瓜才去做的事，没有进账，却要扔掉上网费、电费。再说阿城，如果在书店发现一本喜欢的书，不管花多少钱他都会出手买下来，他还喜欢音乐，经常买些价格不菲的CD，也算是个发烧友了，这种行为在阿水的眼里简直是大傻瓜，尽做些不实的事。有一次，阿城买了一辆汽车模型，是缩小的比例，非常逼真，这可是名车兰博基尼，阿城兴致勃勃，带到公司给大家欣赏。阿城看见阿水进门，便叫他来看。阿水扬了手说，不要看，你毛病啊，花这么多钱去买这种不切实际的玩意，又不能开的。

最让阿水不解的是，阿城这人喜欢写文章，发到网络论坛和博客上。阿水认为又没有稿费的，阿城是不是脑子坏了？换了他才不愿意这样做呢，还不如搓几圈小麻将赢点钞票来得实惠。阿城说，你干吗这么俗啊，写文章是为了兴趣爱好，为了发挥自身的才智。阿水哼了哼鼻子，没有产值的事我是不干的。

阿水最近做了桩大事，把户口迁回老家了。20世纪90年代末，这个县城掀起了一股买户口之风，城里户口以3万元的价格卖给乡下人，阿水也是其中的一员，排了半天队才弄到手。那时的钞票多值钱，3万元能买半套二室一厅的商品房了。阿水舍不得，可是为了成为城里人家的女婿，他只好听从了父母的意愿。那么最近呢，阿水瞄准了家乡的土地，他要把户口迁回去，向村主任索要宅基地盖房子。这一切，都是因为听说城市轻轨站台规划在他村子附近，到时房子会升值，说不定还能开饭店旅社。折腾了几回，阿水把户口迁回了老家，然而村主任对他说像他这种回迁户不能划土地建房。阿水这些天为了这事跟村主任闹翻，还煽动群众一起去闹。村主任明确答复，不予办理，不能开口子。阿水这下心疼买户口的钱，偷鸡不成反蚀一把米，弄了个两头不着。

阿水这个人，铁定不收心的，这几天又在想方设法在院子外边搭间棚屋，弄些租金。一间狗窝样的棚子，在大兴村能够月租50元。阿城最近花50元门票去看了部纪念迈克尔·杰克逊的电影《就是这样》，阿城对阿水说，要不要一起去看？阿水答，请我去也不去看，又没有产值的，浪费时间。阿水最近被自家的狗咬了，打了狂犬疫苗，几百元打针费让他心疼不已。这几天，阿城喊他喝茶，他说没空，要去搓麻将把损失捞回来。不知怎么的，阿水这么会捞钞票却没有发财。倒是阿城脑子灵活，敢于出手投资，收入可观。在公司里，阿城升职也比阿水快。

　　还是旁观者清，我对他俩说，你们两人啊，一个是形而上的，另一个是形而下的。说得两人哈哈大笑。

原载于《常熟日报》2010 年 7 月 20 日

雪中飞翔

　　最初知道世上有一个叫滑雪的玩意，是来自连环画《林海雪原》，剿匪小分队身着白袍，轻如飞燕，迅疾如风，掠过茫茫林海雪原，给顽匪一个突袭。我着迷，为此特意做了块木板，从桥上往下滑，板未动人先摔了出去。没了雪，就没了滑翔的附着物，雪板只有在雪地上才能疾滑如飞。

　　儿时的憧憬与梦想，现在轻易地实现了。大热天，40摄氏度高温，我和妻子、女儿，三人参加旅行社组团，去上海银七星室内滑雪场游玩。

　　排队领到雪服、雪鞋、雪板、雪杖。短衫外边套上臃肿而尺码偏大的雪服。雪鞋似铁打的厚实笨重，穿上步履蹒跚如摇摆的企鹅。双手抱了两条冰冷的金属雪板，摇摇晃晃，艰难地挪步，穿过隔绝冷气的通道，来到零下2摄氏度的雪场。足有两个足球场面积的巨型冰库，彩色广告牌下一片白茫茫，景致深，雪道远，疑似来到了北国雪原。踏雪而上，踩出"噗"的碎声。白色的雪上活动着靓丽的滑雪者，橙红青蓝，穿梭滑行，静止的雪，动感的人。场地开阔宏大，雪道从崖顶一泻而下，飞驰而下的影子，勇敢的滑雪者，速度与激情。

把一人高的雪板放平雪面。笨重的雪鞋卡入雪板，"咔嚓"落窠。手持雪杖，脚踩雪板，奋力往后推，身子则向前滑。刚滑起来，就摔了一跤。没人不摔的。问题是这么重的雪鞋与雪板，一旦摔倒，可不是轻易能够站起身的。还没等爬起来，又滑倒，好不容易站直身。真是狼狈不堪啊。

女儿有溜旱冰基础，平衡能力强，学得快，一会儿，便能在雪地上滑行自如了。

到雪道上去，有坡度的雪道，才刺激，才够挑战。

跟着长长的队伍，从自动扶梯缓缓登上雪道高处，真正的高处不胜寒。面对雪白的滑雪道，站立高处似在悬崖，心发怵，脚发颤，踌躇不前，甚至有逃跑的念头。这是勇敢者的游戏，胆小鬼只能躲在下边观望。现在，命令自己滑下去，出发——速度越来越快，快得不可思议，快得滑雪板浮了起来，身体失去平衡，摔倒雪地上，倒地又滑了段路。没事，雪软着呢，站起身，就见女儿从边上得意地滑过，一路往下，到雪道终点，绕过一个人，又一个人，停住。很骄傲！

人仰马翻的场景比比皆是，大家都能友好相处。连着摔了十几跤，总结经验，就有了眉目，原来得先学会刹车减速，这么滑的雪面上，如果不会减速，只会产生加速度，越滑越快的结果是摔倒。正确的方法是，脚跟张开成"八"字形，同时把雪板面倾斜，增加摩擦系数，就能够起到阻力控制速度。人必须适应环境，克服困难，学会了刹车，懂得了减速，方能掌握前进。只有加速没有减速，迟早要摔倒的。

当我控制着速度往下滑时，身体做到了平衡，体会到了雪中飞翔的快乐。我要飞！飞得更快！飞得更高！——那是不寻常的滑行，那是童年梦想，那是自由与超越。

原载于《常熟日报》2013 年 9 月 28 日

撞了条狗

　　一个深秋的夜晚，我开车下班回家。当车速六十公里时，新世纪大道绿灯连得上，夜幕下，路灯星星点点，道路忽明忽暗，流离而眩目。在这样的时段开车，比白天多了想象力，多了奇妙的感受，当然，也多了危险。作为一个有着多年驾龄的老司机，我深深地明白晚上开车潜藏比白天更多的险情，更加要全神贯注。

　　当我驶过十字路口，车速提快，前后跟车紧迫，就是那种不敢紧急刹车的样子，如果急刹，很可能会造成追尾。当处于这种情形，只能够保持平行车速。

　　一团白影子从道路边暗处蹿出，朝我车子的右前轮飞速扑过来。我甚至来不及调整速度与方向（也不能），轮子已经和影子亲密接触，先是"扑"的一声，再是"吱"的尖叫，有东西打滚，车轮稍微颠了下。车子没有减速。具体不清楚是哪个部位，像过减速桩。我第一反应是惧怕。但我明白是撞了条狗，这点是清醒的。

　　我平时杀鱼都不敢，杀鸡更下不了手。开车怕出事故，哪怕碰撞小狗。每当我在公路上看到血肉模糊的宠物狗的尸体（这经常发生），心里就一阵发麻。有的压成一摊肉饼，有的铡成数段碎块，残忍得让

-167-

人屏住气息。我庆幸自己从来没撞到狗，有几次幸运地躲过，狗在车前疾步如风，闪到一边，避开了车轮的碾杀。有次是条宠物狗，像个小白点，在车轮边惊险滚过，等于玩了次过山车。不知小狗懂不懂害怕。

今夜终于轮到我撞狗了。

我为小狗的命运担忧。那是一条体型不大的狗，应该是宠物狗，它离弦之箭般突然朝我车轮蹿来，其莽劲让我迷惑不解。是什么目的让它临危不惧、舍生取义，如果狗也有灵性，它知道害怕吗？我实在不解。这天夜晚实在倒霉，本来我早拐弯了，因为在修路，故绕道下个路口，结果就出了这样的事故。我忐忑不安往前开车，车子装作若无其事配合着主人心事，夜色又掩盖了肇事痕迹。我庆幸是在夜晚，夜色掩护下，避免了白天那样"罪行昭示"的尴尬。狗的主人，也许已寻找过来，面对一连串灯光串联的车辆无能为力，只能跺脚叹息，哇哇骂街。

我心绪打结，无法集中开车，倒霉事会连着两次的迷信让我又格外小心。我打了喇叭，减慢车速，使出百分之百的车技。再也不能出啥事了。安全开回家门口，停在砖坪上。

家人已经用了晚餐，为我留的剩菜剩饭孤独地待在桌上。不声不响，神情恍惚用完餐。今天你有点心事，父亲对我说。我沉默不语，不告诉他们发生的事情，因为担心他们乘车时会留下阴影。这毕竟不是光荣的事。这是杀生，虽然是条狗，但也是一条生命，狗是有灵性的。我对父亲说，出去散步。然后关上门，走到车旁，俯下身子，打开手机电筒，照亮右前轮胎。没有狗毛，没有血迹，没有肉末，什么都没有。月光落在地面，花坛枝叶肃穆，柏油路面寂静。路灯高挂柱上，灯光盖掉了地面的月光，这是一个平静的跟往常没两样的夜，似乎什么事都没有发生，万物亘古长青，一切照旧如常。但我内心颇不平静。

那条狗死了没有？

也许没有。我希望它活着，哪怕受伤。

我往外走去，迎着夜风往大道走去，我知道撞车地点，很想去看看。不看，今夜睡不着。据说"凶手"会回去看现场，今夜我证实了该道理，不由地自嘲。

宽阔的新世纪大道的暖色路灯光投射在路面，阴影里依稀有冷色月光跳跃。如同从滤色镜看到的世界，道路红光满面，夜幕下有一种包容一切行径的暧昧。我一个人行走在机动车道上，不时地朝前后探望，警惕呼啸而过的车辆。我沿草坪往前走了半小时，来到撞狗地点。预想中的血肉模糊的场面没有出现，哪怕一根狗毛也没有，一摊血迹也找不到。这让我欣喜，意味着狗狗很可能没有死。也许最多伤了腿，也许只是伤了尾巴。为了确认肯定没有尸体，我扩大了搜寻范围，方圆三百米，没有痕迹，没有血印。

正在我游荡之际，一辆警车悄然停在我身边，声音轻得像月黑风高的潜水艇，警察打开车窗，探头查验我的身份。我没带身份证，急中生智，方言是最权威的"身份证明"，地道本地话出口，告诉他们，我是在寻找一条狗，走失了，我住附近小区。警察也是本地人，一听就知道，疑虑顿消，只是提醒我不要在车道上行走。

我在人行道往回走。一个陌生男人牵了条狗，与我照会。男人警觉地朝我觑视，我心虚地转过脸。那小狗瞅见我，像见到了屠夫，吱叫两声，莫名其妙往草丛逃窜。男主人追了过去。我不知道它为什么躲避我。难道是，狗有灵性？它知道我干了坏事。这念头，把自己吓了一跳。这些天，手机上尽是热议玉林狗肉节的信息，抵制的人认为狗有灵性，是人的伴侣动物，支持的人认为狗肉与猪肉、鸡肉无异。我不养狗，也不吃狗肉。前阵子，看过忠犬八公的电影，实在是一部感人的影片，狗是人类最忠实的朋友。我还属狗呢。

我绕道一个小区，想抄近路，行走了会儿，因为夜里，参照物与白天不同，便对路线不辨。直到走到另一个小区，认路的感觉回来了，这时，我被另一条小狗吓了一跳。这世界怎么会有那么多狗狗。但的确是，只要你稍加留意，晚上散步是会遇到许多条狗，牵拉着一个个慢跑的主人，偶尔也有无主的流浪狗，只是平时不注意罢了。

真是不是冤家不聚头，小区路灯阴影里竟然站着一条狗！直勾勾盯着我，好像认识我。它比宠物狗体型稍大，似乎在等待我的到来。我不懂狗，叫不出名称种类。仅知道狼狗、草狗、宠物狗。那么，这条暂且叫流浪狗。

我注意到它的脚有问题，走路呈现起伏。我体型高大，不可一世的人类，地球主宰，大步流星，旁若无狗。然而小狗不怕我，竟然朝我温顺地甩甩头，让狗毛像刷子样抖动，向我示好。我仔细观察，狗的腿只是稍微走路一高一低，并不瘸。我往前走，狗跟着我。我停下，它也停下。狗毛乱糟糟，好久没有打理了。我判断这是一条流浪狗。现在，奇怪的是狗一直尾随我，保持三四米距离，仿佛是我的贴身奴仆，或者小跟班。这也太滑稽了，还从没有碰到这种事。这到底怎么回事？我居然跟一条流浪狗有缘。换了以前，我会朝它吼叫踩脚，恫吓，赶它，或者用跑步来摆脱它的纠缠。可是，今夜，我不想再伤害一条狗。我目光注视，它晃头晃脑，实在是一个温柔的小动物。夜色下，它的头部始终处在暗处，目光深邃，一副忧心忡忡的模样，如外交家行走在中东。

流浪狗不紧不慢，不离不弃，踩着我的脚印。谁能想到，它竟一直跟到家门口。在放大的树的阴影里，在漏出来的路灯光下，狗的身形那么弱小。我打开门，它跟进了院子，趴地上吱吱叫唤。

母亲听到声音走出屋子，扫了眼地上的小狗，告诫我：不是不同情狗狗，实在是流浪狗来路不明，可能有病菌。你又不会养狗。快让它出去。

母亲说的也有道理。我从没有养过狗，也不喜欢养狗。一时冲动产生的怜悯的热情能持续多久？我对自己怀疑。我搬过张椅子，坐院子里，看流浪狗进食。我在思考怎样对付这个新认得的小朋友。

母亲又在催了。我们家没有养狗的传统，也讨厌那种骚臭异味。我也不会照顾狗。于是决定把流浪狗送走，让它回到自由的天地。我把院子的灯打开，拉开院门，往外边走，流浪狗跟我屁股后，等它出了门，我退后把门拉上，只剩条门缝。流浪狗朝我委屈地吱叫了一声，认识到无望，朝路那边走去。

这时，我才发现，流浪狗眼睛有问题！那一直处于暗处的一只眼睛，被路灯光照亮了，是瞎的！

过了很长时间，我还是感到了某种不洁，于是端了盆自来水，走出院门。外边无比安静，月光皎洁，我用水冲刷车前轮，把痕迹洗刷，尽管那儿根本没有痕迹。

2020 年 7 月 10 日

送学路上

从开学第一天起，早晨送女儿上学竟然连着迟到三次，都是因为堵车，每次都想着明天绝不能再迟到，结果还是迟到，简直令我崩溃。我开始寻找一条最佳的上学路线。走青墩塘路可以借道加油站左拐绕过红灯，必选。海虞北路红灯多，间距小，走走停停费时，不选，因此过海虞桥后立即左拐进入金沙江路——这个路口对左拐车辆照顾，设了双车道，因为前边有市政府。金沙江路直达李闸路，右拐到枫林路中段，再左拐抵达虞山北路。我最喜欢虞山北路，一面环山，少了路口，少了信号灯，一路畅通。沿虞山北路往北行驶十分钟，就到达外国语高中。这样一设计，我寻找到了一条最经济有效、最省时间的路线。

我的车技也是大幅提高。冲、挤、插，无所不用，为了争时间。那种小面的不要跟车，它起步拖，行进慢，总在东张西望。公交车也不要跟，不但把视线挡住，吃红灯都不知道，还每每被挡在站头，瞪眼看边上车子一辆辆呼啸而过，动弹不得。新手的车，千万要超，一刻也不要犹豫！出租车是神经病，急刹急停急调头，跟后边会追尾，赶快绕道超车。对前车，能超过一辆是一辆，特别是同样的送学车，否则在进校门口那段特堵的路段，要吃大亏了。

离学校还有一里路，已明显地感觉到堵车的征兆，四车道抢成了六车道，交警在现场奔走疏导。总有个别家长不遵守交规，车灯乱闪，半路调头，挡住一长排汽车，对其他车辆用喇叭发出的抗议声置若罔闻。高中部、初中部，两条车流汇聚到一起，拐入虞山下的一条支路，是林荫道上的两个校门。早上6:30到7:30这段时间，林荫道成了菜市，喇叭声、铃声、交警的哨声，此起彼伏；小汽车、摩托车、电动车、小三轮车，招摇过市。

到外国语高中校门口，靠边停车，扫了眼仪表盘。我说，离上课还有5分钟，开了25分钟，今天还算不错！女儿把热水袋塞我手里。打开车门，跳下车，拎起书包，挎肩上，朝学校大门大步走去。我摇下车窗，朝女儿喊：乖点，好好学习！

女儿走了一段路，小跑了起来。我透过车窗玻璃，张望着，直到她消失在教学楼背后，才开车离开。

车子拐上大街时受堵，交警哨子尖厉响起，手臂一挥，车辆都被拦住，留出空隙，让一群快要迟到的学生鱼贯而过。交警哨子如发令枪吹响，手臂朝车辆招使，我和一排车子并肩冲刺，奔向虞山北路大街。

临近午时，接妻子手机，让我晚上去接女儿。平常总是早上我开车送，晚上妻子骑电瓶车接。天气预报今晚有雨，天又是这么冷，只要是恶劣天气，妻子就会关照我开车去接女儿。

下班工作忙了些，结果下班时间到了也未察觉，直到妻子打来电话，才想起今天任务要接女儿。妻子在电话里生气地说，看看现在时间几点了，不要你去接了！

开车赶到学校，天空下小雨。一下雨，路上添堵。我到学校时，妻子骑电瓶车也到了。女儿躲在校门口的廊下，冷得瑟瑟发抖。学校门口没别人，女儿是最后一名学生了。妻子戴了头盔，穿了雨衣，在风中下摆敞得很开。车篮里还有只头盔，一件雨衣，是给女儿准备的。我喊女儿上汽车，女儿看了看我和车，又张望了妈一眼，跨上了电瓶车。电瓶车启动，滋滋滋滚过积水，朝街上骑去。我开车跟后边。慢吞吞行驶在机动车道，后边的车就朝我闪灯、摁喇叭，只好加速，在前边减速等待。这样也不是事儿。天空还下着细雨，刮着冷风，就差没雪了。

开着空车，心里真不是滋味。路灯已经亮了，路面如镜反射出灯光。这算什么事呢，车子不就是恶劣天气用的吗，妻子也真是的，把女儿陪绑，以宣泄自己的怒气。我天天送女儿上学，难得一次失误，她也太苛刻了。

右侧乘客座椅上，我的手机发出嘟嘟响，是一条短讯。在十字路口吃红灯停车间歇，我抓起手机，翻看短讯。是班主任发来的，估计跟前天的考试有关。我赶紧点击打开，用两指放大字体，凑近了细看。

语数外三门主课分数与排名已经出来。呵呵，女儿这次考试成绩不错啊！

一股暖流涌上胸口，惊喜的战栗刹那间传递周身。我咧嘴笑了，嘿嘿嘿，只有自己听到自己的笑声。那种从喉咙底发出的混浊不清的声音，表明了一个做父亲的满足。绿灯亮时，驶过道口，靠边停车，开启双跳灯，埋下头，用食指把屏幕往下翻页，把短信一行一行吃到眼睛里。看到"名次：班级2，年级3"，我的脸蛋乐开了花，一副幸福的蠢相。太好了，乖女儿，真是扬眉吐气。

呵呵，每天的辛苦没有白费，车来车往没有白付，女儿的成绩，让我由衷感到欣慰。如果上天有眼，再没有比儿女会读书更好的礼物了。对妻子的意见，突然间消失到了九霄云外。在女儿的好成绩面前，困难不再是困难，问题也不再是问题。

我在路边停车，把短信转发给妻子，然后等待电动车过来。喊她停下，举着手机，告诉她，看短信。她明白了，眼里噙着泪花，脸颊还有雨水，大声地说，真的？我点点头。她又说，当然是真的，我就知道她这次考试能够考好。这时，我就说让女儿坐到汽车上。妻子点点头。女儿双手抱住臂膊，跳上了汽车，她说外边真冷，还是汽车里好。

我摇下车窗，对妻子说，我们去必胜客庆祝一下。妻子同意了。她脸上的怒气，已经一扫而光了。

原载于《常熟日报》2014 年 7 月 29 日

女儿的朗读

　　前天，我去接女儿，她上了车，对我得意地说告诉你今天我朗诵了你的书。我惊讶地问，哪一篇？女儿说《大师》。事后我了解清楚，是班主任叫女儿在课堂上朗读的。女儿朗读父亲的作品，班主任也真是奇思妙想。女儿没有预习，真担心她读得紧张，一定读的生硬吧。女儿说，文章里好多外国名字，很难读的。我问女儿，你朗读后，班主任有没有点评，她说点评了。我问怎么说的？女儿说忘记了。呵呵，这机灵鬼。

　　《大师》是我新出版的散文集《十年》中的一篇谈文随笔。女儿把我的书送同桌女生一本，被眼尖的班主任发现了，就把书要了去。然后才有了朗读的事。班主任为什么选中这篇朗读呢？《大师》写了两个获得诺贝尔文学奖的大师——海明威和马尔克斯，也略微提到了他们的写作，还顺便提到了一些中国作家，班主任大概是想以此激励学生写作文吧。

　　这下可好了，女儿提出再要些书带到学校去，有好多同学要呢。于是当天夜里，我为她准备了一沓书。她带到学校，我说重不重呀？她说没问题。昨天回家路上，我问她书送完了吗？她点了头，还说卖掉了几本。原来市中开书市，学生把家里的书带来摆摊，女儿就把我的书卖了几本。我说便宜点，不要为难人家。女儿说，知道的，半送半卖。我又问，他们知道是你父亲写的书才买的吧？女儿说，不，我没告诉他们，是别班的同学。

昨天夜里，女儿突然提出要看刊登我散文的报纸，我找出几张给了她，她在书房的台灯下认真阅读。我非常开心。先前女儿一直远离我的作品的，也远离成人的作品，现在似乎有了些兴趣，一是说明她长大了，毕竟读初中了；二是说明她开始有了阅读的兴趣，不再是只喜欢看《还珠格格》或者《樱桃小丸子》的小孩子了。

《十年》这部散文集，应该还是能够适合女儿这年龄的学生阅读的，毕竟是以亲情、以故乡为主题的散文随笔。想不到，女儿的同学成为我的读者，对一个写作者而言，也是满意的事。

又一次感觉到，出这么一本散文集，也是开心事啊。

原载于《姑苏晚报》2010 年 11 月 30 日

一路上有你

有人说，考大学不是唯一的道路，这话貌似有道理，但也失偏颇。我的看法是，不要看轻文凭，既有文凭又有能力岂不更好。应该利用大学的师资、科研力量，真正做到学有所获，学有所用。读大学仍是非常重要的人生阶梯。

想起去年的高考，叶兄女儿是学霸，考前一天扭伤了脚，据说是骨裂。明天就要高考，真让人担心。上医院紧急处理，次日高考照常参加。成绩发布日，我问考得如何？答："比模拟考试掉了点，还算正常范围。"问打算哪些学校，答："南京那几所啦。"没有考砸，欣慰。有两个学生，是高中同学，去年高考结束后来我单位做暑期工，分数出来，我问甲同学："小弟，考得如何？""过一本11分，"声音很响。又问乙同学："小弟几分？""一本差10分。"声音很低。原来，乙同学平时成绩比甲同学要好。乙同学是语文考砸了，考了83分，按平时起码考103分的。我说那个作文题"智慧"，出得太难，简直跟学生作对。他说是的。

高考期间，网上报道有家长穿开叉旗袍，取意"旗开得胜"。有烧高香引起失火。有外地高三师生聚集操场，竖起红色标语，高喊拼搏口号。有家长候在考场外，为蝉鸣忧心忡忡，恨不得把全世界的知了统统消灭。凡此种种，高考是件人生大事，决定孩子命运，牵动家长心思。

女儿读高三，今年6月也要高考了，作为家长，我既有苦尽甘来的兴奋，又有临阵前夕的紧张，心里祈祷女儿高考发挥正常。我倒不要求非名牌大学不可，只是希望她能够发挥最大努力，我对她说："尽力就是成功，你只要跟自己比，就可以了。"这一点，女儿也是挺理解的，她读书很认真，争取考出好成绩，有压力，但那压力是符合实际原则的。压力是动力，没有成为"压垮力"。等到临上考场，我打算送她一句成语"心无旁骛"，鼓动她集中能量，发挥出水平。

高一高二，女儿是在家里夜自修的，到了高三，学校规定非住校学生也必须到校夜自修，因此，天天夜里9:30去接她，回到家已是近10:00。早上照例是6:10出发，花25分钟穿过半个城市开车送到校，每天都是我接送她的。如同完成一项庄严的仪式，每天都过得充实，因为心怀愿景。女儿连续两次月考班级前列，我很高兴。接送女儿，虽说累，但累得快乐，所谓"痛并快乐着"。而成绩进步，感觉更是值得，更是开心。这是我们一家三口的节日，共同度过，同舟共济。出发前，妻子要给女儿带点吃的，她精心制作的点心，或者路过肯德基买一对鸡翅，装盒子里，保持温度。

提前到达学校外边大道，妻子下车去校门口守候，我则在车里等，在平板电脑上看美剧《纸牌屋》《越狱》，一年下来，竟然一部部碎片般看完了。接到妻子手机，我便发动车子，随队伍缓缓驶往校门口。回家路上，听常熟电台《午间风》节目晚间重播。《午间风》是常熟电台一个关注民生、为百姓办实事的热线直播节目，常听《午间风》，对写作文有帮助，《午间风》节目的思辨，对学生写议论文有启发。严肃活泼紧张，高考前夕也要放松一下。我是有意识地放该节目给女儿听。

节目主持人安然有一句口头禅"老人家，你慢慢说"。女儿马上引用，对我说："老人家，你慢慢开。"我回答："好的，安然老师！"

我说"元芳体"："元芳，此事你怎么看？"女儿回答："大人，此事必有蹊跷。"

我说"甄嬛体"："咦，今儿我开车挺快的，一路绿灯那必是极好的。方才虽开快车有点危险，私心想来，也是真真为了不迟到，想必小主不会怪罪本宫，倒也不负恩泽。"

女儿说："老爸，说人话！"

我们呵呵笑。一路上，车子在大街上行驶。路灯投在路面上，呈现暖色调。外边有点冷，晚秋的天气了。回到家门口，《午间风》节目正好结束，常熟电台一天播音也行将结束，收音机里传递晚安词：后视镜里的灯火渐渐远去，拐弯处又见亮星，夜行的你即将抵达，合上这一天的得失，放下一整日的悲喜，下一站直达梦乡。

原载于《虞山文艺》2016 年第 1 期

第四辑

心

语

阅读是美好的，阅读中启悟。我看，我读，我写。阅读经典，聆听智慧，寻找灯绳。

到凤凰看沈先生

7月19日，到凤凰，沈先生的故乡，看见先生的名字，眼泪就掉下来了。

我是极敬重沈先生的。读他的作品较晚。不知为何，整个中学时代，课本上也好，课外读物也好，都没有沈先生的文章，语文考试都不会考到他的条目！以至于我竟然很久不知道有作家沈从文（后来明白了）。然后，刚参加工作那年，一个偶然的机会，图书馆借了他的书，这样接连读了。犹如发现新大陆，原来我们还有这么优秀的作家！窃喜，他可是中国人啊！

沈先生难能可贵的是，他学历极低，仅读过私塾，相当于小学吧，却能够成为一名大师级的作家，这简直不可思议。当年北平那批学院派作家也对这个横空出世的作家，先是惊讶，后是佩服，放下高傲的身段，接纳这个"乡下人"。他的伯乐是徐志摩。

沈先生是不幸的，新中国成立后无法写作，转而聚心研究古代服饰，写出《中国古代服饰研究》，成就惊人，如此说，先生又是幸运的，活到了80年代，文学死而复生，被重新挖掘并认识其作品价值。

我们一行人走了，我发现就自己还驻留在从文故居，一个人。我是舍不得的。我想多留一会儿。

黄永玉为沈从文所写碑文：一个士兵要不战死沙场，便是回到故乡。

碑石正面，有沈从文手迹：照我思索，能理解"我"，照我思索，可认识人。

背面为张允和（沈从文夫人张兆和的二姐）撰联：不折不从，亦慈亦让；星斗其文，赤子其人。

原载于《读书台》2015年第4期

大　师

　　我在中学读书时，中午闲暇时分，常常会到海虞路的新华书店翻书。一次，我翻到了一本美籍华裔作家董鼎山写的专著《美国作家与作品》。翻开第一篇，即是有关评述海明威的《密歇纳谈海明威》。

　　董鼎山引用美国作家密歇纳的回忆："1952年夏，《生活》画报驻东京办事处派人来到朝鲜前线……在南朝鲜遥远山间我们的海军陆战队营地，我拣了个不明亮的角落，撕开小包，开始阅读写一个老渔夫捕鱼，以及他与大鲨鱼搏斗的令人激动的故事……我坐在那个角落里，把校样推得远一些，好像怕着它的魔，一方面我却越来越清楚，我面前乃是一篇伟大的杰作。只有'杰作'二字可以形容它。《老人与海》是这么一个灿烂的奇迹，只有天才作家才能偶然创造（后来我获悉，海明威在八个星期内一口气写成，无须修改）。我思考它的形式与风格的完美，把它与其他我所视为珍宝的中篇小说相比……我将校样藏在铺盖之下，走出去步入朝鲜之夜，对自己要能如此接近伟大作品深感激奋。我艰难地走过崎岖不平的地域，我决定了：不管那些比我明智得多的书评家对海明威过去的错处说些什么，我必得公开表示《老人与海》是一件杰作……"

　　密歇纳的坦诚如此动人，我毫不迟疑地买下了这本书。从此，我开始搜寻《老人与海》，找遍市图书馆的每个角落，意外地找到海明威的另一部经典小说《永别了，武器》。我花了三个晚上的时间把它读完了，掩卷之余，深为自己能接触到杰作而激动不已。这是一种全新的写法，有别于我从前看过的任何一本小说。语言简洁而不简单，看似白描般的手法却蕴藏了巨大的能量。我第一次意识到"少即多，多即少"，文字原来是有厚度的，正像海明威所说的那样"……只要作者写得真实，读者会强烈地感觉到他所省略的地方，好像作者已经写出来似的……冰山在海里移动很是庄严宏伟，这是因为它只有八分之一露在水面上。"

　　我把海明威的《永别了，武器》作为最期盼买到的一本书。多年后一个冬日的下午，我在南门的新华书店分店看到了它的影子。那一刻，我像见到了久别的恋人一样，心怦怦直跳，赶紧付款取书，找一处阳光充足的角落，在一个明亮而温暖的地方，重读了一遍。我把它珍重地放在书橱中央，作为其中的珍藏品。多年来我重读《永别了，武器》不下五遍。每读一次都是一种全新的享受。

　　著名先锋派小说家马原对海明威充满敬意，他把《永别了，武器》作为他最喜爱的三部小说之一。他说："几十年我一直在读《永别了，武器》。要想当小说家，一定要读这本书，一定有大的长进。"他在《阅读大师》一书中，对海明威作了非常中肯且富有见地的评价。最令人称道的是《永别了，武器》的结尾，马原认为这是"实体经验"的问题，海明威利用了人所共有的感知方式及其规律，他知道大家都知道的东西，你不说大家也会知道这个原理，他就不说大家都知道的东西，所以海明威省略的、埋在水下的部分，是"经验省略"，结果产生了完全出人意料的新的审美方式。

　　数年后，我终于在市中心的新华书店买到了《老人与海》。我在院落里，搬了只藤椅，泡了杯绿茶，开始阅读一个老渔夫捕鱼，以及他与大鲨鱼搏斗的令人激动的故事。从故事的开头，读到平静的高潮，再读到活生生的结尾，我激动万分，海明威的写作技巧，令人眼花缭乱，震惊不已。他终因《老人与海》获 1954 年诺贝尔文学奖，实在是众望所归。

　　江苏作家叶兆言曾说："我一开始写作的时候，对我影响更大的还是海明威。海明威对我有过刻骨铭心的影响。海明威是我写作方面的启蒙老师，他给我的影响要超过其他所有作家。"另一江苏作家苏童在随笔《寻找灯绳》一书中，也把海明威列入影响到自己的大作家行列。海明威影响了中国整整一代作家，包括王蒙、王朔等。

　　我之所以业余时间喜好写作，也是受海明威的影响分不开的，一想到能紧随大师在文学世界中徜徉，能与大师成为同道中人，内心就倍感鼓舞。

　　海明威在世界作家中也影响深远。我至今记得大作家马尔克斯在随笔《我见到了海明威》一文中，那种令人难以抑制的对大师的钦佩之情。

　　在 1957 年那个阴雨连绵的春天，有一次他和妻子玛丽·威尔希在巴黎圣米歇尔大街上散步，我一下子认出了他……在一个个旧书摊前和巴黎索沃纳大学青年学生的人流中却显得那么朝气蓬勃，让人无论怎样也想象不到，他的生命只剩下最后四年时间了。

　　一瞬间——就像我经常发生的那样——我觉得自己被两种不同的心情所分割。不知道是该赶上去对他进行一次新闻采访，还是仅仅是穿过林荫道向他表示我的毫无保留的钦佩之情……这两件可能损害那个时刻的事情，一件我也没有做，而只是像丛林中的塔尔桑那样，将双手握成喇叭状，从这边的人行道冲着另一边的人行道喊道："大——师！"欧内斯特·海明威明白，在那一大群学生中不可能有另一位大师，于是他转过身来，高举着手，用十分稚气的声音操着西班牙语对我喊道："再——见，朋友！"平生我就这样见过他一次。

马尔克斯是幸运的，他的眼睛已看到过光荣。1982 年，凭借长篇巨著《百年孤独》，他也成了诺贝尔文学奖获得者。

原载于《苏州日报》"书香"栏目 2008 年 12 月 25 日
获 2008 苏州阅读节新华杯"重温经典"征文一等奖

与怀斯同在

那时我在苏州丝绸工学院学美术。说是学美术，也就是学画画，其实里边也是分门别类的，服装设计、图案设计、工业造型设计、装潢广告设计，这些都是工艺美术的课程，我想学的是正宗的美术——是做画家的那种——而在这儿，我学的是染织美术专业。我非常讨厌这种画花草图案为主的设计专业，完全是培养一个画匠，却与画家无关。

这种情形下，又加上年轻气盛，结果可想而知，总之不尽人意，郁郁不乐，孤孤零零，一点也不合群。

总是在同学走光后还在画画。不肯画图案，却画素描，大画纸大画架。有一天下午就这样忘了吃晚饭，也不知怎么中了邪，就是不想走，磨到了夜，天空一下子暗了下去，画室却十分干净明亮。我啃了块方便面，又画了会儿，这才想起该回宿舍了，却听楼下传来拉铁栅栏门的声音。下去看时，看门人已离开了大楼。我被铁栅栏锁在楼层里了。

到了夜间某个时刻，整幢教学楼会锁上铁栅栏，这可能是出于安全考虑，我却傻傻的一点也不晓得。我荒唐地被锁在楼里。我喊看门人，却没人吭声，只好回到画室，那是在五楼的转角。我本可以朝窗下大喊大叫，没这样做，是觉得有失风度，也是心底滋生了种随遇而安的想法。学艺术的人总有些不寻常的念头，甚至苛待自己，那一刻，我突然间就决定留下来。

假若命里注定要给一个勤奋的画者以这种磨难，又何不从命呢？

我头发蓬松，穿了牛仔裤，裤管上滴有颜料，袜子一周没洗了，硬撅撅的。我的鼻梁上架了副近视眼镜，画累了，就摘下眼镜，倚靠窗台，远望操场以及操场外的树林。树林后是什么？操场有情侣的影子，有敲盆的声音，还有人直了喉咙在狼吼。

我自顾沉浸画画中，要是有人发现教学楼黑洞洞的窗口中，有一个还亮着灯光，发现了我的存在，或许就会大惊小怪劳师动众了。于是我拉上了窗帘，把黑暗挡在外边。画室中画架林立，靠墙有件巨大的大卫的雕塑，以及几个小雕塑。我们这几天围了画的是阿波罗石膏像，立在一张台子的衬布上，一盏射灯打了强光，造出明暗块面。阿波罗英俊而自信，一位神话传说中的猛士。

我开始翻阅那本安德鲁·怀斯的水彩画作品。这是我白天在新华书店买的，花去了一个月的开销（美术书总是很贵）。从一开始，从翻开此画册，我就喜欢了。只能用一个词——震撼——来形容当时的感受。我被《克利斯蒂娜的世界》深深震撼了。一个患小儿麻痹症而致残的少女，正在往原野上爬行，目光凝视着地平线上的木板房。画面的笔触非常质感，甚至比真实的还真实。远处的板房，近景的荒草，少女在这荒无人迹、满目荒芜的野地上，用她瘦削脆弱的胳膊支撑着身子。少女抬起头，望着远处。她在渴望着什么？她匍匐着，异常艰难，汗水也滴下来了。画面空旷，荒凉的原野占去了大幅空间，悲剧气氛特别浓烈，忧郁感无处不在。克利斯蒂娜的世界，也是我的世界，纵然人生坎坷，也要尽力去匍匐爬坡。这幅画是生活的现实，也是画家怀斯的心理现实。

克里斯蒂娜是怀斯的一个亲戚，患小儿麻痹症留下残疾。怀斯一直想为她作一幅画。有一次怀斯从窗口看到了去拜望外婆坟墓的克里丝蒂娜，那个场景或许让怀斯在一刹那间呆住了，他捕捉到了表现克里丝蒂娜内心世界的契机和角度。

那时已是冬季，那是齐秦《北方的狼》流行的季节。天气寒冷，画室没有被子，我就把衬在石膏像下的灰布都拖了下来，盖在身上取暖。当我与怀斯相遇的时候，就不觉得冷了，震颤跟着热流上涌，一种对伟大作品的狂爱，一种对艺术的炽烈之情，使我奋勇无比，连寒冬也被赶跑了。我觉得看懂了怀斯的作品，心底无比美妙，拥有一个天大的秘密似的兴奋。我的人生似乎有了意义，要像怀斯那样画画，像怀斯那样执着于艺术。

我翻着怀斯的作品，枕着怀斯的作品，过了一夜。第二天早上，看门人打开铁栅栏门，我跑了出去。回到宿舍，那些个北方同学都冷得在骂南方的天气，木窗户在呼啸声中发颤，西北风无情地从缝隙灌入，并且钻进被窝吸走暖气。我躺进棉被，如同钻入了冰窟窿，一个时辰后，才暖和过来。

原载于《姑苏晚报》2010 年 5 月 6 日

卡佛《最后的断想》

　　2011 年上半年，我第一次接触到了雷蒙德 · 卡佛的小说，就深深地喜欢上了，当即购了他的三部短篇小说集。卡佛是短篇小说大师，从生活中原创而成就的大师。现在，我为没有早点阅读到卡佛而遗憾。我对小说的观点与卡佛有多处共同点，不喜欢使用形容词与副词，讨厌涂脂抹粉的美文，厌恶过度的装饰，排斥修辞手法，崇尚简约。认为省略的手法于行文是必需的。相信"准确"是写作唯一的道德，所谓真实即诚实地写作。写个人体验的，写个人伤痛的、打动内心的。

　　大约 1999 年，我读到村上春树短篇小说集《象的失踪》，还有大名鼎鼎的超级畅销书《挪威的森林》。从村上春树的随笔中得知，他的文学师承得益于两位作家，巧的都是我喜欢的美国小说家，一位是长篇小说《了不起的盖茨比》的作者菲兹杰拉德，另一位即是短篇小说《大教堂》的作者雷蒙德 · 卡佛。

　　村上春树为此专门到美国卡佛的寓所拜访过这位令他十分崇敬的作家，写的回忆录读来令人唏嘘。现在，当我阅读卡佛的小说时，明白卡佛对村上春树的影响，骨子里他们有相通之处，影响是显而易见的。比如说，那种透骨的冰凉，深度的寂寞，人的无助感，这些东西在村上春树的小说中同样入木三分，几乎是标志性的。

我想到了苏童。苏童是用虚构来写作，本身没什么生活，可是却能写出许多没有经历过的生活，王安忆曾举例苏童断言一个小说家有没有虚构能力是能否写好小说的关键。可是，卡佛的创作似乎一切都与个人经历有关，当过锯木工，送货员，加油工门房，十九岁娶了未婚先孕的妻子，年纪轻轻就被迫成了一个养家糊口的男人，他写的小说或多或少都是自己经历过的。他最著名的短篇小说《大教堂》中，那个瞎子在生活中也是出现过的，确实是他妻子的朋友，他在访谈中提到过。卡佛的写作，或许证明了古老的现实主义创作并不过时，作家写经历过的事实或许更能打动人心，更具备说服力以及震撼人心的效果。顺带说一下，苏童也是卡佛的粉丝，我感觉苏童的某些小说风格其实是"偷师"于卡佛的。

叶黎浓跟我聊过卡佛，他读了卡佛的短篇小说集《当我们谈论爱情时我们在谈论什么》，他告诉我似乎不怎么欣赏卡佛，认为太简洁了，因此丢掉了许多东西。我认为，他说得也有道理，我也认为卡佛个别小说太简约了，都过了头。在他的成名作《当我们谈论爱情时我们在谈论什么》中特别明显，比如短篇小说《洗澡》。后来我读到短篇小说集《大教堂》，这是卡佛最后一部短篇小说集，不再那么极端的简洁了，做到了适中，在这个集子中原先的短篇小说《洗澡》加长后改名为《好事一小件》，结果比原先的要丰满完整，成了卡佛后期最重要的短篇小说之一，获得了美国的欧亨利奖。我想，读者也许更能够接受卡佛后期的小说，写得不再那么特别简约了。叶黎浓兄如果阅读一下短篇小说集《大教堂》，或许能改变对卡佛小说看法的。

我为什么要写作？从某个角度上说，是因为有卡佛、村上春树、菲兹杰拉德、契诃夫、海明威等等这些了不起的同道者，你读懂了他们的文字密码，被他们的作品打动，你为追随他们的作品而兴奋，从此怀揣了秘密，不再孤单，这就是写作最重要的理由。

1987 年 5 月，卡佛发表了最后一篇短篇小说《差事》，写的是他的偶像和写作导师俄国作家契诃夫之死。四个月后，卡佛像契诃夫一样开始吐血，步入生命的黄昏。在最后的日子里，卡佛常常坐在家中，长时间凝视窗外的玫瑰花，和妻子谈论对契诃夫的热爱，另外写着一直未完成的诗集。1988 年 8 月 2 日清晨，卡佛因肺癌死于家中，安葬在太平洋西北岸的"海景墓园"。

墓碑上刻着"诗人，短篇小说家，散文家"，还有生平最后一首诗《最后的断想》。

> 尽管这样，你有没有得到
>
> 这一生你想得到的？
>
> 我得到了
>
> 你想要的又是什么？
>
> 称自己为爱人，和感到
>
> 被这个世界爱过

卡佛的诗也那么简洁，读来却不简单。另外，我记忆犹新的是《大教堂》扉页上卡佛谈小说写作的一句话"用普通但准确的语言，写普通事物，并赋予它们广阔而惊人的力量，这是可以做到的。写一句表面看起来无伤大雅的寒暄，并随之传递给读者冷彻骨髓的寒意，这是可以做到的。"

原载于《虞山文艺》2013 年第 1 期

那个时刻

我是先看了电影版《情人》，这部获得第 18 届法国恺撒奖最佳外语片奖的电影确实很棒，直到读了杜拉斯的原著小说《情人》（王道乾译），才知道跟小说比，电影无法遮盖经典文学作品的灿烂光辉。

小说在杜拉斯神经质般、虚无缥缈的叙述中发展，小说进程完全依靠叙事来支撑，少量的对话也淹没在强劲的叙事之中。从篇首"我已经老了"，小说开始了令人着迷又望而生畏的叙述之旅，运用反复与意识流的手法，心理空间不断跳跃，从现在—过去—回忆—现在，呈螺旋式往复，直至到达小说的高潮。

从现在"对你说什么好呢，我那时才十五岁半"，回到过去：小哥哥、母亲、殖民地的学校、我的生命的历史，然后又回到现在"我才十五岁半。就是那一次渡河……湄公河支流上的渡船……在那天，这样一个小姑娘，在穿着上显得很不寻常……黑色宽饰带的呢帽"。然后是"这顶帽子怎么会来到我的手里，我已经记不清了……"又回到过去：老照片、我四岁的照片、绝望的母亲、父亲病重、平檐呢帽，呢帽与辫子。当读者迷失在杜拉斯的叙述迷宫之际，小说峰回路转，再次回到现在"看看我在渡船上是怎样吧，两条辫子仍然挂在身前。才十五岁半。那时我已经敷粉了……在渡船上……"

文本"实"的部分是在渡船上以及随后的爱情故事。"虚"的部分是缥缈的意识流，在思绪的飘忽之中，主人公的身世、背景、作品的色调浮现出来。小说一再反复出现"在渡船上"这个"实"的意象，虚实轮回，如螺旋形将时间往前推移，直抵达那次不寻常的与中国男人在渡船上的邂逅，"在那部利穆新汽车里，一个风度翩翩的男人正在看我。他不是白人……他在看我……"

渡船上的中国男人终于从叙述中露脸登场了。

叙述到这儿，杜拉斯仍不肯把渡船上的故事向读者全部交代，草草几笔后，意识又流动了起来，写到"女人"，那些"美妇人"，又谈论"女人美不美的问题"，"连衣裙"，"身体"，"才十五岁半。体形纤弱修长，几乎是瘦弱的，胸部平得和小孩的前胸一样，搽着浅红色的脂粉，涂着口红……"又再次回到现在：出现渡船上的意象"这样一个戴呢帽的小姑娘，伫立在泥泞的河水的闪光之中，在渡船的甲板上孤零零一个人，臂肘支在船舷上。那顶浅红色的男帽形成这里的全部景色……"简直与读者为难，在写了一大段湄公河的意象后，她又回到"绝望的母亲"和"童年"，"得支气管炎的小哥哥"，"临死的女人"，"照片"，终于，在心理空间构建到位后，叙述重回到了现在，正剧终于开始，开始讲述那一段刻骨铭心的湄公河邂逅。

"那个风度翩翩的男人从小汽车上走下来，吸着英国纸烟……"开始像传统小说那样讲起了完整的、顺时序的故事。见面、关系的发展、初夜，"他把她的连衣裙扯下来，丢到一边去，他把她的白布三角裤拉下，就这样把她赤身抱到床上……"做爱的感受，"大海是无形的，无可比拟的，简单极了。"这一段写得非常高级。"我要求他再来一次，再来再来。和我再来。他那样做了。他在血的润滑下那样做了。实际上那是置人于死命的。那是要死掉的。""我再看看他的面孔,那个名字也要牢记不忘……""他告诉我他的父亲是怎样发迹的,怎样阔起来的……""在我们交往期间,前后有一年半时间……"然后是他请客她的家人、小哥哥的死、寄宿学校、分离,这条船,直到战后许多年,他打她电话。"是我。她一听那声音,就听出是他。他说,我仅仅想听听你的声音……他依然爱她,他说他爱她一直到他死。"小说全文结束。

　　如果没有那一条反复出现的现实时态的"实"的意象——湄公河上渡船的画面场景——小说中的意识流将缥缈不定,读者将无所适从。杜拉斯巧妙地把"实"与"虚"结合起来。"实"是主体,是渡船邂逅中国男人的片段,以及随后的爱情故事,"虚"是回忆和欲念的投影。"实"与"虚"相结合,讲述了一个有关爱情、生死、绝望、希望的故事。小说中时间与空间的置换,一格格不同时态的镜头,"在湄公河上"有关渡船的情节,以映画方式一次次重复出现,使文本具有了一种电影般的"内心影片"的效果,产生了特殊的小说形式审美情趣。

　　"我才十五岁半,就是那一次渡河……"

　　"这就是那次渡河过程中发生的事。那次渡河是在交趾支那南部遍布泥泞、盛产稻米的大平原。"

　　"在那天,这样一个小姑娘……"

　　"在渡船上,在那部大汽车旁边……"

　　"这样一个戴呢帽的小姑娘,伫立在泥泞的河水的闪光之中……"

　　"那个风度翩翩的男人从小汽车上走下来,吸着英国纸烟……"

　　以上渡船的画面有节奏地穿插于小说各个段落,在虚实转换时起着统领作用,随着叙述的发展,故事逐渐清晰、丰满起来。同时,渡船也是整个叙述的主干线,一切意识流的叙述围绕着它进行,文本由此推进,直到心理空间经营完成,这才出现不同寻常的渡船邂逅,中国情人的出现……

　　小说作者缺少的不是故事，而是如何叙述独一无二的故事，如何以唯一的方式来讲述这个故事（我是上帝唯一的寄信人），这是小说的难度所在。由此，杜拉斯找到了讲述《情人》的方式，处于虚无缥缈年龄的女子或许就该用这种虚无缥缈、略带神经质的叙述方式，来讲述一个同样虚无缥缈而惊世骇俗的爱情故事，这是小说艺术形式与内容的高度融合，一部经典名著就这样诞生了。

　　小说《情人》轰动之前，杜拉斯的小说并不畅销，销量极少。几十年来，杜拉斯一直固执地坚持着自己的写作信念："写作就是走向自负，迎风而上，否则什么也不是。"一度"理解杜拉斯的作品成了异常复杂的事项"。她的作品可读性差，"一直被看作是难以阅读，只有知音才可接近的作者"。可读性概念是相对的，当一种小说的叙事方式被普遍认知后，小说阅读的难度也就消失了。在《情人》获得巨大的成功后，法国读者也就"不再惧怕阅读杜拉斯"。真正的作家是挑战并引导读者阅读眼光的，能做到这一点的作家少之又少，卡夫卡算一个，杜拉斯也算一个。

　　《情人》的写作缘于杜拉斯儿子乌达的一次计划，准备出一本描述杜拉斯生活和工作的画册，杜拉斯许诺为儿子的画册作序。杜拉斯端详着照片，她有数不清的底片，但最有意义、最准确的"十全十美的照片"却从来没有拍下来过。照片上的小女孩身穿补过的旧丝绸裙，头戴一顶男帽，脚穿鞋根镀金的高跟鞋，1930 年站在湄公河的渡船上。任何照片都没有把这个具有决定意义的时刻拍下来。那个时刻已不复存在。这幅画面，只有杜拉斯一人明白，并将和她一起消亡。然而，文字将为她弥补缺憾，于是围绕这张并不存在的照片，作家杜拉斯开始了长篇小说《情人》的写作。

1984 年《情人》在"子夜"出版社出版，首印 25 万册仅仅 5 天便销售一空。出版社又印了 10 万册，两天内又一扫而空。这本书到现在，已被译成 42 种语言，全球销量达 3000 万册。长篇小说《情人》获得 1984 年法国龚古尔文学奖，这是对一个真正小说家的迟来的犒赏，这一年，作家杜拉斯年已 70 岁了。

原载于《虞山文艺》2013 年第 1 期

《傲慢与偏见》：一次美好的历程

　　破天荒把一部电影连看了两遍，对情节细细地回味，感受导演精妙的电影语言。很难再用言语来表达我对电影《傲慢与偏见》（2005版）的喜爱与敬意，我被她俘获了，长久地沉湎于画面与音乐之中，心灵得到了净化；再一次感受到了艺术的光辉，这是人类活着的勇气，她像阳光一样召唤着我们渡过荆棘与泥泞，意识到生命的价值。看完电影，我从PPS播放器下线，上了百度，搜索并下载了电影原声音乐，此刻我在书房倾听着钢琴独奏、管弦乐团的协奏，如沐春风，内心的情感荡漾着，这一张完美的原声大碟，把我的书房装填得沉甸甸的，陪伴我进入沉思，让我变得富足与温暖。

　　这是一个古典浪漫的文本，让我回忆起少年时阅读《简·爱》的美好时光，两者有着共同的背景与经典身份，许多年前我与原著擦肩而过，前天我在PPS播放器上发现了她，好奇地点击了，没想到一开始就被吸引了。摄影机一路跟拍伊丽莎白，当她走过家门口，镜头离开了她，停顿下来，进入她家里，穿堂过屋，出现弹钢琴的简，还有看报纸的父亲班内特先生，镜头透过窗口，可以看到伊丽莎白走过，镜头在屋里停留交代了班内特家的情况，然后穿过屋子，到屋外再拍伊丽莎白。这一段镜头的移动美妙极了，摄影机的行动与图画的剪辑，根据人物的活动与剧情发展的需要而运动，我想起小说家米兰·昆德拉的语录，"小说用只有用小说拥有的方式表达"。我想，也可以这样说：电影也只有用电影拥有的手法表达。艺术是相通的，非常奇妙。

《傲慢与偏见》是文学世界中的经典之作，小说作者是英国作家简·奥斯汀，小说讲的是落魄贵族的女儿们在寻觅夫婿过程中发生的恩怨，个中爱情并不风花雪月不食人间烟火，而是物质与感情的追求，对爱情与现实的严肃思考，简·奥斯汀强调了这么一个观点，婚姻既要有物质，又要有爱情；只有物质没有爱情的婚姻是不可取的，当然仅仅有爱情而没有物质的婚姻也并不佳。简·奥斯汀是现实的，也是有勇气的，她比宣扬爱情至上的伪君子来得实在，她比琼瑶阿姨只有爱情没有生活的小说来得高明与诚恳，至少她揭示了生活的真相，既有爱情又有富裕的生活，岂不更好。所以说，《傲慢与偏见》是一部女性更应该看的电影，思考一下，如何正确地选择婚姻？

伊丽莎白拒绝了柯林斯的求婚，因为她对他没有感情，虽然他有一笔遗产可以过上舒适的生活。影片没有回避人物对物质、身份方面的需求，如伊丽莎白游览达西豪宅后的心理变化，是实事求是的。夏洛蒂和柯林斯没有爱情基础上的婚姻，也是可以理解的，夏洛蒂在向伊丽莎白解释婚姻的草率时，有一句台词非常好，她说："我已经27岁了，没有钱，也没有前途，我早已经是我父母的负担了。而且我也很害怕。所以不要批评我。"班内特太太嫁女心切很不得体的行为，也是符合作为一个有着五个女儿、没有丰厚嫁妆母亲的焦灼心态，影片中这个母亲有一句话，她在幺女出嫁时，欣喜异常的举止，对二女儿伊丽莎白解释说："当你有了五个女儿，告诉我，你满脑子在想些什么？那样你就明白了。"这个母亲像只老母鸡一样拖着一群小鸡，满脑子想的就是把女儿们推销嫁到好人家，她走路风风火火，说话飞快，时常气咻咻的模样，都给人留下了深刻的印象。

这是一部英国的现实主义作品，很容易被她华丽的外表误读，以为是理想主义作品，其实它相当现实，我喜欢作者这样的现实态度。导演真诚地表现了人物，伊丽莎白、达西、珍、宾利、莉蒂亚、简，他们经历的情感就是年轻人的初恋，在物质与爱情之间彷徨，影片恰当地把感动传递给了观众。

影片结尾，班内特先生接受达西对伊丽莎白求婚，伊丽莎白进入父亲的房间，等待父亲的表态。班内特先生问女儿："你真的很爱他吧？"伊丽莎白回答："非常爱。"班内特先生说："我本来不相信还有人配得上你。现在看来，我错了。所以，我衷心赞同这桩婚事。"伊丽莎白与父亲搂在一起。"我不能把你让给其他不值得的人，我的丽西，"父亲说。"谢谢！"伊丽莎白闪着泪光回答。

音乐响起，泉水流过心头，情愫化成幸福的泪水，流淌。

原载于《苏州日报》"声色"栏目 2009 年 6 月 5 日

寻找灯绳

——阅读苏童

我从不掩饰自己对苏童作品的喜爱，一次次阅读苏童的小说，一次次地沉浸在美好的阅读之中。我拥有苏童的大多数著作，最早阅读苏童是在1993年，新华书店有售江苏文艺出版社出版的《苏童文集》，责任编辑黄小初，第一本即是《少年血》，后又相继出版了《世界两侧》《婚姻即景》《末代爱情》《米》《后宫》《蝴蝶与棋》《水鬼手册》。当年，这套文集被评为全国优秀畅销书。

翻开《少年血》的扉页，速泰熙拍摄的苏童照片，黑白灰色调，充分利用了光晕，展现了苏童开怀畅笑时的侧影，笑得阳光、无邪、智性。那时的苏童是青年才俊，年纪轻轻属于文坛后辈，却已在文坛获得大名。

《少年血》中的短篇小说《刺青时代》《回力牌球鞋》《吹手向西》《桑园留念》《午后故事》，带我进入了奇妙的阅读世界，小说人物摇摆不定的生存状态，折射出了20世纪六七十年代人的生活，让我产生了共鸣。从《少年血》开始，我迷上了苏童的小说，直到现在，仍然是一个忠实的苏童粉丝。我周围也有不少人喜欢苏童的小说，我想，我跟他们一样，读完后或者被感动，或者会心一笑，或者怅怅然，如有骨鲠在喉。诚如苏童所言，临睡前阅读短篇小说"使一天的生活始于平庸而终止于辉煌"。

不能不说我的写作也受到了苏童的影响，有段时间甚至模仿他的叙述语言和对话。苏童的小说，我最喜爱的是那些短篇小说，不得不承认，他是短篇小说高手，细读比如《人民的鱼》《白雪猪头》《神女峰》《垂杨柳》《海滩上的一群羊》《小偷》《桥上的疯妈妈》《西瓜船》《拾婴记》《红桃Q》，我觉得苏童的短篇小说有着迷人的故事，有意蕴，有暗示和比兴，有自身的叙事逻辑和机智，每一篇短篇小说都是相对自足的世界。文学批评家张学昕说："就短篇小说这种文体的凝练、精致和唯美品质而论，苏童作品在中国当代短篇小说中是首屈一指的。"我非常认同这个观点。

我觉得短篇小说《西瓜船》是苏童近年来写得最好的小说之一。小说《西瓜船》，苏童完成了两个故事的叙述，前半部分是一个杀人的血腥的故事，后半部分则是一个助人的温暖的故事，死去的卖瓜人福山的母亲从乡下来到香椿树街，寻找失踪的西瓜船，船搞得很脏，老太太就撑着船回去了，摇的船好像是她儿子的摇篮，一只空了的摇篮。香椿树街的人们站在岸上送她，像是一个致歉的仪式，小说就从日常走入了仪式，完成了一个非常人性的故事。福山母亲独自摇船从河上回乡，这个老妇人的背影让我久久难以忘怀。

见到苏童是2006年5月7日，由春风文艺出版社与《当代作家评论》杂志联办的"贾平凹作品学术研讨会"在我公司举行。我在大厅等待全国各路文学批评家，看到了几位小说家的身影，苏州的范小青、朱文颖，广西的林白。《当代作家评论》主编、文学批评家林建法先生告诉我，过一会儿还要来南京的小说家叶兆言和苏童。我就站在大厅门口虔诚地等候。

苏童从车上下来，走入大厅。我一眼就认出了他，终于见到了偶像，我情不自禁地喊：苏童！他点点头，不紧不慢地走进大厅，以至于我认为他有点腼腆。他穿着米黄的长袖衬衫，戴了副无框眼镜，腕上有块手表，仪表堂堂，礼貌得体，像个乖青年。会议休息间歇，批评家与作家在走廊喝咖啡，我趁这时就抱了一叠苏童的著作，上去请他签名。当我递上随笔《寻找灯绳》时，他吃惊地说：这本书时间长了，你还有！苏童的签名如他的小说文体，大气而飘逸，秀丽而朴素。然后，我请他跟我合影，他欣然从之。旁边一个文学批评家为我们拍了照，在场的林建法先生逗趣说，今天，办公室主任收获最大了！

我就这样见到了苏童。我想，我喜爱苏童的小说不是为了某种目的，而是出于本能，出于内心的吸引，没有人硬逼着我阅读苏童作品，而我饶有兴趣地读着，并视之为愉悦的事，我感到很幸运。有这样一位文字上的心灵相通者，让我能够进入文字背后的广阔空间，丰富了我的心灵世界。

苏童的小说体现了苏童的审美情趣，也体现了苏童的人生哲学，概括为：一种基于人性之上的抒情美学和精神上的大气象。苏童在随笔《寻找灯绳》中写道："小说是一座巨大的迷宫，我和所有同时代的作家一样小心翼翼地摸索，所有的努力似乎就是在黑暗中寻找一根灯绳，企望有灿烂的光明在刹那间照亮你的小说以及整个生命。"

说得真好！苏童，我一生的阅读对象。

原载于《读书台》2018年第3期

向余华致敬

　　1998年的一天，新华书店新上柜余华长篇小说《活着》，南海出版公司出版，封面设计别出心裁，衣服与背景图片拼贴、线条勾出个性人形，墨色楷书书名，有种历史观照的时光恍惚感，这个封面我非常喜欢，视为最佳版本。后来出版的《许三观卖血记》《在细雨中呼喊》都是这个封面风格，形成一个长篇小说系列。我认为《活着》《许三观卖血记》《在细雨中呼喊》，这三部书是余华最经典的长篇小说。虽说后来，他又相继出版了《兄弟》《第七天》。

　　余华的新书，不假思索当即买下。那天下午，回到单位，我躲在楼上有窗的小厅里，专心阅读《活着》，下班后又熬夜读完。我读完后，推荐父亲阅读。我吃不准父亲是否有兴趣有耐心读完一部当代长篇小说，但他居然认认真真读完了，夸耀写得真好。这让我替余华高兴。我那么的喜欢余华的作品，2012年诺贝尔文学奖评选，我认为得诺奖的应该是余华。虽说我也欣赏莫言，但余华更让我向往。余华的长篇小说写得实在是好，成为我心中的好小说标杆。我对抱怨怀才不遇的作家朋友说：如果你能写出《活着》，那你不出名都难，所以没什么好抱怨的。

余华的小说十分关注细部（也即细节），这方面他早期受到日本小说家川端康成的影响，"当初对川端的迷恋来自我写作之初对作家目光的发现"（《我能否相信自己》），余华如是说。强调"目光"，是指观察力，川端的小说教会了余华如何用感受的方式去表现细部。川端康成最著名的例子是《雪国》中火车上邂逅女子那一段，窗玻璃上倒影的细部联想。余华的小说在细部经营也是了得，他说"不管我小说节奏有多快，都不会忘了细部"（《我能否相信自己》）。

比如《许三观卖血记》，开头有一段。"他们两个人从口袋里拿出了碗，沿着河坡走了下去，许三观走到木桥上，靠着栏杆看他们把碗伸到水里，在水面上扫来扫去，把漂在水上的一些草什么的东西扫开去，然后两个人咕咚咕咚地喝起了水，两个人都喝了有四五碗……许三观接过根龙的碗，走到河水前弯下身体去，阿方看着他说：'上面的水脏，底下的水也脏，你要喝中间的水。'"我儿时生活在农村，切身体会的确如此，余华对生活的想象把握能力令人惊叹。"上面的水脏，底下的水也脏，你要喝中间的水。"这句话真是切中要害，体现了细节的魅力。

再者，"说着，许玉兰掉出了眼泪，她把钱叠好放到里面的衣服口袋里，然后举起手去擦眼泪，她先是用手心擦去脸颊上的泪水，再用手指去擦眼角的泪水。"（《许三观卖血记》）这一段动作细节描写非常形象，对那年代妇女的把握成精了，真实表现了许玉兰的性格，以及时代背景，可谓栩栩如生。

《活着》中有一个细节印象深刻。写《活着》这部小说的时候，余华意识到简单的语言叙述不是一份容易的工作，时常会因为一句简单话耽搁几天，因为找不到准确的表述语言。有庆死后，福贵把有庆背回家，埋在屋后的树下，站起来看到月光下的那条小路。余华需要用一句话来表达这个时候福贵的心情。福贵是一个农民，他对那条小路的感受应该说是一个农民的感受，耽搁了几天，余华找到了"盐"的意象。最后写了一句话就是"月光照在路上，像是撒满了盐。"2019年，《收获》副主编钟红明到常熟给我们作协会员上课，也提到这处细节，她说："这就好像是格斗中的最后一刀，用一句话作了了结，如果在此处写上一千字，那么这一千字都是衬托。"一条月光下的小路，撒满了盐。这个意象表达的是悲痛在无尽地延伸，因为盐和伤口有关。

余华小说的语言非常好，让人回味，让人一怔，让人惊讶，感受到语言的妙处与冲击力。他对句子的穿透力达到了非凡的程度，目标直抵只有通过语言才能抵达的真实。长篇小说《在细雨中呼喊》里边，好的语言，令人叫绝的句子，几乎每页都有。比如，"她似乎认为村里没有人知道她曾在黑夜里来过多次，所以在表现羞怯时理直气壮。"这里妙用"理直气壮"。又有，"这位春风得意的年轻人立刻脸色惨白，我记得杂声四起的晒场在那一刻展现了声响纷纷掉落的图景。"这里，"声响纷纷掉落的图景"非常妙。再如，"草绳如同电影来到村里一样，热闹非凡地来到这个婚礼上，使这个婚礼还没有结束就已悬梁自尽。"此地"悬梁自尽"用得绝好。还有，"我听到母亲凄厉的哭声，母亲的哭声在那一刻让我感到，即便弟弟还活着也将重新死去。""我父亲像一个少年看到恋人飘散的头发一样神采飞扬。"

《许三观卖血记》中一句"亡命之徒"用得极好。"他告诉医生，一个星期前他在林浦卖了血，四天前又在百里卖了血。医生听得目瞪口呆，把他看了一会儿后，嘴里说了一句成语：亡命之徒。"每次读到这里让我忍俊不禁，拍案叫绝。

余华认为，如果说川端康成教会了他写作的基本方法，那么卡夫卡对他来说是思想的解放。他开始迷恋卡夫卡，运用现代派技巧写小说。然后有了一批发表《北京文学》《收获》的先锋风格的中短篇小说，比如《十八岁出门远行》《河边的错误》《古典爱情》《现实一种》《一九八六年》等。我最早读的是《十八岁出门远行》，该小说因李陀的公开发声叫好，因此备受关注。这篇应该算是余华的成名作。《现实一种》《一九八六年》展现的残酷和暴力，让我读得惧怕，留下生理烙印，就算抛开小说本身内容，单就叙事效果而言，是惊人的。当代文学批评家谢有顺评论说："《现实一种》《一九八六年》和《河边错误》这几篇小说，是最能说明余华那冷酷的暴力美学的。这里面不仅有最为阴郁、冷酷的血腥场面，更重要的是，余华让我们看到了，人是如何被暴力挟持着往前走，最终又成为暴力制造者和牺牲者的。"我读恐怖小说也没有心理惧怕，而余华的《一九八六年》《现实一种》却让我惧怕得内心战颤，差点逃离。余华在《伊恩·麦克尤恩后遗症》中写道："这些短篇小说犹如锋利的刀片，阅读过程就像是抚摸刀刃的过程，而且用神经和情感去抚摸，然后发现自己的神经和情感上也留下了永久的划痕。"他如此专业地评介伊恩·麦克尤恩的短篇小说，但我想，余华自己的写作何尝不也是具有这样的"划痕"，可谓惺惺相惜。这是一种重要的能力，离不开"强劲的想象"，后来，当余华对读者"弃恶从善"时，凭着"先锋实验"炼成的叙事功力，连续写出了经典作品《活着》《许三观卖血记》《在细雨中呼喊》。这是很有意思的成功例子。

余华对写作的理论也有建树，我非常欣赏他的随笔集《我能否相信自己》。这本集子中的部分文章最初发表于《读书》，本书结集出版，让喜欢余华的读者如获至宝。其中四篇文章对我影响很大，分别是《我能否相信自己》《虚伪的作品》《川端康成与卡夫卡》《强劲的想象产生事实》。余华说，"看法总是要陈旧过时，而事实永远不会陈旧过时。"(《我能否相信自己》)"所谓不确定的语言，并不是面对世界的无可奈何，也不是不知所措之后的含糊其词。事实上它是为了寻求最为真实可信的表达。"(《虚伪的作品》)。受到余华这篇文论的影响，我写过一篇文论随笔《对事实的敬畏》，刊登在《苏州日报》沧浪副刊。《川端康成与卡夫卡》从中可以发现余华的写作成长轨迹，从掌握基本方法，到获得想象力的自由。

余华提倡"强劲的想象产生事实"(《强劲的想象产生事实》)，则是对想象与事实之间的距离作了分析，余华说在卡夫卡写作《变形记》之前，强劲的想象已经使甲虫和鲜花产生了另外的事实，于是前者让人讨厌，后者却让人喜爱。他是极重视作家的想象力的，事实上只要一个作家具有足够强大的想象力，那他的想象能产生事实，这是对作家主观能动性的作用提供了依据。这一点，也让我在创作小说中增加了对想象力的自信。想象力构成虚构能力，小说是对存在的勘探，小说是写可能发生的，而不是照搬抄写已经发生的，只会记录的作家不是好的小说家，这是一个优秀小说家给后辈的启示，为此，我向余华致敬！

2020 年 7 月 20 日

毕飞宇小说的一种读法

江苏作家短篇小说高手很多，毕飞宇是其中令人赞叹的一位。我书橱中有毕飞宇短篇小说集《是谁在深夜说话》（春风文艺出版社，新经典文库），已被我翻烂，书骨散开。

《哺乳期的女人》是毕飞宇首获鲁迅文学奖的一部短篇小说，是他早期代表作之一。这篇小说的结尾处理堪称完美。如果由一般的作者来写，极可能在小说结尾进行和解。小男孩旺旺吃了惠嫂的奶，来一点感人的细节描写，进入高境界，再来点抒情，小说似乎就"圆满结束"。这样，该小说其实就变得平庸，功亏一篑了。毕飞宇让旺旺的双手在最后关头停住，旺旺万分委屈地说："我不。"惠嫂对围观的人群凶悍异常地吼道："你们走！走——！你们知道什么？"小说在此戛然而止，张力爆发出来，让阅读震在那儿，胸口咯噔一下，小说整体打通，意蕴完美生发。是的，"你们知道什么？！"

不该和解的地方不能轻易和解，如何把握这个度，是个技术问题，也是小说立场问题。

《白夜》的背景是20世纪六七十年代，是篇"障碍与对抗"的主题。小说探讨了通向文明的障碍，暴力对抗文明，在文明缺失的地方暴力就会滋生漫延。小说处处隐喻，名字就看得出，比如残暴的"李狠"，描写他下巴，"他凸起的地包天下巴使他的剪影有些古怪。他的下巴有力，乖张，是闭起眼睛之后一口可以咬断骨头的那种下巴。""张蛮"是"李狠"的跟班，历史上不乏姓张的蛮横角色。为了威吓知识分子儿子的"我"，"李狠"虐杀了"我"的猫，猫的名字叫"苏格拉底"，用意明显。李狠、张蛮代表暴力与愚昧的一方。作为教师的"我父亲"，代表知识与文明的一方，还有窗玻璃、眼镜片也是。"我"则是少年白纸一张，于其中游移，两方都在争取我，最终文明敌不过暴力和愚昧，我被李狠拖下水，成为"同伙"。文明与知识在哗啦啦的玻璃碎片声中，被彻底解决掉。这个夜，真成了空茫茫一片的"白夜"了。

最后一节，"我父亲"摔了一跤，其实是被李狠一帮揍的，父亲不说。父亲抱怨眼镜片全碎了，上哪里去配。"我看见桌面上放着一盏灯和一只眼镜架。架子上没有玻璃，空着。灯光直接照射过来了，仿佛镜片干净至极，接近于无限透明。"这段文字很美，很有力道，让人回味，让人直透冷气。

再说《彩虹》。本是个极其简单的故事，却写成了一篇八九千字的短篇小说。故事简单到怀疑能否写成一个好小说，可是毕飞宇做到了，他把该写结实的地方写结实了，而且很精彩。

一般来说，类型小说、通俗文学，普遍写得细节不足，因为故事本身充满戏剧性与离奇性，可以靠情节推动叙事，即使忽视细节，小说照样跌宕起伏。但写生活题材的"纯文学"，本身故事平淡，情节冲突不强，这样的题材，就不能单靠情节推动，还得依靠细节密度来展现，来表达人物，进入内心，挖掘细微处的情感。所以，优秀的文学作品，往往特别重视细节。

　　小说结尾，男孩子说，你家的时间坏了。小说中"世界时钟"这个细节设计非常巧妙，让我拍案叫绝。可见，短篇小说是有设计的，是"匠心独运"的，如毕飞宇说"好的短篇是人为的"，以及"我不太相信短篇小说的自然性"。毕飞宇在《天涯》杂志2015年第1期的对话录中说，他不喜欢左拉的"自然主义"写作，"自然主义，事无巨细，把小说弄得如此难看，就为了所谓的真实。"

　　《唱西皮二黄的一朵》，这个小说也是个极其简单的故事，却写得厚实，沉绵而悠长；细节从容不迫，该到位的到位了。这火候就是化腐朽为神奇，文字焕发生命力。毕飞宇很会用句号，比如小说中："她在大镜子里头把所有的人都瞄了一遍，最后盯住了刘玉华。一动不动。脸上没有一点表情。一朵突然把擦汗的毛巾丢在了地板上，两只胳膊也抱在了乳房下面。"注意这里的"句号"用法，如"一动不动。"使用"句号"真的达到了"一动不动"的效果。还有"脸上没有一点表情。"此处"句号"起到了叙述减速，叙述转为显示，画面定格，细节强化的作用。标点符号并不仅仅是装缀，也是语言的构成。

　　有一个疑问：毕飞宇的小说其实有点饶舌，叙述得很细，并不十分简洁，比如跟雷蒙德·卡佛的小说相比，就显得比较繁复。但是，为什么在阅读时感到的是"丰富而简洁"的？似乎他的丰富并不阻塞阅读的顺畅。丰富但并不臃肿。单个细节是丰富的，阅读后整体感受是简洁的。这是怎么回事？他是如何做到的？试分析这篇小说的最后一段："一朵的脑袋一下子全空了，慌得厉害，就好像胸口里头敲响了开场锣鼓，而她偏偏又把唱词给忘了。她站在路边，把手机移到左边的耳朵上来，用右手的食指塞紧右耳，张大了嘴巴刚想解释什么，那边的电话却挂了。一朵张着嘴，茫然四顾，却意外地和卖西瓜的女人又一次对视上了。卖西瓜的女人看着一朵，满眼都是温柔，都像妈妈了。"

这一段由四个句子的动态组成。我概括为，句子一"慌得忘言"，句子二"开口想解释"，句子三"意外地对视"，句子四"眼中的温柔"。四个心理、四个动作、四个行为，都是符合人的心理特征，是活生生的人，是一个青年女子的行为特征。这一段，也就极短时间的行为与心理变化，通过四个句子，完整表达了出来。由表及里，由行动至心理，直到最后"满眼都是温柔，都像妈妈了"，小说也就把读者的心扎了一下。因是全方位、全感觉的叙述，是符合心理时间的，故是立体的、饱满的。这些句子表达出的感觉完全符合人的生理与心理，也就具有了"成像"能力，而"像"是直观又可感的，因此必然也是简洁的。从忘言，到反应，想解释，到电话挂断，只好无言对视，最后看到了温柔，得到像妈妈的结果。这些句子甚至次序是不可颠倒的，毕飞宇对人的心理、对人的感官的把握，超强的想象力，又能用语言落实，令人叹服。

或许，可以用更少的句子来表达这一段，来说清一朵的行为与心理，但句子的减少，导致细部概括，会造成叙事流速的加快，从而导致读者的阅读加速，以至于读者不能"同步感受"，最终离开"阅读场"，这样的小说也就变成了概略。

由此可见，毕飞宇寻找到了他的叙事节奏，该慢处慢，该快处快，如何取舍，全凭一双审美的眼，以及准确把动作感觉心理等身体语言诉诸文字的能力。

毕飞宇的语言似乎是通万物的，这是一个优秀小说家的内功。

原载于《江苏作家》2019 年第 6 期

读《退稿信》

我在新华书店发现这部书，当即买了下来。《退稿信》编者安德烈·伯纳德，他在数家出版社当过编辑，寄出为数众多的退稿信，本书却一投"手推车"出版社即中，未遭遇到一次退稿经历。该书记录了一些大文豪收到的退稿信，让人体会到作品与命运的关系。

威廉·戈尔丁，长篇小说《蝇王》的作者，收到退稿信："对我们而言，你的构想似乎还不是很成功，大家都不认为它很有看头。"《蝇王》是戈尔丁43岁时的第一部长篇小说，曾被21家出版社退稿，但最终得以出版，并借此书成为1983年的诺贝尔文学奖得主。看看那些拒绝它的出版社有多么的愚蠢。1992年，我初读《蝇王》，感觉震动。它表达了"人之初性本恶"的寓言，当时的中国先锋作家对该小说极其推崇。

皮埃尔·布勒是《桂河大桥》的小说作者。我是先看同名电影，场面宏大，非常震撼。大卫·里恩导演的史诗影片，英美两国共同合作的跨国巨制，被誉为50年代好莱坞战争片之王，是表现战俘题材电影中最优秀的作品之一，获得第三十届奥斯卡最佳影片、男主角、导演、编剧、剪辑、配乐等七项大奖。2002年，我在上海书城购得原著小说《桂河大桥》，为的是与电影作比较，寻找其中微妙的差别，小说也相当不错。《桂河大桥》遭到的退稿信中写道："这部小说写得糟透了。"

赛珍珠《大地》，出版社退稿信："遗憾的是，美国大众对任何有关中国的事物没有任何兴趣。"这部小说描写的是 19 世纪一个中国农夫挣扎求生存的故事。这部书为赛珍珠赢得 1932 年度的普利策奖，也帮助她获得了 1938 年的诺贝尔文学奖。多么没有远见的出版社，那编辑应该立即辞职！阿瑟·柯南·道尔《血字的研究》收到的退稿信："要把它连载，嫌太短；要把它一次刊出，又嫌太长。"这分明是推托的话，可后来福尔摩斯系列小说却成了头号畅销书，至今仍经典着。约瑟夫·海勒《第 22 条军规》的退稿信："与其拒绝有才华的凡人之作，还不如拒绝天才之作，如此我们会损失小一点。"这部小说的影响非常之大，80 年代的中国先锋小说家几乎言必提到，被称为现代派黑色幽默代表作品，文学史绕不开这部小说，并被拍摄成同名电影。

如今出版短篇小说集难，原来 20 世纪初已经如此了，困难如乔伊斯《都柏林人》，该部短篇小说集从 1904 年开始创作，曾遭 22 家出版社退稿，前后历经 9 年挫折。中国作家苏童在《枕边的辉煌——影响我的 10 部短篇小说》中推荐了《阿拉比》，这正是《都柏林人》的其中一篇，也是我最喜欢的短篇小说之一，该小说具有简单纯粹的特质。里边还有多篇优秀的短篇小说，如《死者》《圣恩》等。《都柏林人》是乔伊斯最负盛名的短篇小说集，是他现代小说艺术的探索性作品。1995 年，我在锁澜书屋，买了一本人民文学出版社出版的版本；2007 年，在新华书店发现了国际文化出版公司的插图本，爱不释手，便再次买下。这样我书房中有两本《都柏林人》。一部堪称经典的小说集遭遇退稿，只能说明编辑的眼光有问题。

劳伦斯《查太莱夫人的情人》退稿信："我是为您好才告诉你，不要出版这本小说。"此小说出版后遭禁，出版社通过司法途径争取解禁，成为西方十大情爱经典小说之一。劳伦斯认为科学、机械败坏了文明，戕害了人性。他反对理性，赞美性爱，他认为"性与美是同一个事物，正如火与焰是同一个事物一样"。在劳伦斯笔下，性爱是作为人的自然的天性，作为一种生命的原动力而展现的。这部小说是劳伦斯的代表作之一，2009年我读过这部书，并看了改编的同名电影。原著相当不错，是一部经典的小说，构思相当有意思。电影也相当不错。

诺曼·梅勒《裸者与死者》："这是一本几乎不能出版的小说。"退稿信如是说。可是，这本书的出版给拒绝它的出版社当头一棒，给美国社会带来相当大的震撼，在描写美国人参战情形的小说中，是最优秀的一部。

纳博科夫《洛丽塔》收到退稿信竟然是："我建议不如把这本书用石头埋起来，一千年后再找人出版。"苏童在随笔集《寻找灯绳》中有一篇专门写了纳博科夫，写到《洛丽塔》的开头："洛丽塔，我生命之光，我欲念之火。我的罪恶，我的灵魂。洛一丽一塔：舌尖向上，分三步，从上颚往下轻轻落在牙齿上。洛。丽。塔。"我也喜欢这个开篇之章。这是一部不伦恋的小说，出版即成为许多国家的禁书，现已是世界经典小说，并被两次改编为同名电影。

斯蒂芬·金《魔女凯丽》的退稿信："但是我们对这一类型的科幻小说并没有兴趣。它们不会卖座。"事实却是斯蒂芬·金成为美国头号畅销书作家，处女作《魔女凯丽》一炮打响，这个出版社将会为他们的目光短浅而损失大把大把的钞票。2010年我买了斯蒂芬·金的小说《肖申克的救赎》，这是他少有的纯文学严肃类作品，而不是他擅长的恐怖小说。读后内心震撼不已，这应该是他最好的纯文学作品，为他在文学上挣得了名声。同名电影《肖申克的救赎》，入选美国电影学会20世纪百大电影。

还有，毛姆《刀锋》："虽然我不会说这是一本令人无法忍受的小说，但我认为它是一本差劲的小说。"退稿信如是答复。福楼拜《包法利夫人》的退稿信："你用一堆琐碎的细节遮掩着你的小说，以致它失去了原貌——那些细节写得很好，只不过太肤浅了。"德莱塞《嘉丽妹妹》退稿信："这部小说能够让女性读者产生兴趣，或者引起她们的注目吗？我无法想象。"威廉·福克纳《神殿》："我可不能够出版这部小说，否则我们只好相约牢里见了。"……

《退稿信》序言结尾写道："我们衷心地希望此书带给你欢笑。并且激励你，在文学创作的道路上继续走下去。"——的确是，对于仍在创作道路上跌跌撞撞摸索前行的写作者而言，该书似乎是一剂令人兴奋的强心剂，既然有这么多的大文豪都曾经收到如此无情贬损的退稿信，谁还会在意眼前的一点挫折呢。

原载于《姑苏晚报》"精读"栏目2015年12月20日

并刊于《读书台》2015年第2期

《荷香馆》：在叙事与唯美之间

　　从散文集《荷香馆》可以看出，倪东正在寻找一条属于他自己的散文创作之路，并且渐渐形成了他散文风格的形貌。

　　当下有一类散文，在选材、信息量和对人情世态的把握上，下足了功夫。同时，在文本结构和对细节的捕捉上，都马虎不得。这类散文关注人的存在，借鉴了一些小说的叙事手法，注重对细节的描写。这类散文姑且称为叙事性散文，体现了近年来散文界的发展趋势。叙事性散文更贴近生活，文本总是显示有价值的信息、真实的情感，以及人情世态。

　　倪东的散文，即是叙事性散文，倪东擅长对细节的捕捉。当他有一个好的细节，有时会告诉我，他说话的口气、沉浸其中的模样，都表明他是真正被这个细节打动了，并且产生了创作的冲动。我们知道，写作有一个原则：如果打动不了自己，就无法打动别人。从这点上来说，倪东是做到位的。

　　倪东对细节的迷恋，是本能，也是生活态度，与个人气质有关。倪东写生活细节，写生活智慧，他是把生活作为研究对象来写的，他是真正对生活微观着迷了的写作者。他的功夫似乎在文字之外，他首先是一个对生活细节的迷恋者，一个优秀的生活发现者，如此，才是一个高明的写作者。如果没有这个前提，再有高妙的文字能力，又如何能够写出生动的散文呢？

倪东的散文有着明显的叙事性风格。他是从散文《我轻轻地摸着父亲的手》开始，形成其叙事散文创作风格的。这篇作品写出了时代悲剧。父亲在"文革"中遭遇劫难，造反派勒令儿子与父亲划清界限，希望"我"能劝他"回头是岸"。13岁的儿子见到父亲的那一刻，却选择了亲情，"轻轻地叫一声爸。一路上想好劝说他的那句话，一下子咽了下去"。文中很多细节令人难忘。例如，18岁那年，父亲到苏北新洋农场看望儿子，儿子担心的是，父亲身边没有路费，他也凑不出钱给他。父亲怎样回家呢？

我简直不敢相信，当时父亲瞒着我，借了一辆自行车，带上干粮，竟然骑车回家。一路上父亲饿了就啃几块干粮，累了就在路边的凉棚里躺一会儿，渴了就蹲在小河边用双手捧着凉水喝几口。路遥遥，夜沉沉，他一个将近五十岁的人，顶风冒雨，披星戴月，过小桥，渡长江，他的眼睛红了，他的腿肿了，他的手膀酸得抬不起来，但他以惊人的毅力，一直从苏北新洋农场到常熟，三天三夜骑自行车行程千里。谁受得了啊！为了我，如果可能的话，他愿意承担我所忍受的所有的苦难！

即使在这里，情感达到了高潮，倪东的行文也是相当克制的，以细节和事实见出精神的维度，以真情来打动读者，以此来展现他对生活的感知。

时下有一种误解，认为叙事性散文不需要重视语言。其实，叙事性散文和抒情散文各有其特殊的语言要求。叙事性散文特别要求语言的准确、干净、有味。在叙事性散文中，拒绝语言的狂欢、炫技，也不追求所谓的诗性表达，而寻找一种更能本色本真地表现生活的特质语言。

倪东叙事性散文的独特滋味，是由他的个人气质与生活经历所决定的。他性格不事张扬，为人低调朴实，他的散文总是用行动、对话、气氛等细节来展现情感的波动，读他的文字，能体会到他平静的外表下面其实隐藏着一颗温软而朴诚的心灵。他曾在文中独白："我大概是遗传了他（父亲）这份倔强的脾气，不会说一些甜蜜的话，即使是有真的感觉，我也难以启口。"（《我轻轻地摸着父亲的手》）可见，他的个性气质中有"拒绝抒情"的因子，故而，他的散文常常是淡化抒情，摒弃矫揉造作，从而显得实在和真切。

叙事性散文必须要依赖作者的生活积累，从生活经历中提炼出有质感的话题。倪东选择叙事性散文也是他的生活经历所决定的。他曾经在皮革厂当工人，于是有了《在皮革厂学工》；曾经作为知青插队，因此有了《在建设兵团的青春年华》《苏州知青的农场生活》《小提琴》；曾经在商店上班，故有了《在王先生店里学生意》；曾经长期在航运公司工作，故写下了水上系列《常熟船女》《航船》《望虞河》《常浒河的心灵》《盐铁塘》等作品。

原载于《文艺报》2012 年 6 月 8 日

一路芳华

——读王茵芬的散文

　　最早读到王茵芬的散文，感叹简洁、干净，有股优雅与悠闲之气，阅读起来养眼养心。王茵芬的散文首先好在语言，虽是抒情性的，但抒情得到位，并不煽情。她的散文有股婉约之味，是古典气质的。读王茵芬的文字，犹如在欣赏一位古典美女，虽说装饰繁杂，却也清秀雅芳。读这些文字真的有品，"下了高速公路，向东山方向，湖就在我们的右侧，迷茫而深沉，一大片，浅浅的灰白，和天空一个颜色，感觉那里便是天上，我们这头就是人间，好一个天上人间！"（《一路芳华》）。然后，《关于女人》让我眼前一亮，"很多女人的生活方式都形成了习惯。习惯了自己的工作、家庭、娱乐等，也习惯了一个男人的身体，已经不去考虑他的肥胖，晚上睡在身边，闻着熟悉的气息，能温暖自己就好。"这里边也有说理，但身形却是散文的。到了《穿越荒芜》，我感到王茵芬的语言能力相当成熟了，也形成了她的风格，抒情性、意识流、唯美、象征、诗性。比如，"我想，一到晚上，那些小格子里会填满暖色或冷色的灯火，那么，在路上行走的人们仰望到的应该就是一带星河了，而任何一颗星星都是有热量的，不管春夏秋冬。"还有，"我的表情因此丰富，伸出双手，打开窗户，空气清新，湿润。抚摸内心，温良如昨，它如一道闪电自身体内飞出，飞向大地。"——这些语言清丽与丰富，感性如女人绵软的掌心。

2012年王茵芬迎来了她散文写作的突破，《追赶河流的方向》（《太湖》杂志2012年第5期）是一篇优秀的散文，可以说是她散文风格的体现。这篇散文分两个部分，写了一位7岁的农村女孩与河流的关系。第一部分，我目睹父母和舅舅们一个个跳上了船，他们去一个叫"碗山"的地方买建材，船开走，"我看不到父母和舅舅们的船，有些失望，只能回家，耐心等待。""天边刮起了一阵狂风，吹得整个村庄发出各种吓人的怪叫声，如同无数头野兽在乱窜。大人们都走出屋子，嘴里嚷嚷着：'要变天啦，灰茫茫的，快下雪了。'"大人们开始惊慌。"我在胆怯中跑向河边，我跑得踉踉跄跄，听到了自己轻微的哭声。这哭声像被风声劫持了，弱得可怜。""我开始大声地喊我的亲人们"，"我在线的这头，看到一只小型水泥船停泊在河流的拐角里，它破损的肢体被密密的水生植物缠绕包围。它的存在让我十分感动，确切地说，我觉得它是为我存在的，是那一次追赶河流的一个印记。同时，也给予了我更多的对过往岁月的提示。"女孩怯怯的感觉，青葱岁月的恐惧、好奇、敏感、细腻，都在文字中得到了表现。叙述的结构也相当好，从一个小女孩的视角，讲述了大人生活的不易、背后的艰辛。"年幼的我只能大约了解到我的亲人们在风浪中如何合力不让船摇摆倾斜，稳住船身。我长大后才明白，这个过程是艰难的，是在和险恶作抗衡。"第二部分，写我同邻家一个叫小芹的哑巴姑娘，跟大人一起到"碗山"去割草。回来时"船舱里的草已经堆得像小山一样高了"。船行到"龙潭"的边上，不远处水浪翻卷，"小芹姐给我系紧草帽，她把我抱在怀里，神色镇定"。我也就经历了最初的历险，体会到了人与人的互助，明白了成人世界的规则。"多年以后，人们在现实当中有了更有利于生存和生活的事物可以去选择，抛弃了这条大河。此刻，我面对着寂寥的河面，内心无限伤感，我依然视作自己是河流的一个衍生物，那么，抑或是河流抛弃了我吧？"这个结尾既感性又富有哲理！

读王茵芬近期的散文《我的父亲，我的土豆》《梦里那棵桃树》《一只白鹭飞过的田野》，我发现她更注意情感的饱满与细节的描写了，目光也转向了农村的大地，散文也就厚实了许多。在她儿时的眼里，父亲与土豆具有同质性，父亲的左眼（失明萎缩成一条细缝）与土豆的眼相似，都有一丝缝隙。一个憨厚勤劳的农民父亲形象跃然纸上。《梦里那棵桃树》是对往事的回忆与缅怀，小学、桃树、老校长，牧歌溪流的世间。直到现在学校消失、老校长衰老、桃树衰亡，文中发出感慨"它真的老了""这一块地又荒芜了"。《一只白鹭飞过的田野》中的芳姐，葱郁无边的田野给了白鹭高远而自在的飞翔。白鹭象征着希望与自由，也是文中芳姐的精神化身，"那只白鹭又在田野上展翅飞翔，充满活力。"

读王茵芬的散文我总联想到河流，那种丰富、感性、飘忽与河流多么相似。你如果考虑到意识流，就明白她的散文写作特质了。作家木心言："我用意识流的方法写散文。"（《文学回忆录》，广西师范大学出版社），这句话值得回味思索。也是巧合，王茵芬下意识地在经营"意识流散文"，她是凭直觉出发，油然而生的。一个感性的女子写着感性的华章。时下，写散文有叙事性散文，像小说那样根据一件事或者一个故事来着手写作，这样的文本结构比较严谨，像房子的建筑那样丝丝入扣，这是优点，但缺点也可能是文本太过布局，反而显得紧与僵。而如果"意识流散文"，那能够使作者进入一个自由的思维空间，造形状物相当如意，这样反而接近散文的本质。当然两种写法各有特点，都有存在的理由。

王茵芬的散文是抒情性的。我们时常有这样一个误解，以为散文写得越是平淡越是高妙，实际上这是以偏概全。散文永远有几条路可以同时进行，抒情、唯美的散文总是占有一席之地，也能成为大家。关键是情感由内而外，有感而发，出自真情实感，来源于作者固有的气质。即，人文合一，就行了！一个感情充沛而激情的人，写激情洋溢的散文是合适的；一个崇尚简约的人写简洁朴素的散文也是相宜的；一个感情丰富而细腻的人，如王茵芬，写抒情散文也是合适的。反之，如果硬要迎合某种流行风格去写作，那是弄巧成拙。说到底，还是涉及怎样打开内心的问题？许多人写散文上不去，打开他的内心与别人的内心其实是一样的。往往是，开始写作可能倒是真正打开内心，慢慢地需要认同，就跟别人一样了，就沦为平庸。王茵芬打开了她自己的内心，写她自己的文章，这一点难能可贵，希望她能够坚持坚守。

王茵芬的散文风格是感性的，也是唯美的、象征的，其中杂糅了叙事，细节的经营也是到位的。《一只白鹭飞过的田野》中年少时钓小青蛙的细节极其生动。"那会田里的青蛙很多，我只要站在田埂上，像钓鱼一样，把挂着蚯蚓的竹竿在地边慢慢移动，看到小青蛙咬住蚯蚓，就一下提起竹竿，一只手将塑料袋凑过去，青蛙就掉了进去，一般只花一个多小时，就能钓到几十只小青蛙，足够家里的几只鸭子吃一顿大餐。"王茵芬的散文也充满了象征，土豆之于父亲，桃树之于童年往事，白鹭之于田野与人。

要说一点不足之处，我感到王茵芬的散文风格化的同时也带来了作品结构的雷同，比如多篇散文屡屡出现的相似象征手法，用多了，未免让人感觉刻意，我阅读时，略嫌不足。我觉得散文还是要由生活源头出发，从每个素材的肌理出发，付之于那一个、独一无二的结构与语言，这样或许能够突破风格化的限制，创作出更加卓然独立的杰出散文作品。王茵芬的散文成绩够好的了，接下来的任务是如何坚守的同时又超越自身？这是一个挑战。相信她的散文写作之路会越走越宽广，一路芳华。

原载于《西部作家》2013 年第 2 期

梦想照进生命

2000 年，世纪交接迎来千禧年，在庆祝拥抱新时代之际，一个年轻的灵魂在痛苦挣扎，是放弃还是重生？这句哈姆雷特式的诘问，在一位 16 岁的叫高淳的常熟青年脑中反复思索。他无法伫立窗下，亦无法走到阳台仰望星空，只能坐轮椅或仰躺于床，面对天花板，暗自落泪。命运对他太残酷了，轮椅就是他命运的写照，今生将与之为伴，诗和远方注定无缘。

长期的宅居生活，使得高淳脸庞肿胖，肤色特别白皙。他喜欢交流，也健谈，但谈久了脸部肌肉会累。他坐在一只装有滑轮铁架的藤椅上，全身瘫痪，唯有大脑是清醒的。跟他偏大的脸庞相比，手掌明显偏小，蜷缩成袖珍拳头，如婴儿般精巧柔弱，手指无力举不起一本书。

高淳不甘心。他得做点什么，否则怎能度过漫漫日夜。难道这轮椅今生就把我控制了吗？难道向命运屈服，苟且偷生，坐一天轮椅消磨一天时光吗？不！不能这样沉沦，得做点事情，得有个目标。

母亲想了想，提醒他："你从小喜欢写作，也许还能写点东西，只有这个是适合你身体的……"。

"写作吗？也许可能吧。我得试试。"想起儿时的第一篇小说，第一首诗，一束希望之光突然点亮。是的，文学是一条可以自学成才的康庄大道，只需一支笔、一张纸，凭借想象与思考便能创作不朽的篇章。有了电脑，只需敲击键盘，就能以文字的形式，把情感和梦想诉诸笔端。

一旦下定决心，高淳开始写作，并且向报纸投稿，小说、散文陆续刊登报纸杂志，树立了信心，他孕育着更大的梦想。

同时，他开始了文学学习。2003年开始，他连续四年参加北京鲁迅文学院培训中心的函授学习。其间，他还参加了两年河北当代文学院文学专业的函授学习，获得了由河北省教育厅颁发的大专学业证书。这些都为他创作长篇作品打下了坚实的基础。

短篇小说《石佛珠》是高淳在20岁时写的，2004年发表在鲁迅文学院校刊上，文学院的辅导老师、文学博士张晓峰评论他"小说比较饱满，作者已具备了写作篇幅较长、内容较为复杂的作品的能力"。这个评语让他有了信心，由此，开始尝试创作第一部长篇小说。

二

吃药吃到16岁，父母成了最好的"医生"与"护士"。但是窝在家里，高淳心情也欠开朗。父母十几年的朝圣之路，目标是医院，信仰是治愈。漫漫长路，父母上下求索，为了儿子付出所有，包括时间、精力和个人自由。上小学了，父亲买了辆三轮车，专门用来送高淳上学放学，九年时间，从小学到初中毕业，父母用血汗给他铺出了一条上学之路。初中毕业，高淳的中考成绩名列前茅，分数足以进当地的重点高中，但由于身体原因，最终没能跨进高中的大门。那一刻，高淳有了些灰心丧气，有了些自暴自弃。

在人生转折点，在2000年，他遇上了文学，一束生命之光，照亮了他的人生。

2004年，高淳开始构思长篇小说《风逝》。

每天早晨八点，他坐到电脑前，父母托起他细软的右手，轻轻安放到鼠标上，他靠食指仅存的微弱力量点击鼠标，从而实现写字过程。他是以一指之力书写长篇文章，他的"优势"是有大量时间，其余对他都是难以想象的困难。

进入长篇写作，他就沉浸在人物的情感中，生活在想象世界里，恍若自己身体正常，可以跟正常人一样生活，成为故事中的人物，同呼吸共命运。他吃饭睡觉都没有心思，全心全意投入写作。那时20多岁，算是精神体力比较好的一段时光，一写就是从天亮到天黑，从晨光到暮色。写累了歇会儿，积聚能量后继续写。整整四年，春夏秋冬，寒来暑往，没有停止过一天。

2008年，高淳24岁，完成创作151万字的长篇小说《风逝》，此书在2009年由中国文联出版社正式出版！

《风逝》出版信息上新浪网头条，被中央电视台记者发现后，到高淳家进行了一周的采访，随后CCTV-10的《人与社会》栏目播放了该书的专题纪录片，观众纷纷被高淳的顽强毅力和文学才能感动。

2010年，《风逝》第一版第二次印刷。同年，高淳被评为"苏州市劳动模范""江苏省自强模范"。2012年，高淳出版中短篇小说集《夜雨十年灯》。2013年，他加入苏州市作家协会。2014年，中篇小说《石佛珠》获首届《常熟田》"双年奖"二等奖，同年又获"让梦飞翔——我梦最美"江苏省残疾人原创主题文学作品征集活动一等奖。2015年获评文学创作三级作家资格，这一年，他还成为中共预备党员。

2017年，高淳再次取得重大突破，收获了写作中的重要成果，在中国文联出版社出版75万字的长篇小说新著《生死时代之双雄》。该书共75万字，小说从1898年戊戌变法失败开始，到1940年汪伪政府时期结束，情节跨越半个世纪，内容叙述宏大磅礴。小说以两位主人公岁月峥嵘、爱恨情仇的一生为线索，表现了旧中国乱世烽烟的不仁以及人世间生死大爱的壮丽。

2017年10月21日，青年作家高淳作品发布暨研讨会在常熟举行。与会专家高度评价高淳不畏艰难、自强不息的精神，同时也肯定了高淳的文学创作。这是高淳写作道路上的里程碑，是他这些年写作的回顾与总结，是一次非常成功的文学研讨会。高淳作品发布暨研讨会的报道上了地级、省级作家网，更是上了中国作家网。人民网也为此专门发了报道。

三

高淳觉得，人不应只关注自己的苦难，更应关注这个世界，个人的价值是通过奉献实现的。他说："人类最可贵的品质就在于对厄运的反抗。生逢其时，新时代给予我抒发人心美善、人性闪光的舞台和机会，所以，我要奋战下去，和时间赛跑，和命运赛跑，在文学创作的道路上迈出更坚实的步伐，并感染更多处于逆境中的人，不要放弃希望，一定要坚守自己的梦想。"

高淳的自强不息以及文学成就得到了社会高度关注，他获得了"常熟最美好青年""苏州好青年""常熟市精神文明建设十佳新人""苏州市劳动模范""江苏省自强模范"等称号，并于 2017 年加入江苏省作家协会。2018 年 4 月，苏州传奇兄弟影视传媒有限公司导演龚桦等人来到高淳家中，了解其成长历程之后，表示要将高淳的故事拍摄成电影，搬上大银幕，弘扬正能量，鼓舞更多在逆境中奋斗的人永不言弃、自强不息。同年 9 月 29 日，以高淳为原型的院线电影《指尖世界》开机仪式暨新闻发布会举行。2018 年 5 月，《光明日报》专程采访了高淳，将他的事迹作为青年奋斗的典型来报道，以鼓舞更多人。2018 年 9 月，高淳当选为第四届常熟市道德模范。

高淳的作品被大量读者阅读，他的想象力令人惊叹，文学扩展了他的人生地理，文学让他内心喜悦、精神富足，在疾病面前保持了勇者风度。人可以被迫坐轮椅，但不可以被打败。人可以肉体被限制，但精神却能够自由飞翔。人是因为精神的高贵而之所以成为人的。

高淳的生命远远超出了医生的预期，跟他的写作生命一样长久。也可以说，正是写作延长了他的生命，生命又成为写作的基石，两者有着天然的关联，互相勉励，活出精彩，创造奇迹。由此可以概括为"梦想照进生命，生命创造文学，文学创造了生命"。高淳是个自强不息、超越自我的榜样，给我们写作者带来激励，给残障者带来目标方向。2018 年，高淳的身体比往年要好，他甚至能够吃米饭了，而以前只能吃稀饭，他父母为此特别高兴。一个人有了伟大梦想就能产生无穷无尽的能量，文学生命有多长他的人生就有多长，文学是美好的，沉浸其中是一种幸福。

2019 年高淳新书《寒窗孤梦》出版，常熟市文广局、旅游局、文联、残联、图书馆、作家协会等携手在常熟市图书馆为他举行首发式。可以说，在我们和谐盛世，高淳并不孤独，他用自己的人生反映了我们广阔的社会，他处在我们温暖的大环境中。

高淳创作不息，生命不止，自信勇敢面向未来！

原载于《姑苏晚报》怡园·人物 2019 年 11 月 23 日

获苏州市"致敬建设者——庆祝新中国成立

70 周年主题作品征集"优秀奖

享受语言之美

——读俞小红散文

一

读俞小红老师著作，无论是散文集《虞山唱晚》《向晚玫瑰》，还是《虞山闲梦》《弄堂风》[①]，记忆深刻的还是初读到的那些篇目，《弄堂风》《等待表姐》《裁缝铺的女儿》《空中飞人》等。印象如灼痕，质地始终铭记，后又重读若干次，并在各类选本见过。谈一下阅读这些作品的体会，既是充当评论，也是个人学习心得梳理。

---

① 《虞山唱晚》，百花文艺出版社，2003 年出版；《向晚玫瑰》，百家出版社，2004 年出版；《虞山闲梦》，中国美术家出版社，2009 年出版；《弄堂风》，中国书籍出版社，2014 年出版。

二

这些作品文字温润灵秀、流丽大方。"少女揩干净脚上的水珠，穿上那双散发着香味的凉鞋，月白色的身枝像雾一样飘过阿秋面前，于是，童年很嫩很短的梦幻，便像朝雾一样长了翅膀飞去了……夏季的弄堂风，剪出了一片素色的轻音乐一般的低吟，那一枚月亮珠贝，盈盈欲泪，隐晦地藏在四眼井清凉的水声里。(《弄堂风》)"内容以形式存活，梦幻般的句式节奏，轻盈地将童年飞走了。"月亮珠贝，盈盈欲泪"特别传神，语言如此考究。再如，"春天的虞山，白天把她温柔而瘦弱的影儿投放在湖的远处；野风吹来云雀的欢天喜地的尖叫，平静的天空已经搬不走一丝忧伤，磊磊石岗遗弃一堆远古时代的硬陶钵，饮水的器皿亮着绿幽幽的水痕，是独守黄昏的士兵口渴畅饮时滴落的涎液，还是树干的伤口滴下的琥珀？是送水姑娘花瓣一样洒落的汗滴，还是牧羊人青青草尖上滚动的游荡而多情的口笛？(《春姑娘》)"句子如绝句般齐整，对仗呈现均衡美，展现了春天的山岭景致。还有，"他穿着黑色的紧身衣出现了，像一个高大的神出鬼没法力无边的幽灵。他的助手，一个身材苗条长身玉立的美人儿，穿一袭飘逸的羽纱轻绡，立在他的肩膀上，像升天的仙女，攀上了晶亮的秋千架。(《空中飞人》)"惟妙惟肖，生动地捕捉到了空中飞人情态。以上这些形象生动的语言，白描的手法，匠心独运地体现了散文艺术。散文没有一副好的语言架子是站不住的，这方面，俞小红做得相当好，能把文字经营得顾盼生辉、流光溢彩，这是功力。

记得在随笔《文心偶谈》中，俞小红说"读到好散文，便要为之吟诵再三击掌赞叹。尤其是散文中清新脱俗、不同凡响的语言，我常常会撷英采芳，与朋友文友共同剖析欣赏。"①看得出，他是非常注重语言的。

　　语言并不仅仅满足于唯美，也不仅仅局限于形貌，应当还须浸渍到事物的内在，这样就丰富了语言的表现力，使得描写事物发出独特而鲜活的光芒。俞小红是极注重炼字遣词造句的，擅长使用修辞手法，用一种恰如其分的比喻、比拟、衬托、对仗、借代、通感、象征等来展现事物的特质。

　　"妹妹呢？比姐姐小个三四岁年纪，圆脸，是芙蓉花开的那种圆脸，肤色白皙，眼睛大大的，乌黑的眼珠亮晶晶，短发齐耳，前额的刘海，细细的，带有那种少女调皮的蓬松，像月光一样轻快流丽。（《裁缝铺的女儿》）"这里，"芙蓉花开""少女调皮的蓬松""像月光一样轻快流丽"，都是很妙的比喻。再如，"一个连知了都打瞌睡的夏天的午后，小男孩阿秋惊奇地发现，从小女孩琴琴家的石库门里，走出来个梳着长辫子的陌生面孔的少女。（《弄堂风》）"此处用了夸张、暗喻。还有，"走到城隍庙前那座贴满了红色标语的石牌坊前，我突然有点紧张了，因为我看到了一幕令人心惊胆战的场面，而表姐却喜盈于色，仿佛鸟儿入山林，春叶融大地，她一下子扑进了他们的怀抱。（《等待表姐》）"，这里的"鸟儿入山林，春叶融大地"是借代。"演员离开了舞台，就像老虎离开了山林。英雄失却了宝剑，便像一头孤独无援的狼。（《空中飞人》）。"比拟与对仗，昭示了"空中飞人"的英雄末路。

　　这样的语言，在准确之上达到了形神色感的融合，使得语言神采飞扬并且灵动生辉起来，语言的表现力得到了拓展。俞小红是极尊重

---

　　① 《文心偶谈》，出自散文集《虞山闲梦》。

事物的，致力于真切、丰富地表达事物，他也是愿意直抒胸臆的，让激情在文字间震颤。他注重挖掘语言的再造能力，发挥语言的本体功能，丰富了表现力，略显华丽的喻体使得文字具有一种古典气质，语言如诗的质地飞翔了起来。

还有色调。这本是绘画中的技法，在俞小红的作品中运用得很好。他的文字似有色调的，如《等待表姐》是黑色与红色的色调。"我把两只又香又脆的芝麻饼塞进棉袄贴身的大口袋，缩着脖颈，穿过石库门弄堂幽暗的甬道，突然被比我高了半个头的表姐迎面抱住了。"这里，导入到一个"幽暗"的傍晚，接着，"我试图抓住表姐，却只有风在哽咽，和风中嚣张飞扬的红与黑"，注意"红与黑"，点出了那个年代的色彩特征，是有象征意味的。而《裁缝铺的女儿》的色调，是黑色与金色的对比体，"姑娘们取一段色彩斑斓的花布，几尺金黄色的羽纱或富春纺。"色彩到位，如浮于眼前，金黄色让人眼前一跳，极其生动。又如："黄昏的薄暮像雾一样弥漫开来，裁缝铺子是老街上少数很晚才打烊的店铺之一。此时，只有很少几个女客会光顾生意，发出烤蓝光泽的熨斗丝丝地冒着热气，一向少言寡语的姐姐，埋头飞针走线。她穿的那件黑色双绉的绲边短袄，越发显出蜂腰削肩的体态。(《裁缝铺的女儿》)"——"黄昏的薄暮""很晚才打烊的店铺""烤蓝光泽的熨斗""黑色双绉的绲边短袄"，这些文字呈现光与影的闪烁，勾画出一幅旧时代的生活图卷，好像能够闪身跃入的，那么的具有真实性。色调本是绘画中的技术，在他的作品中也可运用自如。他的文章不仅有形状，也有背景色调，而色调，是冷暖人生，是进入历史空间的容器，是气氛，是事物的性格。他的文字语言以天鹅绒般的质地散发出蓬莱光泽，建构出历史的隐秘和瑰丽。

细节（细部）的表现力，是个老生常谈的技术问题，是许多作家的共性问题。细节一向是考验一个作家洞察力的。不可想象一个不擅长写细节的作者能走多远。

在细节处理上，俞小红有他的高超之处。他曾教我，把细节写透、写到位，不管其他如何，这文章本身已是成功的了。与一般作者不同的是，俞小红能够把细节（细部）写得个性化，给细节以品相，细节来自体察有心的眼睛。"胖笃笃的老裁缝，老花眼镜架在酒糟鼻上，脖颈上挂着那条软软的皮尺，立在溜光水滑的台板后，笑眯眯的眼睛，听任一块块花布在女客身上比试身材，调理色彩。（《裁缝铺的女儿》）"，"我闻到了她脸上雪花膏的香味。（《等待表姐》）"，"只有女孩子，规规矩矩地在自家的门口挑花边，盘着一双像藕一样白的小腿，她们同男孩子唯一一样的装束，便是赤足拖着一双木屐。（《弄堂风》）"在以上篇目中，俞小红不但告诉读者人物是"老裁缝"，且是"胖笃笃的"，"鼻子"是"酒糟的"，也告诉读者皮尺是"软软的"，台板是"溜光水滑的"，眼睛则是"笑眯眯的"，香味是"雪花膏的"，女孩子的小腿"像藕一样白"。这些地方把细节深入化、个性化、质感化，达到了高度真实性。

还例如，"要命的是，还要旋转，做360度的旋转。杂技演员就是这类敢于玩命的角色，你越是以为不可能做出的绝活，他越是要玩给你看。你看，卷毛的双手握住她的腰，先是向左转几圈，然后向右转，一待有了自转的加速度，他的两只手便完全脱离了她的腰部，任她像一支白色的陀螺一样转出白色的雾状，空中的秋千架也大幅度地晃动着，七彩的光柱也追赶着一男一女旋转的身影，伴奏的音乐也由柔情绵绵而趋于凄美而惊悚。这公转和自转约30秒左右，直到仁慈的观众鼓起热闹的像暴风般的掌声，那惊心动魄的旋转才慢慢停下来。随着秋千架的降落，大汗淋漓的男女演员便双双依偎着向观众谢幕致意。

此时的卷毛，像凯旋的英雄，而那个面若桃花的女助手呢？像是被英雄俘获的美人，美人柔顺地依偎在英雄的怀里，高挺的胸脯上有一朵亮得滴血的水晶花。(《空中飞人》)"此处细部密致，阅读时紧紧跟上，每个字都得盯住，因此栩栩如生，如浮现眼前！这是对细节观察细致、想象强劲的结果。俞小红曾说过，要从小处，从细节与微妙之处着手，意思是要做到精微传神。作品中不仅指客观细节，也指心理细节，某种细致、细腻的东西乃是基本的价值，他的作品体现了这方面的特质。细节并非纯描摹客观，客观的细节仅仅是细节的一个维度，有必要有作者主观的参与，没有纯粹的客观，主客观互相混合，这样的细节才可能生动和独特，才具有艺术感染力。他是有意识地设计细节，经营细节，从而突破文字局限，文字有了形貌与温度。

综上所述，唯美、修辞、色调、细节等等，构成了俞小红文学语言的基本特质，由此我们可以发现，俞小红并不仅仅局限于模仿事物形状，更是以语言的丰富与张力来制造意象，以文字艺术表现力来达到事物的特质。将自然景观、事物人格化，是文学一个主要特征。事物在他的笔下，不仅有形状，有色调，有神韵，还有了气质、性格和品相，以及他对事物的理解——事物不再是纯自然主义的，而是浸透了他的气质，是他心灵幻化的图像，阅读这些作品，通过他的慧眼，建构了一个意象纷飞的文学艺术世界。

三

散文同样需要注重叙事结构，如果结构上平淡，也无意外惊喜，这样的散文就形成不了合力，发挥不了张力。俞小红注重整体感，讲究创意结构，使得作品摆脱了平淡。也可以说，结构是复调的、立体的，是一个混沌的生命体，文本整体感很强，具有十分自觉的"作品意识"，形成整体张力，生发出作品的内在思想指向。《空中飞人》的结构，写的是小人物的悲剧，"我"在观看草台班子杂技表演时，认识了"空中飞人"男演员卷毛，这种表演没有安全措施，极为惊险。职业的辉煌挽回不了贫穷，也得不到爱情，混沌沌卷入"文革"武斗，最终结局醉酒操作死于事故。评论家范培松称赞《空中飞人》"这是契诃夫笔下人物的中国版"。《裁缝铺的女儿》写了老裁缝两个漂亮的女儿，从回忆西门大街，导入当年的氛围，老裁缝，两女儿，日子的变化，话锋一转，30年前的下放运动，命运的转换。最后，时世变化，当年的美消失了。"我不想恢复那永不重叠的记忆，也不再想象妹妹远走的模样。"对岁月的惋惜，在一声叹息中结束。整体丝丝入扣，一气呵成，到结尾点出了"残酷"与"惋惜"，文本的张力得到了发展，文章也就有了力度。《等待表姐》的结构，以一个孩童视角，在好奇而懵懂的目光中，揭示了事件的进展，悬念一一解答。事件剥落，时代背景显影，一个有关"残酷青春"、"文革红卫兵"、美丽表姐的惊心动魄的存在。

《裁缝铺的女儿》与《等待表姐》写的都是年轻女性最美好的时光，时代却不是最好的，是人生悲剧。俞小红曾说："勾勒出一个悲剧式的人物，这就是隽永的难以忘怀的好散文。说到悲剧，我赞成巴金的观点：人生就是悲剧。因而，我的散文，有几篇在字里行间，充溢着一种忧伤和忧郁，甚至有点伤感。"[①] 这段话，是他为之很少的对写作的内心自白，可以窥见他对命运的探索以及诉诸笔端对人物处境的同情。这两个作品，写的是残酷青春的姐妹篇，相同的时代背景，"文革"，过去年代，女子在其中的沉浮。美丽、脆弱，遇到了暴力与革

---

① 出自散文集《客旅春梦》，作家出版社，1999年出版。

命，这怎能不残酷？高贵而脆弱的瓷器在暴力面前，呈现出的坚韧与不堪一击。把高贵与美丽撕碎给人看，这就是悲剧结构。记忆与反思，不能忘记，遗忘意味着背叛，而记住就是坚守与同情。写过去那个时代，那些许多年前的事，用他经历过的往事，引领读者过一遍。在他笔下，那个过去的时代，成就有灵魂的、有个性的、华丽而哀愁的篇章。这些作品写的是年代远去的旧事，经过时间的沉淀和浸渍，经过知性的诘问和释疑，经验越发彰显存在价值，腐朽的土壤里，血浸透的历史中，开出丰美的花。

四

俞小红的散文还有另一类风格题材，就是以著作《虞山唱晚》为代表的常熟文史随笔，作品有《红豆山庄》《曾园风情》《云史碧梦》，以及《李渔与钱谦益》《郁达夫与曾朴》等。苏州作家李嘉球把他归类为"学者型作家"，认为"在他的笔下，能将历史与散文十分巧妙地融会贯通。"① 作家出版社编辑自牧在编校手记中写道"读俞小红的散文随笔，不但能了解江南的地理文化脉络传承，同时也能得到一些富有历史反思意味的启迪"。② 富有史学深度与文学情怀，让俞老师能够构建绚烂的文史华彩篇章，为弘扬常熟文化做出贡献。

原载于《常熟田》2018 年第 1 期
以《俞小红散文的语言之美》（节选）
刊登于 2018 年 6 月 1 日《文艺报》

---

① 出自散文集《虞山闲梦》。

② 出自散文集《客旅春梦》。

后　记

　　这是我的第二部散文集。对于散文，我主要起步于《常熟日报》虞山副刊，在这上边练笔，受益匪浅，渐渐往外投稿。

　　这部散文集，多数文章曾发表于报纸杂志。《苏州日报》沧浪副刊与《姑苏晚报》怡园副刊发表过五六十篇，在《常熟日报》虞山副刊发表过九十多篇，本书收入了一部分作品。还有些散文曾发表于《雨花》《苏州杂志》《翠苑》等期刊也一并收入。本书中，力求以散文随笔为主，一些疑似小小说的文章没有收入；另外一些写企业写命题作文的文章也没有收入，因我认为这些不是文学，虽说有的还获了奖。作为写作者，时常会无奈写些应景之作，但自己要自知。散文，从广义来说也包含了评论，因此这部作品集中亦有些文学评论。"心语"一辑中的几篇评论，曾发表于《文艺报》及《江苏作家》。

　　"真实"是散文的基石。散文这种文体，我的理解是由真抵达真。小说是由"假"（虚构）抵达真。有一种说法"散文"是"说我"，小说是"我说"，有点道理。我有这样一种感觉，一旦在散文中弄虚作假，美化自己，装饰情感，我就浑身不自在，好像在行骗。散文，约定俗成以"真实"面目出现。散文是作者经历的真实，所想所悟的真实，编造不得，杜撰不得。散文中的"我"即是作者本人。散文这种文体，最容易被作者利用作为装饰美化自己形象的工具，通过散文看到的是一个伪造后的作者。现在的文坛，"虚构散文"大行其道，我是不会刻意去追随的，一个题材，如果需要虚构，我可以写小说，何必用散文？

无奈的是，当下文坛，"虚构散文"比"真实散文"要好看得多，也更容易发表。形式即思想，即立场，我想，我是很难改变自己，也不想妥协。我认为真实的散文比虚构的散文要有价值，即使后者文采斐然，也是前者的有意义。但写真实的生活、真实的感受，于凡夫俗子来说，又能出彩多少呢，恐怕多数是平淡似水、波澜不惊。——但我在散文中表达了诚实，我的文字是真实的，有温度的，靠得住的，站得直的，这一点，我对自己很满意。

散文，我喜欢巴金《随想录》，鲁迅《朝华夕拾》。欣赏贾平凹《商州初录》，韩少功有一篇《母亲的看》写得极优秀，余华的也好，尤其是随笔集《我能否相信自己》。王安忆一篇《死生契阔，与子相悦》非常完美。王小波《思维的乐趣》，对我影响极大。早年，余秋雨文化大散文《文化苦旅》也是喜爱的。陈丹青业余写随笔胜过不少专业作家。沈从文《凤凰》读过多遍，心目中最佳之一。汪曾祺《人间草木》真是精品，史铁生《务虚笔记》了不起。叶兆言一篇写周瘦鹃的随笔，功力极深。胡兰成《今生今世》文笔惊艳，但人格存疑。李辉《收获》专栏"封面中国——美国《时代》周刊讲述的故事"引人入胜。王彬彬发表在《钟山》的思想随笔，每期必读。谢有顺的文学批评，很喜欢。国外作家，爱默生随笔《卡莱尔》《史前巨石群》非常好，E.B.怀特散文风格简洁清新，乔治·奥威尔随笔思想有深度……

衷心感谢朋友的帮助，让我在写作过程中又多了本小书。

谨以此书告慰在天堂的妹妹晓红。没有追问就没有写作，因你而追问天地，并且，用同情的目光看待世界。

俞建峰

一稿 2018 年 1 月

二稿 2020 年 7 月，于常熟